围龙屋的女人
Women of Round Dragon House

陈映霞 ◎ 著

陕西新华出版传媒集团
太白文艺出版社

图书在版编目(CIP)数据

围龙屋的女人 / 陈映霞 著. —西安:太白文艺出版社,2019.12(2023.2 重印)
ISBN 978-7-5513-1739-9

Ⅰ.①围… Ⅱ.①陈… Ⅲ.①短篇小说—小说集—中国—当代 Ⅳ.①I247.7

中国版本图书馆 CIP 数据核字(2019)第 264771 号

围龙屋的女人
WEILONGWU DE NÜREN

作　　者	陈映霞
责任编辑	付　惠
封面设计	淡晓库
版式设计	雅　风
出版发行	陕西新华出版传媒集团 太 白 文 艺 出 版 社
经　　销	新华书店
印　　刷	三河市嵩川印刷有限公司
开　　本	880 mm×1230 mm　1/32
字　　数	200 千字
印　　张	8.875
版　　次	2019 年 12 月第 1 版
印　　次	2023 年 2 月第 3 次印刷
书　　号	ISBN 978-7-5513-1739-9
定　　价	49.00 元

版权所有　翻印必究
如有印装质量问题,可寄到出版社印制部调换
联系电话:029-81206800
出版社地址:西安市曲江新区登高路 1388 号(邮编:710061)
营销中心电话:029-87277748　029-97217872

序 一

◎ 杨 克

印象中，陈映霞是个诗人，她是以诗歌步入文坛的。

小说家，特别是好的小说家，本质上也应该是诗人。譬如，写《红楼梦》的曹雪芹也是个诗人，只不过是由他创作的小说人物去写风花雪月，写别离相思，而且写出来的诗词歌赋，韵味十足，堪称经典。

所以，诗人陈映霞出版小说集，一点儿也不奇怪。这次她结集出版的短篇小说集《围龙屋的女人》，有诗的特性，语言简洁优美，也像散文，娓娓道来，毫不拖沓。

我在这里重点阐述小说集里的《月光下的故乡》，这篇小说写了"我"与母亲、母亲与父亲的孪生兄弟补箩匠、"我"与童年的伙伴小梅等人的命运缝隙里有血有泪的故事，呈现了生命的卑微和脆弱。很多作家写故乡，千篇一律，是眷恋、深情、归依，陈映霞的这篇小说却是伤痕、悲怆和失望。

乡土文学一直是百年来中国文学的大题材，二十世纪二三十年代，揭露愚昧，反叛礼教，关注基层民生和向往田园以及唯美抒情是乡土文学的两条主要脉络。四十年代后至改革开放前,革命、建设是乡土文学的主题。近年来,在商业化、城市化、信息化的大潮下,乡土文学这一当代文学的主脉又来到了岔路口。

《月光下的故乡》,以母女两代人的视角切入文本的叙事,将母亲和从城市回到故乡的"我"的种种遭遇、人生轨迹以及不同的生命体验有力地呈现出来,书写人生的压抑与挣扎。"月光之下的山川,村庄和人,都发生了变故。"所以,小说的最后是"故乡,我再也回不去了。我,还能去哪儿?"写作是作者内心对现实的一种反抗,反抗生活的麻木、社会的冷漠,反抗毫无想象力的周而复始。在《月光下的故乡》里,"我"和母亲两代女人失败的婚姻,是由两条独特的性格主线巧妙地串联起来的,写到母亲的乡村生活时,能看到人性在贫困生活的夹缝中被反复碾轧、揉搓和重塑;另一条线是精神层面的,表现出母亲与补箩匠在二十世纪七十年代初期压抑的环境中,勇敢地对传统道德发起了反抗,在行文中处理得极为内敛、节制,也很显厚重,反映了人性的真实和对爱情的真挚追求。

小说中"我"童年的伙伴小梅,则与鲁迅小说中的"少年闰土"一样,最后都变成了"中年闰土",小梅与"我"的"隔阂",以及闰土和小梅共同的木讷、呆板与拘谨,或许是陈映霞给予故乡人物的一个精神出口,而小梅的意外死亡则把这个出口堵住了。小梅这个悲剧人物用她的一生打开了乡村的内部风景,通过故乡的构建与瓦解,有力地拷问当今社会失衡、民间失衡的暗症。工业化、全球化、城市化、信息化……乡村社会在浪潮中迅速瓦解，小梅央求"我"帮她在城里找一份"保姆"工作，而她好赌的丈夫得知后，把小梅活活打死。这一悲剧让人哀叹深思："我"的故乡，怎么了？

在这个意义上，陈映霞的小说《月光下的故乡》，迈出了极为重要的一步。这篇小说，篇幅不长，却以其独特的叙述探索、触及隐匿在现实乡土生活中的精神暗区。陈映霞书写的母亲与父亲还有补箩匠间的这种感情超越了单纯的家庭范畴，而是与社会现实、文化传统有着密切的关联。诚然，亲人之间的亲疏喜忧在很大程度上取决于外在因素。就像路遥从"黄土记忆"中耕耘出《平凡的世界》，陈映霞从"客家记忆"中耕耘出《月光下的故乡》，着力描写在月光里摸黑耕耘的母亲，是具有突破性的写作探索。

陈映霞的这本小说集，由六篇短篇小说构成。本书收录的《海岛之恋》《似水芳华》捕捉和描写的都是身边的日常生活。在叙事泛滥的时代，小说写作能守住作者自己的文学理念和叙事节奏是很不容易的。

尽管陈映霞的小说在题材的纵深和广度上还有待加强，但她的坚韧、执着和独特个性，已经足以让她走出"月光下的故乡"，走出"围龙屋"，去迎接属于她的文学朝阳。

是为序。

2019 年 6 月　广州

序 二

◎ 刘荒田

　　两年前在佛山初识陈映霞，获赠她的诗集《缤纷的风》，初读诗集，我便惊异于她慧眼独具的诗才。她总是举重若轻，直达诗的内核。最近从微信上读到她的一组短诗，其中一首是"我是你目光里的鱼／此生最浪漫的旅程／是从你的左眼游到右眼"（《鱼》）。俏皮，灵动，教人发会心之笑。

　　2018年冬，又遇陈映霞，她拿出一本行将出版的书稿——短篇小说集《围龙屋的女人》。以诗起步，是多数文学人的路子。从诗到散文，似较为顺理成章。但是，由直抒胸臆转为虚构，则要拐个弯子。不过，我早就晓得，陈映霞一直是右手新诗，左手小说，都得心应手。前年读了她的诗集不久，就从网上搜到她的两个短篇：《月光下的故乡》和《海岛之恋》。

　　一如饮者喜欢微醺，恋人迷恋相拥。老来读书，我钟爱阅读过程的陶醉。绝非当着陈映霞的面拍马屁，我是真的被这两篇小说的"气"吸引住了。它满溢于全篇，浑然天成，一鼓作气拽着你从头读到尾。我来不及琢磨其叙述策略，也不管什么主题、命意，只管读完，道一句"过瘾"！

然后,我常常想起,陈映霞小说的"气"是什么?这一次把包括前述两篇在内的六个短篇读完,似乎窥到门道。

为什么她的小说教我"一读就放不下"?魅力蕴藏于何处?

《月光下的故乡》本是"俗气"的故事:当了三十年教师的"我",带上半生积蓄五十万元现金回老家建房子,就此三个女人出场:"我"(老姑娘)、被丈夫多年前抛弃的母亲,"我"儿时的伙伴小梅。她们都命苦,没有幸福的爱情和婚姻。全文引而不发的动力,是一大袋钞票,还有隐于母亲身后的老情人"补箩匠"。冲突展开,母亲因唯一的伴侣遽然去世而哀痛,小梅为了从家暴她的恶夫手中逃脱而要随"我"进城当保姆。我一心回来建大屋,让母亲扬眉吐气的大计,都让位于猝然袭来的感情风暴。母亲因精神崩溃入院,小梅被暴怒的丈夫打死。宅基地也被离家多年的父亲无情卖掉,母女被扫地出门。"我"晕倒,躺在病床上输液。一团乱麻的现实,赤裸裸的利害计较,结尾是:"故乡,我再也回不去了。""我,还能去哪儿?"你读完,也许要问:如此令人绝望的人生,何来诗情?

同时,你不会否认,全文浸漫着迷离的月光:"自有记忆以来,母亲总喜欢在月光下干农活。并且月光一出来,母亲总是赶我回家,说是晚上的露水不能打湿小孩。于是我一个人回到空荡荡的家,吃完简单粗粝的晚餐,就在月光下等待晚归的母亲,或者在月光下自言自语,或者在月光下趴在木桌上睡着了。我现在才明白,月光之下,补箩匠才能帮母亲在田地里干活。白天毕竟要避人耳目，最重要的是，不能让我看见那顶烂草帽出现在我家的责任田里。"

且读另一篇《似水芳华》，行文绵密，感情极尽起伏回环。主人公春霞，直到大学毕业，一路走来人生顺遂，早就和初恋情人文健定了终身。春霞被分配到中学教英语，职场的无穷挑战，她应付过来了，她所指导的学生，在全县英语朗诵大赛中脱颖而出。文健与她的恋爱，本来波澜不惊，但因误会而决裂。她出于意气，草率地嫁给中年丧妻的李主任。一子错，全盘输，春霞未忘情于文健，李主任的心也被亡妻死死拴住，两个没有感情基础的人在一起度日如年。最后，春霞"疯了"，被丈夫用铁链锁于家中，抱着对文健的苦苦思念死去。五年后，成为北江大桥总设计师的张文健，要建一座倾注一生爱恋的彩虹般的大桥。"他盼望着，总有一天，他会在桥上遇到美丽的春霞妹妹"。

"眷属皆非有情人，有情人均不成眷属"的状况，在浪漫气息特别浓郁的《海岛之恋》中，到了结尾稍有改变——同时登门造访的是女主人公的新旧两个男朋友。作者没有明写"我"的择偶态度，只是暗示："眼泪瞬间滂沱，我选择相信人世间的一切美好。"

我写到这里，要宕开一笔，写陈映霞的自白。最近，和陈映霞聚会的，除我之外，还有一位文学杂志的编辑。我和这位编辑不约而同地向陈映霞提出一个问题：你写爱情诗也好，写小说也好，无不逼真至极，难以教人相信这不是亲身经历、切身体验。说罢，我和编辑相对大笑，意思是，问的问题愚不可及。中年的陈映霞家庭美满，婚姻幸福，丈夫是成功的企业家，儿女双全，乖巧听话，是个幸福的妻子和母亲。

于是，陈映霞道出初衷：无论诗和小说，都是对现实的反抗。人到中年，平淡的爱情，充满功利算计的男女关系，以及现实中充满诱惑的情感陷阱，这些只能靠写作来救赎。她的写作，本身是对流俗与宿命的宣战。原来，陈映霞小说中一以贯之的就是从"无"中创造"有"、从"残缺"中创造"完美"的激越诗情。散文，因篇幅较短，营造诗意更容易一些。而以情节推动、以人物言行为主的小说，难度就要高得多。陈映霞做到了，凭天赋，更凭她"造梦"的能量——明知不可为而强为之的倔强、精卫填海的悲壮，加上青涩少女般明澈的眼神。

她这样宣告：

你再次凝望山坳，然后迈着坚定的脚步，下山了。

你终于明白人生是一段旅程，任何阶段都需要梦想的指引。

爱和希望，如一道亮光，冲破黑暗，照亮了你足下伸向远方的征途。

以小说为诗，是故底气充盈，张力十足。这就是她的小说好看、耐看的缘由。

2019 年 5 月　佛山

目　录

月光下的故乡 / 1

围龙屋的女人 / 36

似水芳华 / 65

南腔北调 / 121

海岛之恋 / 160

经年长事 / 202

后记 / 266

月光下的故乡

一

寒冷的早春，迷糊的黎明。

我把自己当老师三十年的积蓄，五十万元现金，装在黑色的皮袋里。这五捆人民币，很有分量，凝聚着我一辈子的辛劳。

三百公里之外的故乡，位于粤北山区的一个小镇，那里还没有银行，所以我只好取了现金带回去，准备在母亲的自留地上建一座楼房。这是我这辈子想要完成的最伟大的工程。

刚踏上讲台的那些年，到了月末，连榨菜和大米都买不起了。记忆里那段穷得没饭吃的日子，好像春天没有来过似的。后来工资涨到两千，又奔到五千。有了五千的月薪，日子就像草原上奔驰的骏马，一溜烟就跑到了退休的年龄。

按照最新的退休规定，工龄满三十年就可以办理退休手续。我兴奋得像个得到嘉奖的孩子，天天翻看日历，一天也不愿意拖延，顺顺利利办好了退休手续。

城里房价却比骏马跑得还快，待肚子问题刚刚解决，还没来得及喘一口气，我们工薪一族吊着脖子都摸不到房价了。

这辈子，打拼一世，还是一介乡下巴子。从何处来，归何处去。还是回到生我育我的故乡去安度晚年。

母亲请了风水师，定在农历三月十六上午十时开土建房。

五十万元，可以在我家祖传的自留地上盖一栋两层半的洋房。母亲唠叨了上千次，为什么不早十年建呢？早十年，人工和材料都便宜一大半。

早十年我怎么可能有五十万元的积蓄呢？吃喝拉撒不用钱吗？多亏还有住房公积金，这个金那个金，又在股市大涨时期赚了些，七拼八凑，费了不少力气，才积累了五十个一万。

不管怎么着，有了这沉甸甸的五十万元，母亲还是原谅了我不早十年回家建楼房的过错。

我的头发都熬成雪花白了，不刷黑油的话，无颜见人。谁愿意老得这么仓促？虽然这奔命的人生粗糙烦闷，但是路上的行人个个光鲜从容，享受着物欲横流的时代。

按照往常惯例，我回家前几天就得去发廊，天衣无缝地作假一番。这化学产品，作假得像真的一样，二十分钟就能让满头白发黝黑亮丽起来。头发一黑，立刻追回十年光阴。

母亲总是眯着眼睛说："幸亏你小时候我不怕麻烦，给你用山茶籽油洗头。做娘的，偷懒不得。小梅她娘就是不肯多花心思，害得小梅的头发早就白了。"

早春的清晨冷得让人直哆嗦。天上一轮老态龙钟的月亮，没精打采似的打着瞌睡。

我披上一件薄棉袄，把装有五十万元现金的黑色皮袋，放在我眼睛看得见、伸手摸得到的副驾驶位。

车是借来的。下一个五年计划是要买一辆四个轮子的交通工具。为了能够搭建一个晚年的窝，没敢在出行工具上奢侈。衣食住行，排列得还真合情合理，出行的问题是最后才需要解决的。

我活了半辈子，一直没弄明白传唱的那句话："钱换不到快乐。"像我，从有记忆以来就为了钱而活命，钱是好东西，有钱能使鬼推磨，怎么不会使人快乐呢？我再活五十年，仍会为了钱而奔命。在我看来，钱是最实在的快乐。

路上很暗，我打开雨刷器，扫了扫挡风玻璃，仍然看不清远方。

人老了，就爱回忆往事。我的前半生，可回忆的人和事很少。最近因为退休的原因，老爱失眠。每天夜里脑海中就放电影，电影里最多的就是母亲，我童年的玩伴小梅，还有我一生中唯一的爱情，它温暖着我失眠的长夜。

他叫阿韦，今年五十二岁了。一想起他，我心里冷不丁就刺痛一下。三十年前，和我相恋了八年的未婚夫，就是为了钱，跟一个卖衣服的女老板跑了。那个女的，给了他三万元。

在二十世纪八十年代，有个光荣的词语叫"万元户"，就是谁的总资产有一万元人民币，那他就是时代的英雄，可以得到政府的表彰了。

谁说钱买不到爱情？对于一个穷教书匠来说，三万元简直就是天下无敌、称王称帝的超级财富了。

我们的爱情走到了尽头。他辞了公职，跟那个女人跑去浙江做生意了。

我问他，为什么？他回答得很直接，不想为了温饱窝囊一辈子。

我不死心，又问他，你们有爱情么？他说，有钱就有一切。

可是，我们准备结婚的喜糖都买了啊，还花了那么多钱，四十元啊！我心疼地说。

我清楚地记得，我的男人，坐在木板床上，头低得我看不到他的鼻子，眼镜都要掉在地上了。

我站在窗前，执拗地和他对峙着，书桌上的一堆红彤彤的喜糖，开始像一堆火，对面的男人久久不抬起头来，慢慢地，那一堆糖变成了一堆灰，又无限地扩大了，像一座山，隔断了两个相恋了八年的年轻人。

也不知过了多久，阿韦抬起头来，我看见他满脸是泪。我以为他回心转意了，以为他会走过来，拥抱我，然后挨家挨户给同事们派发喜糖。

然而，他默默地站起来，转身，走出了房间。

留下心碎的我和那一堆沉重如山的"喜糖"。

他消失在那个残阳如血的黄昏，从此，我再也没有见过他。

这个伤痛笼罩着我。我再没有接触过男人，没有结婚成家。

起初，我安慰自己，他爱我的人，爱别人的钱。

年轻的时候，总是过分相信爱情，我坚定地等着他。"他一定会回来的。"我千万次对自己说。他一定会在某个夜幕降临的傍晚，用他修长的手指敲响我的玻璃窗，像往常一样呼唤我："秀子，傻秀子。"

我这一生都在欺骗自己。在苍茫的自信里等待阿韦迎娶我。等待他从钱眼里钻出来，回来找我，捏着我的手指，看了又看，量了又量，要为我定制一枚昂贵的戒指。

可是，那个没心肝的男人，半辈子都没来找过我。我像一棵无名的树，一辈子都没有挪过地方。年轻时，担心他哪天后悔了，回来找不到我。

于是，我在跟他分别的地方，守候着一份自欺欺人的约定。这一蹉跎就是三十年。

这几年，我终于明白了，他爱别人的一切。

于是，我在退休的年龄，一下子就苍老下来，像隆冬的黄昏，突然就黑乎乎了。

唉，确实也不年轻了，满五十岁了。

出城了，天已经亮透。高速路上汽车很少，我伸手摸了摸黑色皮袋，硬邦邦的人民币让我踏实，让我毫无畏惧。

呵！都是因为有了这笔钱啊！

刹那之间，我懂得了耽误我一生的男人，懂得他当年在一大笔人民币面前做出的选择。

再多的恩怨，也经不起被光阴浸泡三十个年头。对于他，和那个夺走我男人的女老板，我早就没有了一丝一毫的怨恨。

车子飞快地奔向我的故乡。三百公里的长路，越往深山里去，路的两旁就越发苍绿。城外清新的空气，让我思念故乡的月光。

母亲说我是在一个月色清明的仲夏之夜呱呱坠地。母亲也说,我将孤独如月光,独自安宁,走完长路。这话应验了我的人生,故乡的月光,笼罩着我在外漂泊的人生。那清澈安宁的光辉,让我平静地失去了那些本来属于自己的东西,独自营生。

这么执拗地回故乡建房子,就是为了故乡的月光。诚然,唯有故乡的月光,能够修补我焦灼受伤的身心。

我幻想着那座红墙黄瓦的楼房,四周有厚实的围墙,像座城堡,屋子里有温暖的烛光,院子里栽种着指甲花和美人蕉。在那里,我将重启生命的按钮,与母亲没有分离,没有怨恨,开启人生中不再期盼、不再忧虑的美好岁月。

但是,不知道为什么,那座海市蜃楼般的小城堡,好像永远在梦的尽头,怎么都实现不了似的。

哪怕现在钱也有了,开土建房的日子也选好了,心里就是缥缥缈缈的,毫不踏实。也许是期待了一辈子的缘故,也许是我的一生从没有做过什么大事,唯一的大事就是要建这座楼房。

年过半百,独身的我总是怀疑一切,否定一切。

我还一路盘算着这次回去除了建房子之外,一定要跟小梅住上几天,她是我童年的好伙伴。她嫁到对面的村子,听母亲说她过得很凄凉。

二

到家的时候,正午十二点。是午饭时间,母亲该做好了可口的饭菜等着我了。

拎起厚厚实实的黑色皮袋,我满心踏实,设想着老母亲喜笑颜开的样子。

雨水太多,脚印太少,通往家门口的路径生满了青苔。心里忽然怜惜孤独的母亲。

走到斜坡路段,我滑倒了,一屁股沉沉地坐在地上。黑绿的青苔湿漉漉地印在我白色的裤子上。

家门口的安静让我感觉异常。连狗儿吉顺也没叫,不是昨晚就跟母亲说好回来吃午饭的吗?难道母亲带狗儿上街去买菜还没回屋?

我举手拍门,唤了一声:"阿妈。"

"唉。"是妈妈的声音。

门开了,妈妈居然在流泪。

出什么事了?昨晚都还好好的。

看我吃惊的样子,妈妈开口说话了:"他,今早走了。"

他?谁呢?我爸爸?

"是你一直痛恨的补箩匠。"

"噢。"我应了一声。刚才的摔跤已经够我受的。

我走进屋里去了,妈妈还待在门口。我满屁股的青苔她当然没看见。

我心里嘀咕着:"要是我爸爸去了,你还未必这么难过呢。"

我爸爸在另一个县城的医院当医生,距离我家六十公里。倔强的母亲,从未跨越这段路程去找他。听别人说,父亲花了三十元，买了一个年轻护士的青春。从此，不再回家。

要是以往，我肯定一句话喷过去了。我自己也在经历了半辈子不如意的人生之后，渐渐体谅了母亲的难处。

在我的记忆里，父亲只是一个符号，他穿着白大褂，戴着听诊器给人看病，我很虚荣地认为这个一直消失的父亲很给我面子。每次在简历上填写父亲的职业时，我都充满了骄傲地写上"医生"二字。

可是，这个父亲从我有记忆以来就没有回过这个家。父女俩有机会在路上遇见都可能擦肩而过，互不相识。

听说，他后来有了几个儿子。所以，在我父亲的生命里早就把我这个女儿删除得干干净净了。唉！母女俩的命运何其相似。

那个时代，父母没有结婚证，当然也没有办理离婚手续。

母亲曾经怨恨我不是男孩："要是你带着'枪'出生的话，就能唬住你爸爸，他不敢丢弃咱娘儿俩的。"母亲也怨恨我出生的时候难产，造成她子宫大出血而绝育。

这都是命中注定的事，我做得了主吗？可是，母亲坚定地埋怨，让我一生都背负着对她深深的内疚。

当然，对于补箩匠，也只是一个符号。说实在的，我从没看清过他的面容，他总是戴着一顶黑乎乎的脱了帽檐的烂草帽，这顶草帽从未离开过他的头顶。他佝偻着背，是河对岸村子里富农的儿子，一直受到欺压和迫害，在"文革"中被打致残。

他经常出现在我家的责任田里，犁田、插秧、收稻子。

我年少时出于本能憎恨他。父亲跟人跑了，母亲要是也跟这个男人跑了，我可没人要了。

于是我每次看到他帮着母亲干农活就骂他，骂他是丧家狗，甚至捡起石头朝他猛掷过去。所以，他远远看见我就得绕路避开我。

后来我离开故乡去外省上大学了，毕业后又在城里工作，再没机会看到他。

母亲还是在门口呆望着，我这才发现母亲比两个月前苍老了许多。

我把黑色皮袋放在堂屋，去搀扶颤颤巍巍的母亲。

"他怎么能说走就走了？我也去了就干净了。"母亲动情地说。

"人总要走的。"我心里一阵悲凉，我们母女不是也相依为命，各自安好，没有男人活过了一辈子吗？人家走了，你也要去？

老母亲补充道："真不想活了。"

"他给你钱了？"我俗气地问。

"钱？"母亲长叹一声，"你还是不长进。钱算什么？！"

我开始对母亲另眼相看。

我原以为母亲看到这一大堆人民币会忘记所有恩怨。

我原以为母亲仍然爱着高贵的穿白大褂的父亲，她一直在等父亲的回归。看来我又错了。

母亲缩成一团，可怜的女人。她的世界崩塌了。

吉顺呢？"吉顺，吉顺！"

我又累又烦，狠狠地唤着狗的名字。这当儿只有拿狗儿来撒撒气。

"阿妈，哭有什么用呢？过两天不是要建房子吗？哭，不吉利。喏，五十万，你把钱放好吧！"我说。

长期以来，我对于谁生了或者谁死了毫无反应。

倒是对每个月进账的工资数目，小数点之后两位数都记得清清楚楚。对股票的指数，也过分敏感。

我对补箩匠的态度，终于激怒了母亲。

她一步一顿地走到屋子里，把黑色皮袋从竹椅上拽落到地，一直往门外拖去。

大门开着一半，黑色皮袋敞开拉链。

母亲突然来劲了，将皮袋甩出大门。她怒吼道：

"滚回你的城里去！这块地方要放我的棺材！"

百元大钞散落在长满青苔的泥路上，殷红色的纸币，横七竖八，像吐了一地的血。我从没见过这么恶心的画面。

原来建房子不是母亲这一生中最重要的，我也不是她最重要的，她最重要的是补箩匠。

三

破旧的院落出奇地安静，连风吹树叶的簌簌声也停止了。

等我一觉醒来，已经是黄昏。我不知道母亲去哪了？

钱？我的钱呢？

我奔出房门，只见大门紧闭，地上的纸币不见了，再看看客厅的竹椅上，黑色的大皮袋仍在。直觉告诉我，五十万现金一张没少。

"阿妈！阿妈！"我的呼喊充满了悲怜。

没有回应，院子里空空的。

"吉顺!"有个带着气息的生命来陪伴就好。

院子里，空空荡荡，母亲不在这儿。

我想煮点热气腾腾的东西来填饱肚子，突然听到大门外咚咚响起一阵敲门声。

母亲是自带钥匙的，会是谁呢？

"谁？"我走到门边谨慎地问。

"是我，阿秀，我是小梅啊!"

小梅自己来了。我一顿欢喜。

我急忙从屋子里出来朝大门走去，说道："小梅，可把你盼来了。"

自我去外面读大学之后，一直没见过小梅。

夜幕中，我从堂屋走到院子的大门前，这一段小小的距离，我却一步比一步走得慢，被时光积压多年的记忆霎时间就明晰地呈现在眼前。

童年的小梅，家境比我家好多了，她是村子里穿得最漂亮的孩子。我们的衣服缝缝补补，补到连原来的布都不见了，全是新旧不一、颜色不同的碎布片拼凑起来的。小梅的衣服没有补丁，总是光鲜亮丽，那是她在县城工作的爸爸买回来的，衣服上有别致的蝴蝶结，大热天里她还有让我们穷山娃梦寐以求的公主连衣裙。而且她天天穿着鞋子，黑色的皮鞋和洁白的丝袜，我们只能赤着脚丫满山跑。只有在结冰的严冬，才能够穿上名叫"解放鞋"的胶底布鞋。"解放鞋"是红军万里长征穿的草绿色布鞋。

过于富足的童年，让小梅不爱读书，不爱劳动。别的孩子

· 11 ·

要么好好劳动,要么好好读书才有出路,我选择了好好读书。

门开了,夜幕里,站着一个比我矮了一大截的农村妇女。她苍老得不成样子,满头白发,满脸都是皱纹,没有一块平整的地方,让我想起小时候泥泞的沟沟壑壑。

我不敢叫她小梅,我怀疑这个老妇人是同名同姓的另一个小梅。她怎么可能是那个身穿公主连衣裙,脚上套着白色丝袜和黑色皮鞋的小梅呢?

她怯生生地望着我,一副要笑又笑不出来,想哭又不能哭的样子。

"秀秀。"她唤着我。这是小梅小时候对我的特殊称呼。是的,她就是我童年的好伙伴小梅。可是连她的声音也苍老了,再不是童年时候的娇声娇气了。

我用城里人的词语说道:"欢迎,欢迎。"

这个别扭的词,让两小无猜的好伙伴僵持在乡下的夜幕里。

她手里还提着一只母鸡,看来这只母鸡很有劲地反抗过主人的扭送。小梅如释重负地把母鸡释放在院子里。母鸡得到自由,扇了扇翅膀,飞到树下去了。

我不知道用什么词语,难道再用城里人的"谢谢"吗?

我不好意思地笑笑。

"听到你回来,想来打扰打扰你哩。"她的言语里带有些惧怕,试图用城里人的词语来拉近彼此荒芜了四十年的岁月。

小梅又黄又黑的脸上,勉强露出笑容。

直觉告诉我,小梅这次来有明显的目的。是来借钱吗?我心想。

以往我回家给她捎口信去，说想跟她叙叙旧都没来过，为什么这次不请自来？我上午到，她下午就来了，来得这么快？还带着母鸡来，想必有事求我。

我把母亲和狗儿忘得一干二净。

"到客厅坐，我泡茶。"再怎么不自然，我还是伸手去拉小梅的手。她努力不让我触碰，两只手都往屁股后面藏。

我绕到她身后。见我这么执拗要拉她的手，小梅老老实实地摊开手掌，说道："有鸡屎呢。"

我们俩对视着呵呵一笑。气氛就这样活络了起来。

"秀秀，我想住你家。你不嫌弃的话，我跟你睡。"

我打趣地说："你头上可有虱子吗？"

小时候我们头上都长虱子的，用农药也杀不干净。

"你说的狗虱啊？早没有了。不要看不起做农民的老朋友。"

小梅一边洗手，一边真诚地笑了。

听母亲说，小梅三十多岁了，还没找到婆家。后来好不容易嫁出去，偏偏老天作弄人，嫁了个好吃懒做、蛮横无理的孬货。

趁小梅洗手的时候，我就得想办法，不能让她看到黑色皮袋里的百元大钞。

于是我说："小梅，你去看看母鸡啊！它藏哪去了呢？"

小梅果然一边把两只手在大腿上擦着，一边朝厨房那边的橘子树丛走去，嘴里还呼唤着她的老母鸡。

我大步返回客厅，拎起皮袋往母亲的房间去，刚才小梅说要跟我住，所以在几秒时间里我反应过来，不能把钱放在我的房间。

做完这个动作,我一身轻松,大声喊道:"鸡不会飞的,来喝茶。"

我已经很狡猾了,哪像四十年前的我,天真烂漫。

小时候,她的家境比我好,只要她家有好吃的,都会给我发出信号,要我在屋后堆薪草的地方等着。她会把装了满满一碗的饭菜,给饥肠辘辘的我先吃饱,她再回去吃。她母亲多次跟我母亲抱怨道:"我家小梅一顿能吃三碗饭,都给撑坏了,怎么比你家阿秀还矮一个头呢。"

我母亲回应说:"我家阿秀有时还不吃饭的,说饱着呢。这么大了,吃饭还要规定吗?不吃我还节省粮食。你家有劳动力,粮食有余。"

我那时心怀感激,总是想这辈子要回报小梅。

可是,我现在又怕她来借钱。这钱借了不会还的。

儿时那些偷给我吃,让我长个子的饭菜,使我心里隐隐作痛。

要不,我就给她两千?五千太多了。五千是我一个月的工资。

小梅又怯生生地望着我。

我心里的盘算她不可能知道的。然而,她心里的盘算我又何尝知晓呢?

于是,两个人在没有亮灯的客厅里,找不到合适的词语,又尴尬着回到了现实。

"听说你要在这里建房子,退休回来住。我就是想不通,住城里的哪个角落不好?"小梅说。

我不知道怎么解释,对于一辈子困顿在农村的小梅来说,大都市当然是值得向往的。于是我说:"那是我阿妈的意思。我嘛,都无所谓。"

"你阿妈现在愿意去城里的了。补箩叔今早走了。"

"我妈一直跟他过日子的吗?我走了这么多年,很多事情不知道呢。"

"你阿爸我都没见过。补箩叔对你阿妈挺好,粗重活也是他干。听说是你反对,要不然两个老人早晚也有个照应。"

"小梅你过得怎么样?小孩上小学了吧?"我把话题岔开了。

小梅一听说到自己就低头不出声了。

两个人都沉默了。乡下的早春,夜黑得快。

良久,小梅叹了口气说:"嫁错男人了,早知道还不如不嫁人。这命忒是不顺。"

我等待她诉苦,然后开口借钱。

我听到了小梅的哭泣声。

我还是保持沉默。

"我就想求求你,秀秀,我们小时候走得挺近的。唉!你读书去了,我没文化,也活该的。"

"每个人都有难处,要尽量往开阔处想。你知道的,我也是一个人。"

"我知道,你确实也不容易的。"

两个人又找不到话题了。

"秀秀,有一事要你帮忙了……"

"嗯,说吧。"我低低地回答道。

小梅抹干眼泪说:"这次你出门带我出去,我想去外面……"

这个要求比借钱好办多了,我马上觉得轻松,回答道:"没问题啊!我给你介绍做保姆的活。"

现在交通这么便利,去省城做事的人很多,可是只读到小学三年级的小梅,连自己的名字都写不好,也不会算术。没熟人带她,她是不敢出去的。

小梅继续说:"不怕你笑话,我连出门的车票钱都没有,要不然早出去了。那个挨千刀的,好赌,把家都毁在麻将台上了。"

"那你儿子怎么办?"我问。

"儿子让我娘家照看,要读书,钱越来越不经使了。一来去外面打工有收入,二来眼不见心不烦。"

"这确实是条路子。我带你出去,你就住我家,房子虽是租来的,也能安身,你可以省下房租,咱俩正好有个伴。"

"你说的是真话?"小梅仰起挂着泪的脸,如获救星地望着我。

"当然了。打小起我有骗过你吗?"

听我这么一说,小梅如释重负,她低头笑了。

我在心里盘算着,去皮袋里抽取十张百元大钞出来,送给小梅。看她那么崇拜我的样子,让她更加仰慕我就是了。在城里我是享受不了这崇拜的。

小梅站起来说:"我去煮饭给你吃。你一定饿了。"

这一千元得用红包装着,悄悄放在小梅的口袋。不,万一她不知道弄丢了就可惜了,一定得亲手交给她。万一她不收怎么办呢？不，她正缺钱用，一定会收下的。

听到小梅在厨房里放水洗菜的声音，我还坐在刚才的位置，没有挪动，心想等母亲回来才能找到红包，不着急给小梅钱的，有的是时间和机会。

我心里很高兴：一则小梅没有向我借钱；二则小梅仍是那么崇拜我，就像读小学的时候，我的试卷总是一百分，而小梅每次只能考到二三十分，有时还是零分。

她一直这么崇拜我的。在她眼里，我是神一样的无所不能。我的试卷上都是红色对钩，她的却是永远无法修正的大红叉。

我有时也帮她做功课，希望她多考几分，可是她死活不懂算术，怎么也记不住汉字的笔画。

"你脑子里装着糨糊吗？"我急起来就骂她。

小梅听不懂人家在取笑她，小鸡啄米似的点头，回应我的话："我阿妈说了，我脑子里装的是泥浆。"

我只跟小梅小学一年级同班，我升上二年级了，她留级。她一年级都读了三年，可是算术仍然考不及格。我上初中了，她才读小学三年级。小梅读到三年级就不好意思去学校了，因为她是小学里年纪最大的学生了。

也就是在那一年，她的父亲去世了。从此，小梅从贵族生活走向另一端。

不一会儿工夫，小梅就在那边喊道："饭好了。"

于是，我走去旁屋的饭厅，跟小梅一起用简单的晚餐。两个人一边吃一边聊，说到如今的农村，农田荒废，山上薪草茂盛，打麻将赌博成了村镇居民的主业。真是世风日下。

童年的故乡，那个美丽淳朴的村庄已经消失了。

小梅停了停说："你阿妈去补箩叔屋里守灵去了。我们吃了就休息，不等她了。"

"她说她不能去的。"

"年代改了，好了半生，再送一程，生者死者都安心。"

四

乡下人睡得早，我为小梅准备了好几年的话都浪费了。我答应她坐我的顺风车去城里，又同意她住在我的出租屋里，给她介绍做保姆的活，对于她来说，已经是新生活的开始，她很踏实地睡去。

可是我毫无睡意。一则下午睡多了，二则几十年来都单独睡，不习惯听到别人的呼吸声，何况小梅不到九点就鼾声如雷。

我多想问问小梅，溪水是否依然清甜可口，水里可还有花斑鱼。我多想问问小梅五月的山野是否开遍了石榴花，九月的山岗上是否结满了又黑又甜的捻子果。

是否我们还能结伴去采摘红白相间的花儿？是否她还会使劲拉着我的衣服一角，而我伸长了手臂，去够着那一串串紫红色的杨梅，然后两个小伙伴坐在路旁的青草地上，分享果实？小梅总是让我吃大的果子，因为她家伙食好，肚子不饿。而我总是饥肠辘辘，吃得满嘴都是紫黑。小梅睁大了双眼看着我吃杨梅，一再问我："不酸吗？杨梅真的这么好吃？"

而此刻，我身边躺着一个苍老的妇人，她张大了嘴巴打着呼噜。

生活啊，怎么把一个如花似玉的女孩折磨得面目全非？记忆中的小梅跟眼前这个老妇人怎么可能是同一个人呢？

我的眼角湿润了，心情沉重地悄悄起床，不忍心打扰疲惫至极的小梅。

我披上棉衣，走出房间，去母亲的卧室，我知道母亲和吉顺没有回来。

拧开十五瓦的电灯泡，橘黄色的光芒在乡下的黑夜里，显得格外明亮。人民币纹丝不动地躺在皮包里，我把散乱的纸币一张一张整理好，然后拉上皮袋的拉链，打开衣柜放进去。

待我放好皮袋之后，我发现放在母亲衣柜里的一个布袋。

这是一个像书包大小的蓝色布袋，边沿是母亲缝制的纽扣，四个纽扣，扣得结实。

我把纽扣一一打开，里面全是尺寸不同的写有毛笔字的纸片。

最上面的一张纸上写着："时间是一条永无止境的马路，没有尽头。"

我被娟秀的笔迹所吸引。一横一竖，一撇一捺，风韵神致，写字的人一定有很高的文化修养。这人会是谁呢？肯定不是母亲写的。

再看第二张纸，这是一封信：

今天是你六十岁的生日，生日安康！

你说过六十岁生日那天就嫁给我，为了今天的到来，我等待了半辈子的光阴。

虽然今天你还是没有嫁过来，但是我没有怨言。

天亮了，我去镇上买你爱吃的开帕豆腐，还有黄记米粄。你吃什么我都欢喜。

可惜我的骨头太硬了，把我的骨头给你啃，我也欢喜。

是的，我的背又痛了，批斗时打断了我的脊柱，没被打死还能帮你干农活。想到你娘儿俩饿着肚子，我就活过来了。

阿秀是我的好闺女。她骂我什么我都接受。你劝劝她，趁年轻，找个男人，好好过日子。你还有我疼着，可阿秀一朝被蛇咬，终身怕草绳了……

土老帽补箩匠

写信的人竟是我一直蔑视的补箩匠。

他不是没有上过学的牛鬼蛇神吗？他怎么写得一手好字？写这么通顺的语句？看来我一直就没活明白过。对人对事误解多于了解。

我不敢再往下看了，我无力承受一直以来对补箩匠的无礼蔑视，我很自责。小心翼翼地扣好布袋，关了电灯。月光指引我走出藏着母亲心事的房间。

窗外一抹如水的月光，冰冷且高傲，如一把利剑刺穿了房间里的漆黑。夜深人静的庭院，一轮冰洁的明月，高悬在深邃的天空中。我伸出双手，想捧起月光。可是，手掌空空。

我独自徘徊在洒满清辉的院子里。早春，虫子还在冬眠。寂静如斯，我仿佛听到月光倾泻的声音，如流水哗哗作响，又如小溪涓涓流淌。再次抬头，我挪两步，它也挪两步；我驻足，它也驻足。

沐浴在月光下，自然而然回忆起月光下的岁月：村子里的乡亲们热火朝天地在月光下打稻谷，没有贵贱之分，没有贫富之差。

童年时代的中秋节，捧一盆井水，放一面镜子，等待水盆里的镜子中出现吹吹打打的娶新娘场景。可是，每年都是空等一场。我吃完月饼就熬不住夜，昏昏睡去了。我总期许着下一个中秋节，要耐心等待月宫里的新娘，再困再累也不跑开。

同伴们从不相信水盆里会出现新娘，连小悔也曾笑过我痴呆："那嫦娥已经做过新娘，不会再做新娘了，你还等什么？"

可是，我执拗地等待，一年又一年，虔诚地捧出一盆井水，放进一面镜子，等呀等，总期盼奇迹会出现。

我也是等过了青春，等过了半生。月光下没有新娘，我也没有成为吹吹打打中被人迎娶的新娘。月光下的一切念想、期许和遗憾，早就雕刻进我的生命里，并且，无法逃脱。

月光下母亲总是有忙不完的活：春天在月光下给菜浇水；冬天在月光下收菜苗，用来腌咸菜。月光下，母亲变得比白天沉静温和，她总是一个人默默地操劳，从不责备我在白天的懒惰和过错。所以，我喜欢月光，知道在月光的庇护下，我是最安全的。有时，母亲会很晚才回家，一年四季都消耗在那几分旱地和水田里，插秧除草，割禾打稻谷，种红薯，收红薯。总之，活是干不完的。

自有记忆以来，母亲总喜欢在月光下干农活，并且月光一出来，母亲总是赶我回家，说是晚上的露水不能打湿小孩。于

· 21 ·

是我一个人回到空荡荡的家，吃完简单粗粝的晚餐，就在月光下等待晚归的母亲，或者在月光下自言自语，或者在月光下趴在木桌上睡着了。

我现在才明白，月光之下，补箩匠才能帮母亲在田地里干活。白天毕竟要避人耳目，最重要的是，不能让我看见那顶烂草帽出现在我家的责任田里。

与母亲相依为命的童年，月光成了我最温暖的伙伴。在月光下等待，在月光下玩耍，在月光下倾诉无人可说的心里话。

夜深了，母亲披着月光回到家，心事重重。对我说的话不回答，或者答得离题万里。

母亲回家时经常提着半竹箩的泥鳅，养在水缸里给我补身子，说我读书要用脑子费神，家里半年也买不起一斤肉。泥鳅养干净了，放在铁锅里煎，撒上盐巴，鲜香美味。吃泥鳅，是我童年里最幸福的事情了。

掐指算算，那时的母亲，尚不到三十岁。在孩子的眼里，再年轻的母亲仍是足够年长的。现在回想起来，倒是我霸占了母亲的一生。难道女人做了母亲，就不能再有自己的欢乐了吗？

我现在才明白，只有在月光下的山野，年轻的母亲跟补箩匠才有不被压迫的、回归常人的生活。

我真为母亲骄傲，被一个男人守候一生。相比之下，我的人生才是真正的凄凉。

今夜的月光，像童年一样，照着院子里孤独无助的我，等待母亲的归来。

如今补箩匠走了，我以后再也不用在月光下等母亲了。

五

我应该在补箩匠的灵前跪下,跟他说声对不起,我应该去陪伴深受打击的母亲。

诚然,这些温暖动人的想法只是一闪而过,我不会付诸行动,也没有力量变得温暖起来。也许没有被人好好爱过,也无从好好去爱别人吧。一生的独守,我已经把常人该有的喜怒哀乐都守没了。

我木然地在院子里踱来踱去。月光渐渐退去,天快亮了。

小梅起得很早,问我是否去那边看看。她说的那边就是隔了一条小河的补箩匠家。我却冷冷地说,我想去镇上吃早餐。

小梅没有多说什么,转身走出去了。她的脚步声在围墙外沉闷地响着,我也像有急事一样把大门带上,走在小梅的身后,朝两公里之外的镇上走去。

"秀秀,我要跟你出远门了,家里家外可能要忙乱几天。你出去时一定记得把我带上,这村镇住不得人了。"小梅走了两步,又回头补充道,"你家有事要我来帮忙,就捎个话过来。"

可怜的小梅,把这次去城里做保姆的事,看成了她的重生。对于一辈子无从主宰自己人生的农村妇女来说,这微弱的希望之光能给她带来幸运吗?我没有答案。

饿?不,我不觉得饿。困?整夜未眠,我也不觉得困。长久以来,我对生理上的感觉非常迟钝。

我越来越清楚,其实我最害怕的是失去母亲。母亲,仍是我一生中最坚实的依靠。缺失父爱，母亲自然而然身兼二职了。虽然年过半百，可是我的心理年龄尚停留在童年。

小梅在路口拐弯走了，看不见她的身影，我害怕了。水泥路两旁的楼房参差不齐，再不是记忆中的故乡。这个地方我从来没有来过似的，我只好加快步伐，向着有稀稀落落的灯光处走去。

来到一家店铺前，我怯生生地用家乡方言问道："可做了碗粿？"

店老板抬起臃肿的眼睛，茫然地望着我。他不认识我，我也不认识他。我只好重复问他是否做了碗粿。

他指了指哧哧作响的燃气炉子，用普通话说道："馒头，北方老面馒头。"

我失望地走了，他也失望地补充道："尽说方言土语，都什么年代了。"

我的故乡也流行普通话了吗？看看街边的匾额，诸如"阿二北京烤鸭店""辣妹子麻婆豆腐"。可见四面八方的异乡人挺进了我的故乡。就像我在珠江三角洲打拼谋生一样，我也入侵了别人的故乡。

传闻高铁或者轻轨将穿越故乡的崇山峻岭，我宁可这事纯属谣言，我宁可在这条街道上只听到故乡的土话。在名叫"狗肉巷"的街道里，生机勃勃的鸡鸭，唱着欢快的歌，它们健康结实。

卷起铁闸门的咔啦声此起彼伏，嘀嘀尖叫的摩托喇叭声越来越刺耳。整条街道突然就粗暴地醒来。

没有人注意到店铺门前多了个徘徊的身影，我希望遇见一个熟人,打声招呼。可是,我这个土生土长的故乡人,却被认作是外乡人了。

一切都变了。在时光这口大染缸里,世上万物,什么能躲得过它的漂染?这个被重峦叠嶂包裹着的小山村,也没有半刻的安宁。空气里总是飘浮着不稳定的因子,让人觉得要发生什么事似的。城市里污浊浮躁,乡镇农村也是躁动不安。

我确认这条街道,再也不是我记忆中的地方。这里没有我认识的人,没有我要找的味道了。

我的故乡存在于时光之外,存在于我虚构的幻想里了。

河坝上那棵枝叶繁茂的柿子树,总该还在吧?早春二月,正是柿子树长出粉嫩叶子的时候。

我逃离了闹闹哄哄的街道,逃离了南腔北调的吆喝声。我想去看看柿子树,让它验证我曾经在这里成长的岁月。

高低不一的自建楼房挡住我的视线。站在圩镇外,我看不见如伞盖散开的那棵被称为小镇风水宝树的柿子树了。

朝着记忆中的方向,走了很远。没找到那棵柿子树,原来树的地盘早已成了卖猪肉的摊档。那个油乎乎的壮汉,握着铁板刀,问我要哪块肉。我问他在这个地方卖了几年肉,他回答十年了。我又问柿子树,他回答给爷爷做棺材去了。

我没有了故乡。是的,连故乡的河的流向都改了。没有农田需要灌溉,急功近利的故乡人把河道引到山边去了,在这一大块平地上建房子,做买卖。

大家都富裕了,不用面朝黄土背朝天也有米饭吃,有什么不好呢?倒是我自己作茧自缚,多愁善感。我反躬自问,既然这么爱家乡,为何当年大学毕业后不肯回到家乡教书?拼死拼活留在城市里，为别人的故乡工作一辈子，如今退休了才回到家乡有什么用呢？家乡给我冷遇和陌生，是因为我不曾为她奉献过什么。我又有什么理由要求她旧貌不改来满足我的心愿呢。

是的，又是我的错了。

正这样自我开解之际，身后传来急促的声音。回身一看，是气喘吁吁的小梅。

"小祖宗！快回家！你家的地方给卖了！你阿妈……她晕倒在地……"

我不明白"地方给卖了"是什么意思。我紧跟在小梅身后，能跑多快就跑多快，往家里奔去。

六

屋子里出奇地安静。

"小梅，我阿妈呢？"

"抬去卫生所打吊瓶去了。你先回屋，有人等你。我这就去陪着大婶。"

客厅里坐着两个陌生男人。他们充满同情地打量着我。

"什么人？什么事？"我恼怒地对入侵者大喝。

"对不起。我是律师，我姓邹。"其中一位年轻人站了起来自我介绍。

我更加弄不清了。律师从公文包里取出一沓文件。

"您请坐。谢小姐，事情是这样的。谢振荣先生去世前把这块宅基地以十五万元的价格，转让的方式，过户给了谢先生合法妻子的周家胞弟。"

旁边坐着的男人欠身朝我点了点头道："我姓周，姐夫把这块地过户到我名下了。"

"一切手续合法，现在周先生要用这块地重建楼房了。请您和您母亲尽快搬离。请合作为盼！"

谢振荣，就是我传说中的父亲。他去世了？去世前还把这块地方卖给了周姓人?!

噢！我的父亲！

父亲没当我们母女俩还活着。

"我母亲呢？你们把她怎么样了？她要是有个三长两短，我跟你们拼了！"

"令堂没有生命危险，在卫生所输液。很抱歉这事没有事先通知你们。谢振荣老先生是上周辞世的。"

我无言以对。

"这些文件都是谢先生亲笔所签。"

律师絮絮叨叨在陈述，从法律角度解释其合法性。

"我是他的亲生女儿。宅基地不属于买卖土地范围，你们的买卖合同无效。"我理直气壮地说。

"如果需要法律援助，请谢小姐雇用律师。时间不早了，我们回去了。这是联系方式，搬走之后请通知我们。"邹律师说道。

"是你们的东西都搬走，我要的只是这块土地。门窗也可以撬走。我们什么都不保留的。"周姓男人说着站了起来，然后又强调说道，"我们只要这块地。"

他们留下一袋文件的复印件，留下凝固在院子里被人抛弃的心酸和冷酷。

我想到了母亲，急匆匆带上大门，跑去镇上卫生所。

原以为母亲看见我会大哭，要我去夺回自己家的宅基地，或者又坚定地埋怨我的无能，或者埋怨我为什么不是男人。

出乎我意料的是，母亲很安静，看到我进来，还笑了，轻轻说："坐吧。坐近些。"

母亲居然没有一丝一毫的愤怒。

"阿秀，我们去城里吧，永远不再回来。"母亲把"永远"二字说得很用力，斩钉截铁。

我崩溃了，无助地跪下，伏在母亲的身上号啕大哭。

我还能说什么呢？我这个被亲生父亲彻底抛弃的女儿。

母亲用另一只没有吊水的手拍着我的脊背，说道："没关系。好阿妹，听阿妈的话，不是自己的东西，不要去争了。生不带来死不带去的，你也老了。城里干净卫生，假药少。"母亲停了停接着说："我们娘儿俩可以天天在一起吃饭了，再不分开。只是我这把老骨头怕拖累了你。你有合适的人也要成家的。"母亲说到我反而忧心忡忡地抹了眼泪："好男人还是有的。虽然像你父亲那样的男人也不在少数。"

母亲七十岁，我五十岁。母亲比我更相信世上还有好男人。

我却不相信了。自小被父亲抛弃，长大了被未婚夫抛弃，我拿什么来相信男人呢？

一顿痛快的哭泣让我轻松和清醒了。我记得两天前进屋时跟母亲说的那句哭有什么用呢。是的，故乡的一切都毫无商量地变了，哭有什么用呢？

透明的药水一滴一滴，不紧不慢，经过长长的塑料管，流进母亲的血管，是葡萄糖和安定剂。

母亲安然入睡，像终于把一切事情都办完了似的。她真是舍得，住了一辈子的屋子，被别人拿去却是一点都不在意，我明白，我们娘儿俩要是去打官司的话，争回来的可能性很大。

母亲今生最在意的人和事都已经过去了。她昨晚陪着补箩匠，把人世间所有的情话都说完了，也许他们已经约好了在另一个世界相见。

这块不足三百平方米的宅基地，这幢古旧的破屋，对于母亲来说已经可有可无。她想远离这个没有爱人的村庄。

母亲打起鼾声，嘴角还有笑容。这番景象，对于孤独无助的我来说，已经是莫大的安慰。

这突然的变故使我不得不提起精神来重新规划未来。

我现在无路可逃，故乡已经回不来了，城市才是我们娘儿俩最终的归宿之地。

而且，我还不能退休，回到城里，要立刻找份私立学校的活来干，干到六十岁，那时母亲就八十了。我在心里像小学生做数学题一样算着：母亲二十岁生下我，我的岁数加二十就是母亲的年龄。

还有，小梅跟我们一起去城里，她可以干保姆的活。三个历经沧桑的女人，窝在一个水泥盒子里过日子，能够相互取暖。我相信我们会把日子过得宁静而美好的。我对即将要来的新生活充满了信心。

不该再有任何的奢望，只要每天平平安安，没有病痛，能吃能睡能劳动，有母亲和小梅陪着自己过日子，总会比过去形单影只的岁月要温暖和踏实。

我突然高兴起来，觉得自己挺有用的，我是母亲和小梅的靠山啊。她们都因为有了我，才能够在城市里开始新的人生。

然而，一切都能按计划进行吗？

我突然觉得饥饿难忍，要吃点东西，我不能倒下。

我走出母亲的病房，去外头小店买速食面来充饥。

七

迎面而来的是一副担架和乱哄哄的人群。又有一个濒临死亡的人被抬进来了。

为三万多人口服务的村镇卫生所，几乎每天都会抬进来一两个喝农药或者在麻将台前被刀子捅破肠肚的人。

只要我母亲安好，别人如何与我无关。我对自己说。

于是我没有停下脚步。

猛地被人拽住了衣角，接着是一声呼天抢地的哀号："阿秀啊！我那造孽的小梅……"

小梅？我吃了一惊。

担架上的人是小梅？她一个小时前不是还好好的吗？

我来不及看大婶一眼，大步朝担架跨过去。医生和护士不让我挨近担架。在慌乱的人群缝隙里，我看到了躺在担架上的小梅，她脸色惨白，满身是血。

突如其来的悲痛实在太多了，我造孽的故乡啊！

生死无常的恐惧笼罩着这片曾经安逸悠闲的小山村。人们不再安详地过着乡下的日子了。这里的天空悬挂着炸药，随时随地会将你炸得粉身碎骨。

我想呕吐。我无力地扶着墙壁。

这是一座陌生的村庄,我成了局外人。对于这个瞬息万变的世界,我不敢触碰。

小梅,她还活着吗?这一个小时里,究竟发生了什么事?

小梅的母亲,用尽了力气摇晃着我已经无力支撑的身体,她哭骂道:"那个挨千刀的,整日喝酒赌博,听风声知道小梅要出去打工,他不让小梅离开家,上午又输了个精光。"

"小梅一进屋,就被他用菜刀砍倒在地。他说小梅要敢走出村子半步就砍死她……"

天啊!是我害死了小梅。我不该答应她的。

可是,我又怎么知道呢?我原是想带给她崭新的人生。

警车来到医院,警笛朝天长鸣。警察用手铐铐住了一个光着上身的男人,把他带上了警车。他的表情像野山猪一样顽劣,他就是小梅的男人。

我目送闪着警灯的警车在小梅的血迹上轧过,呼啸而去。

我已经没有眼泪了,脑海一片空白。

医生停止了抢救,护士伸手把吊瓶拿下。

我不敢走近担架。我不敢看一眼刚刚咽气的小梅。

半小时工夫,卫生所门口的一切都不见了。担架和担架上的小梅消失了,大婶消失了,人群消失了。

一个清洁工人穿着长筒水鞋,用水龙头的水和塑料扫把,清洗着小梅留在人世间的斑斑血迹。

小梅,你去了哪里?你怨恨我吗?

卫生所里该取药的还在窗口取药,该吊水的还是伸出手来让护士扎针。

我真的再也见不到小梅了吗？真的吗？

我跌跌撞撞朝母亲的病房走去。

八

等我醒来的时候，我躺在卫生所的病床上输液。母亲坐在我的床头。母亲说我昏死过去，跌倒在走廊尽头。

"我们得走，远离这个地方！"母亲命令道。

母亲总是比我有智慧，任何时候都头脑清晰。我知道我伟大的母亲坚不可摧，而我混沌无能，一阵寒风就可以把我吹倒在地。

那一刻，我只想在母亲温柔的目光里死去。

大概是深夜了，四周很安静。今天应该是十六号，原计划破土建房子的日子。一切都变了。

"阿妈，我们回家去吧。我没事，就是累了。"我虚弱地说。

等护士拔掉我手上的针头，我迫不及待地离开这阴森恐怖的卫生所，离开小梅离开人世的地方。

回到家里，这是我们即将要永远离开的故居，一桌一椅并没有变得柔和亲切，反而让我觉得漠然、生冷，毫无情意。

我要求跟母亲同睡一屋，我害怕院子里惨白惨白的月光，我害怕乡村漫长无尽的夜晚，我害怕想起昨晚小梅还睡在我的床上，而今夜她已经不在人间了。

原来，小梅昨晚是来还愿的，她把在人间的最后一夜留给了她童年的好伙伴。

母亲在关了电灯的小屋里,在如雪的月光下,断断续续地讲述着人间的恩怨。

你父亲跟补箩匠其实是一对孪生兄弟,因为你爷爷养不起两个娃娃,就将大的你父亲留下,把小的补箩匠送给河对岸村子里富裕的张家做儿子。

福祸是命中注定的。你父亲因爷爷家贫穷而一生顺当,参军学医去了。而可怜的补箩匠跟随了富裕人家,没过过几年好日子,就被划成富农身份,颠沛一生。

你父亲是高贵的医生,补箩匠只能串街走巷,给人家补竹箩维持生计。你父亲娶了再娶,春风得意。补箩匠却孑然一身。

补箩匠的养父倒是个文化人,家里藏了一屋子的古书。补箩匠虽然没上过大学,却自幼饱读诗书。这些只有我知道,你们只知道他是富农之子,是该死的牛鬼蛇神。

你父亲是个自私狭隘之人,为了不连累自己,早就跟张家划清界限,从没有承认过这个同胞兄弟。

倒是补箩匠念念不忘自己的亲哥哥,政治风潮过去了,政府也清明了。后来分田到户,人人讲建设,再没人讲阶级斗争。

补箩匠来家里找哥哥,每次来都只有我在家。

熟络了,我才跟补箩匠说,阿秀出生时,我不得不绝育保命后,他就嫌弃我,也嫌弃女儿。你哥哥他不会回来了。

我说你找你哥哥，找错地方了，不要再来了。

补箩匠倒是来得更勤了，见我忙不过来，就抢着干。

后来的事，不用我多说了。你是知道的。

没有补箩匠，你妈妈早就死了。

你父亲亏欠我的，老天安排他的亲弟弟来还给我了。

我不恨你父亲，真的，我早就忘记这个人了。

补箩匠很疼你，你毕竟是他谢家的后代，他唤你时总是说："我女儿阿秀……"

可是，你却骂他是狗，视他如仇敌。

那时我们很穷，半年见不到一点荤腥。他说你长身子要营养，在月光下给你摸泥鳅，还被毒蛇咬过……

你却怨恨我给你吃了太多的水下之物，让你内心冷如草蛇，一生不嫁。

唉！我也不恨你，你毕竟还小，也不知内情。况且，你的生活也不如意。

如今一切都过去了。兄弟俩同年同月同日生，在相差不到半个月的日子里相继离世。

就剩下我们娘儿俩过余下的光景了。

我想换个地方，过清静日子。这地方太折磨人了。

阿秀，听阿妈的话，我们明天就走。家里也没啥值钱的,粗重的床柜不要了,我也不想看到这些旧东西。

我要换个天日。

我百年之后,亦无须送我回来。

这里不是我的家,如来佛祖处方是我的家。

难得一个七十岁的老人,舍弃得这么彻底。温润而勇敢。

而我,一直是没长大的孩子,内心冷酷而外表稚气。

第二天清晨,母亲只收拾了几套换洗衣裳,像出去三五天便回来的人一样,坐上了开往异乡的车子。

此时是故乡的黎明,月色朦胧而清冷。

驯养多年的狗儿吉顺不知去向。母亲说让它留下吧,它要守着补箩匠的破房子。

我们母女俩像逃难似的,没有说一句话。车子默默盘旋在弯弯曲曲的山路上。

车窗外一轮明月,空空洞洞,挂在西边的天上。对了,它再也不是童年那轮暖意融融、通情达理的月亮了。

故乡,我再也回不去了。

我,还能去哪儿?

围龙屋的女人

一

小妮子，我看见你在路口走下一辆红色的小轿车，朝半山腰的围龙屋走来。

时隔二十年，我的小妮子，你再次回到童年时生长的村庄，回到这个已经是断壁残垣的围龙屋。

我，你的外婆，让你无法释怀。自小我就最疼爱你，因为我看出你是四个外孙女中最有出息的一个。今年你满四十周岁了，你是驰骋商海的女强人。我的小妮子，外婆没看错你。

你迈着沉重的步伐，一步一步走向你记忆中白墙黑瓦的民居。这个围拢成半个月亮形的围龙屋，滋养了年幼的你，滋养了你在外漂泊和拼搏的一生。你走过欧洲、非洲十几个国家，总是走不出这个泉水潺潺、晨雾缭绕的村落。

我怜爱的小妮子。

二十年前，你还在上大学，如一朵娇美的野菊花。你来了，跟你一起来的是位英俊少年，你们是彼此的初恋情人，经过十年爱情长跑，结成了夫妻。

到如今，你走过了艰辛而丰美的二十年。你跌倒，绝望，挣扎，然后奋斗不息，一路狂奔。不管在哪一方面，你比很多女人都活得通透洒脱。

初秋的落叶铺满了路径，小妮子，你没有看脚下，总是仰头遥望半山腰的围龙屋。屋子前再也没有身穿黑色粗布衣服的外婆在呼唤你："阿妹——快行路。"

外婆离开人世的时候，你才上小学四年级。你母亲，我可怜的女儿，怀着你的弟弟，在生了你们四个女孩之后，她再一次在食不果腹的艰难处境下跟命运赌了一次。她还不知道肚子里的是男是女，我却知道这次是个男孩。所以，我放心地走了。

我是一个人走的，孤独的如同围龙屋天井旁半夜的月光。我没有让你身怀六甲的母亲来送我最后一程。我走之后，你母亲从不敢踏入这个围龙屋。她多次梦回娘家，泪流满面。只有你，我的小妮子，瞒着你母亲，来看过我两次。

是谁告诉你，我埋葬在对门的山坳？是邻居大婶吗？上次你来，无言地遥望着我的墓冢没有落泪。你一直是个诚实的孩子，你无须用眼泪来表达你的思想，你自小就跟别的女孩不同，你明辨是非，敢于承担责任，坚韧不拔。有一次，你摔破了头皮，血流满面，我和你母亲都哭了，你却没有流一滴眼泪。我知道，你可以成就一番事业。

可是，你始终无法释怀的，就是我这个来自印度尼西亚的矿山主的千金，是如何经历人间的奢华和艰辛，孤苦地长眠于这片客家土地。

从下车的那一刻起,你就缄默,好像在朝圣。是的,这个已经败落的围龙屋,在你心里是座圣殿。你坚信,你的智慧和力量来源于此,来源于童年的磨难。

你在我身边长大,你的三个姐姐,感受不到这座围龙屋的灵气,学不到我这个南洋人的人生智慧。而你,小妮子,很喜欢住在这里,在木方窗透过的一抹斜阳里,看我吐出白雾袅袅的烟圈,听我讲故事:遥不可及的印度尼西亚,七天七夜的航海,富可敌国的公主生活。这一切,构成了你无限遐想的世界,你试图用你的奋斗去接近这个世界。而我,一个会抽烟的女人,一个最应该天天哭丧的贫困孤苦的老人,你看到的却是我哈哈大笑的样子,你从没有看见我流眼泪。小妮子,我是你童话里的仙女婆婆,仙女是没有眼泪的,因为在蜕变成仙女之前,必须把泪水流干。

你和我守着清贫如水的日子,不同时令,我带你上山采野花,春天有粉红的捻子花,夏天有红艳艳的火柴花,秋天呢,我们采来金黄的野菊花,晾干在屋檐下,用来泡水喝。总之,我们贫穷地活命。累了,甚至是饿了的时候,我给你讲遥远的印度尼西亚,你就忘记了饥饿,在我的故事里安静地睡去。

我记得,有一次你问我:"外婆,你最怕什么?"

在你看来外婆是不怕任何东西的,我抡起铁锄头,把蛇打死;我举起扫把,追赶蜇人的大马蜂。

我朝天吐了一个烟圈,说道:"别离。"

小小的你,眨巴着大眼睛,思索了好一会,然后你又问:"什么是别离?"

我后悔回答"别离"二字了，对于一个六七岁的孩子来说，这是过于灰暗的字眼。

我扭过头去，熄灭了手里的自制黄烟条，走开了。那是唯一一次我眼睛里有了泪光。幸好我掩饰过去了，没让你看见。

每个寒暑假即将结束时，你几乎是彻夜难眠，你不像往日那样安睡，你在席子上翻来覆去，有时你在偷偷流泪。然而，你不说，我也装作没看见，不问你。到了要回你家的那一天，你总要我送你走了一程又一程，直到走完那段泉水如练、郁郁葱葱的山路。我们穿着布鞋，轻轻的足音，沙沙地回响在静静的山谷。盘桓的山路，美如诗画。清晨的路边，露珠挂在草尖上，在朝阳里如钻石般闪烁。当望见那棵大梧桐树的时候，你就伸出小手，默默地擦眼泪。你知道，外婆要往回走了。

"开学了，小妮子，好好用功，长大了做一番大事业哟!"同样的嘱咐，我重复了一次又一次。

你认真地点点头，我知道你把外婆的话牢记在心了。有时你会扑在我怀里，温存一会儿，用我的粗布衣裳擦干你挂满泪水的脸。然后，你走了，不曾回头望我一眼，大概是怕泪水再次溢出。我呆呆地目送你纤小的身影消失在拐弯处，每次都期望你突然转身朝我奔来，可是你从来没有。三岁孩儿定八十，我知道你倔强如牛，你总能勇往直前，从不会后悔自己的选择。

我站在梧桐树下，叹了口气，一步过一步，往回走。回到空荡荡的屋子，等待你下一次的到来。我要养好母鸡，让它们多下蛋，把炸过猪油的肉渣儿用盐腌着。等你来了，给你加强营养。

从你有记忆时起，到我离开人世，小小的你，独自奔走在这条二十公里的山路上，这里孕育了你的勇敢和坚毅。你认为，你今天的成就得益于这条峰回路转的青翠山道和赤贫的童年。

你终于走完了陡峭的小路，踏上半山腰的平地。秋风有点凉意，小妮子，你穿着深蓝色的丝质长袖上衣和黑色西裤。好高贵，有我娘家传承的贵族气质。

你惊呆了。眼前这个杂草丛生的院落，再不是你记忆中生机勃勃、鸡犬相闻的围龙屋。所有人都搬走了，去县城，或者到集市那边起高楼了，谁还守着这个砖砌瓦盖的破房子呢？

你默默转身，久久遥望着我的墓冢。

你看不到我的墓了，隔着一条小河，河的两岸树木茂盛。你只知道我长眠在那个方向。然后，你仰头看湛蓝高远的天空，好像在找寻遗失的东西。呵，小妮子，你看见外婆了吗？外婆在天上看着你。

二

在印度尼西亚的娘家，大家都唤我阿莲。家里八个姐姐都不认字，父母早早就给她们选好了婆家，嫁得很体面。我是父亲最疼爱的小女儿，因为父亲没有儿子，他把我这个小九妹当成儿子来教育。跟前面八个姐姐不同，我从来不学习绣花和做衣服。父亲要我从四岁开始学认字，不幸的是我学的是印尼文和英文，偏偏没有学习汉语方块字。五岁学钢琴，父亲打算把我送到英国去深造。漂亮的计划和我本该亮丽的前程因为母亲的早逝而终止和改变了。我母亲纯朴而温顺,她是客家人,来自中国广东梅州地区某一处的围龙屋。

后来我才知道,客家民居的围龙屋都是半个月亮的形状。有意思的是,客家人把墓地也修建成这个形状,是缩小的围龙屋。生的时候住大的围龙屋,死了住小的围龙屋。直到今天,你走到梅州的青山上,随处可见水泥砌成的半月形的坟墓。

对于母亲唯一的记忆就是给她送葬的情景,那时我刚满五岁。白色的队伍望不到头,吹着哀愁的曲子,把我的母亲送走,送到没有归途的黑暗里。

偌大的宅子,少了母亲依旧热闹非凡,好像什么都没有改变。不久就更热闹了,来了一位年轻的继母。从此,我不能睡在父亲豪华的卧室。我只能跟我的保姆嬷嬷睡了。

见到父亲的时间越来越少,我成了没人管教的野孩子。没人教我认字了。慢慢地,我明白,母亲的离开对孩子来说是个永久性的灾难。姐姐们都出嫁了,她们接二连三地生了一大堆娃娃。

从十五岁起,向我提亲的人踏平了我家的门槛。因为最小,父亲舍不得我出嫁,一再回绝提亲者。磨磨蹭蹭到了二十三岁,再不嫁出去我就成了笑话。在父亲的精挑细选下,他把我嫁给了矿上一个来自广东梅州的客家后生。选择梅州的女婿,大概是对母亲的深情怀念。父亲希望他长久地留在矿上,想把他培养成亿万家产的继承人。

我记不清我嫁的男人长什么模样了。我只记得我穿着新嫁娘的粉红色衣裙,挤在臭烘烘的人群里登上了大船。我的新婚丈夫，说要带我回一趟唐山见见公婆，来回不超过两个月光景。父亲同意了，他不知道，这一决定把他最疼爱的女儿送上了一条艰难的漫漫不归路。

我和父亲，还有姐姐们在岸边挥手泪别，直到大船远离码头，他们成了一个越来越模糊的黑点，我的眼泪才喷涌而出。看不到亲人的时候，我感到无比恐惧，我预感到不幸将要降临。我甚至想跳入大海，变成一条鱼，游回我美丽的家园。

大船的颠簸使我翻江倒海地呕吐。几天几夜的航海，望不到地平线，我以为我会死在海里。苦涩的海浪卷破了我作为贵族千金的标志——新婚的丝质绣花衣。

我第一次离开那个荣耀的世袭贵族家庭，也永远地离开了那个美丽的千岛之国，离开了富贵温柔之乡，踏上了坎坷苦难的人生路。这就是我的命。

恍惚中我被人背着下了船，然后昏睡过去。待我清醒过来脚踏土地的时候，我看见了半月形的客家围龙屋和一口碧绿的水塘。

我被人围观，又听不懂客家方言，像被一群饿狼围捕的羔羊。

一位慈祥的老婆婆端来一瓢井水，我仰头喝尽。有条黑色的狗不怀好意地朝我猛吠。那个叫作"丈夫"的男人始终不见踪影。我头脑昏乱，再一次晕倒在围龙屋前的水塘埂上。

当我再次醒来的时候，是在一个开有小长方形窗口的小屋里。窗口透着浑浊的亮光，是黎明还是黄昏？无从判断。我努力站起来，双手扶着泥墙，一点一点靠近窗口往外看，一头老牛在窗口下喘着粗气，这是养牛的房子？我低头看看自己褴褛的衣衫。我这个印度尼西亚的千金小姐被人当成牲口了？还好，没有铁链锁着我，木门是虚掩的。我拖着疲乏的身子推开木门，走出小屋。

原来这是养猪和养牛的旁屋，时间是黄昏。

"阿妹！阿妹！"身后传来一个声音，我突然意识到，这两句话是在喊我。还是那位端井水给我喝的老菩萨，她端着一大海碗冒着热气的粥。

老婆婆解下自己腰间的围裙，铺在石头上，要我坐下来吃。鸡蛋拌稀饭，放了姜丝和香喷喷的猪油。我没有吃过这么香的粥。

在印尼娘家的生活恍如隔世，深海鱼生、大龙虾、腌制斑鸠肉，那是我永世回不去的从前。眼下这碗畜生栏前的鸡蛋粥，让我还有力气赖活着。

小妮子，你每次来，我都做同样的鸡蛋拌稀饭给你吃。在那个年代，一碗米粒坚实得近似干饭的粥，是多么奢侈。你走遍世界各地，吃尽山珍海味，还是比不上外婆做的鸡蛋拌稀饭。

快要吃完了，眼前忽然刮起一阵黑旋风，一个身穿黑色衣服的女人朝我冲了过来，把我手里的大海碗哐当摔碎在石头上。我站了起来，这个女人像一头疯牛，猛地朝我胸口撞来。我来不及防备，仰头就倒在石头上。

后脑勺一直在流血，我不觉得痛。良久，那个叫作"丈夫"的男人终于出现了，他抱着一个黑泥鳅似的哇哇大哭的小男孩。我明白了，我嫁的男人早有家室。

既然如此，他把我不远万里、乘风破浪带回到这个围龙屋来惹事做什么？如果他把我藏在印尼，他老婆在这里，井水不犯河水，这日子也能过。

可如今，摆在我面前的似乎是死路一条。我听不懂客家话，更不会说。我也不识汉字，更加不会写。这穷乡僻壤的地方，没有人懂印尼文和英文。我不知道这个村子的位置，也不知道怎么写信向远隔重洋的印尼娘家求救，我甚至连娘家的准确地址也不知道。因为我从没有离开过爪哇岛。举目无亲，插翅难飞，这就是我二十三岁时蜜月里的处境。

我无法承受眼前的现实。从那以后，我疯了。我开始用印尼话自言自语，昼夜不停，唠唠叨叨。有时唱歌，有时跳舞。我还是穿着那件褴褛的嫁衣，披头散发，时而大笑，时而痛哭。

三

小妮子，你走过的那些国家，是你母亲无法想象的遥远，以供应商的身份，去到了千岛之国，我美丽的故乡。那是在我去世后很多年的事了。

当你踏上那个雨水充沛的国度时，云层低得就像在芭蕉叶上似的。你泪眼婆娑，这里孕育了一位坚强而苦命的女人——你的外婆。她给了你无穷的力量，她引领你跨越无数艰难，成就了你的人生。这是你第一次走出中国，走向世界。

"妈妈，我在印度尼西亚，我要去寻找外婆的娘家人。"电话的那端，你母亲沉默良久，然后传来哽咽声。

你问那个有九辆奔驰车的客商，爪哇岛离万隆远吗？你要去找外婆，她叫莫莲香，是一百年前出生在爪哇岛的一个矿山主千金。

客商笑哈哈地说，就凭一个名字，一百年的时光，早已经把寻亲线索冲刷得无影无踪了，况且爪哇岛五十年前就不再采矿了。

在中国的时候，你以为去了印度尼西亚就到外婆家了；还没有认识来自印尼的人之前，你以为遇上一个来自印尼的人，就是外婆的亲戚或者一定知晓外婆的家族。等到了那个遥不可及的地方，你才知道，外婆还在远方。她在时光的缥缈处，茫茫时空，仍然无处寻觅她。

此时的你，刚刚结束了一段婚姻。那个跟你来围龙屋看我的英俊少年，经不住声色的诱惑，背叛了你们纯洁的爱情。难得你小小年纪，面对婚姻的破碎，却平静地对他说，孩子我带走，其余的身外之物你就凭良心吧。

你开始了艰难的创业。因为缺乏经验，第一次创业以失败告终。

你穷得买不起冬天最便宜的雪花膏。从开小车改为骑单车，从一个有钱人变成一个负债的穷人。从一个车接车送的老板娘，变成一个下岗失业的单身女人。

一切都来得没有商量的余地，就像我从矿山主的千金沦为猪圈里的疯子一样。我怜爱的小妮子，在艰难中，你开始重生，你童年时的韧劲儿使上了。

你经常在没人的时候，号啕大哭。我在云端看着你，我的小妮子。你突然就苍老了，像个五十岁的老大妈，白了头发，臃肿了身段。婚姻之于你并不重要，要命的是这场婚姻的解体，让你毁灭了对爱情的信念，对人生和世界的信念。

我在庇佑着你，我可怜的孩子。我知道你不会倒下的。你咬紧牙关，穿梭在大街小巷，一个人匆匆行走。没人知道你要干什么，只有你清楚自己要干什么。你倔强地对自己说："我相信自己！"是的，哪怕全世界都不相信你，你也选择相信自己。

你做好了输的准备，你问自己，输得起吗？输了就去市场卖青菜。一辈子卖青菜，你也可以心甘情愿地接受。

但是在卖青菜之前，你要再赌一次。于是你去银行贷款，拿自己的后半生去赌一把。

很多人失败了，是因为他们放弃了再试一次的顽强和勇敢，直接就卖青菜去了。自从你做好了最坏的打算之后，你开始一步一个脚印，终于走出了困境。

在生意的失败和婚姻的解体之后，你开始当老板了，你首先是自己的老板，管理好自己的情绪和健康。

你经营公司，也经营着你的人生。经过两年夜以继日的奋战，你在通信行业有了自己的产品和国内外市场。你原是个笨嘴拙舌的女人，被人欺负了只会哭，如今思维敏捷、口齿伶俐，用地道的英文跟外商谈判。你学会了合作，学会了用人之长。你从不责怪你的下属，生意做成了，是下属的功劳；出现失误，你都说是自己的过错。

渐渐地，你变得干练起来，精明却不张扬。你很快就把贷款还清了，开上了高档的小轿车。

呵呵，我的小妮子。

四

一只温暖有力的手搭在我的左手脉搏处,我在混沌昏迷多日之后突然清醒了。我知道那时是黎明,天就要亮了。

我闻到了故乡日出的味道。离开家,我第一次梦回故国,那湛蓝的海洋,我的父亲和那个热热闹闹的大家庭。

一个身穿白色长衫的郎中在给我治病。也许他整个晚上都在挽救我的生命,要不然,他怎么会在黎明的时候跟我在这个牛栏里呢?

曙光透过四方窗射进了阴暗的屋子,我想喝水。刚有这个念头,郎中就端起了一碗清水,一勺一勺喂我。见我能够一口接一口顺利地把水吞下去,他笑了,阳光正好照在他的脸上。

他突然用英语说了一句"Hello(你好)"。在这样的穷乡僻壤,能够听到一句英语,我非常惊奇。我心里也在喊:"Hello! Hello!"可是因为身体过度虚弱,我发不出声音。

我听到我的邻居,那头一次可以产下十五个猪崽的老母猪在享用它的早饭。我也觉得饿了,我有多久不知饥不知渴了?

门被推开了,还是那个老菩萨,端着一个大海碗。她带来了满屋子的阳光,温暖而宁静。老菩萨放下碗,看看我,又跟郎中说了些什么,就出去了。郎中拿起碗里的勺子,一勺一勺喂我,是肉汤。

老菩萨又端来了一盆热水。郎中喂完我,从木箱里找出一块白帕子在热水里打湿,仔细地帮我洗脸。他用力地擦了又擦,一定是凝固了的污秽之物。热水洗脸,真幸福,上一次洗脸还是在父亲的家里。然后飘荡奔走，连命都顾不上了，哪还能顾上这张脸呢？

我闭上眼睛，任凭他清洗。是的，我踏上那条船的时候，就把自己交给命运了。现在，我也把自己交给他，一个给我洗脸的男人。

阳光暖融融地照着我。洗完了，我睁开眼睛，正对着另一双深沉的眼睛。原来他在距我一巴掌远的地方，俯视着我的脸。他没有把目光移走。

"Hello！"我用尽力气喊了一声。

这个温润的男人听到我的声音，泪水奔涌。我不再疯了。我会说"Hello"了。

他郑重地在阳光里流泪。我这才知道，我经常睁开眼睛而神志不清。他不知道我的眼睛什么时候是看得见的。他如释重负，在箱子里找出一把木梳和铁剪子，仔细地帮我梳头。梳不动的死结，他就用剪子剪掉了。

自喊出了那句"Hello"以后，我不疯了，安静地吃饭，睡觉。

我可以听出郎中的声音，连同他的脚步声我也能远远分辨出来。他每天都来，给我号脉，老婆婆给我熬药。他们称呼我为阿妹。

我不明白他们俩与我非亲非故，为什么要救我？我也不明白我与那个"丈夫"无冤无仇，他为什么要带我漂洋过海后置我于死地？

我第二次看到带我回围龙屋的男人，是剪头发后的第二天早上。我对他没什么印象，连高矮胖瘦也记不清了。虽然什么苦都吃过了，对于他的突然出现，我还是本能地畏惧。幸好，郎中跟在他身后。我看见郎中当着我的面，从衣兜里掏出一把钞票。

那个客家仔，看钱的表情比看我的表情要柔和多了。他急不可耐地用舌头舔了一下食指，然后一张一张地数。

我可怜的父亲。他精挑细选的女婿以一头母猪的价格，把他的宝贝女儿当畜生卖了。

数完钱，我这个噩梦里的丈夫没看我一眼，消失了，永远消失了。

"阿妹，走。"我听明白郎中的话。我换上了郎中带来的一身粗布衣服和一双布鞋，走出牛栏。

我还很虚弱，脚踩浮云似的走出围龙屋，走过水塘埂，又走过一片菜地，然后是一湾清水河，老婆婆在那儿捶洗衣物。郎中有意绕路带我来跟我的救命恩人道别。

我伏在老婆婆怀里，唤了一声幺母，我在故乡时是这样唤我母亲的。老婆婆哭着哭着又笑了，因为我不会死了，我得救了。她指指前路，示意我们快走。

我一步三回头，擦干眼泪，告别了我的"客家母亲"。要不是这个菩萨心肠的老婆婆，我早就死无葬身之地了。

郎中领着我，朝大山的深处走去。盘桓的山路，洒满了阳光。

五

小妮子，你躺在手术台上，你太疏忽自己的健康了。你的眼角有泪，你才三十三岁，万一有个三长两短，年幼的孩子怎么办？

你还有意识，手术刀在你的身上划来划去。你不知道自己体内长什么多余的东西了。手术室外，孩子尚小，他不知道妈妈进了手术室。你父母远在外地，你没有告诉他们。

生命何其不堪一击。人只有在受到死亡威胁的时候，才恍然大悟，一直很在意的东西居然毫无意义。比如，对金钱的无限追求，对别人评论的过分计较，以及爱恨情仇，这些与生命本身又有何关联呢？何苦为那些一文不值的人和事搭上了自己的性命？

你的外表再刚强，内心仍然柔软，没有跳出女人的软肋，事实上你太渴望爱情了。一天傍晚，你因过度劳累而晕倒在办公室里。因为这一场突如其来的病，你得到了短暂的解脱。

手术室里阴森可怕，麻醉药生效之前，你无限恐惧，望着长短不一的褐色铁钩，想起了鲜血淋漓的屠宰场。

你的心游离于身体之外。生意成功之后，你开始浪迹天涯，南非、法国、印度、日本……你想去的地方都去了，心却依然迷茫而无助。

手术在进行。良久，一个浑厚的声音在你耳边响起："痛吗？"

就像我在牛栏里昏迷多时后睁开眼睛，我与注视我的一双眼睛相遇。这桩事,在你身上重演了。由此看来,老天的把戏也是没有多少创意的,不外乎就是一个女人在毫无准备的情况下,遇上了自己久久等待的那个男人。

小妮子,当你睁开眼睛,看见了一双凝视着你的眼睛,这双眼睛的主人正在给你做手术。你霎时间就清醒了,并且确信你要找的人就是他。这事儿无须任何认证和探讨,甚至是无须思考的。因为在相逢之前的漫长光阴里,你已经思考很久了。

这一次,是你发疯了。你独自制造了一场排山倒海的爱恋,但这事儿对于那个医生来说却是莫名其妙的。

天注定,我、你母亲和你,我们三个女人对于做郎中的男人都难免一劫。我的小妮子,这次轮到你了。你甚至不知道这位医生姓甚名谁,便不管不顾地要去爱一场。

你的肿瘤是良性的,你记得这位医生对你说"吉人自有天相"。得知这个结果时,你喜极而泣。命运再一次青睐了坚忍而幸运的你,让你收获了一份健康和一场刻骨铭心的爱情。

这一场纯洁的恋情,足足持续了十年,让你的事业从成功走向辉煌,让你叱咤商海,对任何异性毫不动心。他像一根定海神针,让你在男人的世界里安闲自得,刀枪不入。

你忍受着两年的单相思,他连一个短信也不曾回复。你以你的倔强守候着心中的那份神圣,你不屈不挠地等待,等来的是那个医生突然得了重病。你像个亲人守候在他的身边。

在那个医生脱离生命危险之后,你才明白爱情既不是感动,也不是感恩。这次你又错了,就像第一次做生意失败时那样,以为投资了就会赚钱,这是幼稚无知的想法。你以为钱是认路的鸽子吗?钱是没长记性的老鹰,飞出去就不见踪影。感情亦是如此，有时付出和得到是不成正比的。

你再次心碎，选择了离开。爱与被爱都是人的正当权利，既然他无法爱上你，你只好放弃。你要的是坦诚地相爱，而不是因为得到物质上的帮助所产生的感动和报恩。你愤怒了，对他说，男女之间的爱情，不是感动和感恩的产物，它是灵魂深处的相互回应，相惜相怜。

直到如今，你不敢再去看他。你怕粉碎了时光雕刻的那一场相逢。

六

初秋的山路，树下的阴凉处，草尖上还有晶莹的露珠。我和郎中走走停停，他一路走，一路教我说客家话。

因为听多了，也因为生存的需要。我一下子明白了客家话的发音规律。他指着树说树，指着草说草。我像鹦鹉学舌一样，他教得很有耐心，我学得很认真。待走完那段悠长的山路，已经日落黄昏了。我会说很多客家话的词语了。

"涯系阿妹，你系阿哥。"我突然说。我的发音也只有郎中能听明白。正在采草药的男人，把手里的小花朵抛向天空，把我紧紧环抱在怀里。

"涯有老婆了。"他说。然后，他从裤腰处取出带有温度的一大把铁钥匙，交给我。

沉甸甸的钥匙，是沉甸甸的信任和重托，是一个无风无雨的温暖家园，我认定了这个在路上就把钥匙交给我的男人。厄运远去了，我不再是牛栏里待卖的畜生。

夕阳西下，彩云似锦。郎中在路边一心一意地用野菊花编织花环，这迷人馨香的野菊花是命运给我的一剂迷魂药，小小的圆环，圈住了我漫长的一生。

"老婆，来，坐在我身边。"他不紧不慢，好像要用余生的光阴来编织手中的花环。晚归的蜜蜂，嗡嗡地也来凑热闹。一朵朵橘黄色的花儿像缩小的向日葵，我似乎听到了很多孩子的笑声。

山峰叠翠，流水如歌。我知道，我活在了这个男人缔造的永不消失的天堂里。此生有过这样的时刻，再多的苦难都可以迈过。

"来，戴着花环回家，你是我的女人了。"郎中一边说，一边把花环戴在我的头上。我头顶"皇冠"，美滋滋地走在通往深山的小径上。

可是，小妮子，外婆就是苦命人。我原以为受了那么多突如其来的苦难，死里逃生后，从此就能安享太平人生。

不，厄运只是打了个盹儿，还没等我喘过气来，它又无情地向我扑来。我歇一会儿再来慢慢叙述我的人生历程。

让我们先来说说你敬爱的母亲吧！

七

你母亲嫁给你父亲时未满十八岁，我以为我为她选择了最好的人生，就像我父亲以为给我挑选了最好的女婿一样。我们做父母的是无法替子女去选择人生的。

我并没有挑选，第一个来说媒的，我就同意了。因为你父亲在军队里学医,是新时代的郎中。仅凭这一点,我就同意了你母亲的婚事。

你母亲的苦难是因为连生了四个丫头。三代单传的你爷爷,命令你父亲休妻再娶,一定要生个男孩,把香火传递下去。

客家风俗认为只有男孩才能传递香火,但只靠男孩又怎么传递呢?难道没有女人,人类还能繁衍生息吗?道理是这么明摆着,重男轻女的观念却是祖祖辈辈传下来的。总之,那个年代里,你母亲在连自己的命都顾不上的情况下,一口气生下你们四个姐妹是不算数的。

你善良的母亲没有恨过你们,她认为是她命不好所致,不能怪罪在女儿身上。她也不责怪你父亲,她没有什么科学知识。她只责怪自己的肚子不争气。

你父母一生都过着聚少离多的生活。那时,你父亲远在江西井冈山医疗队,四个孩子出生时,他都不在你母亲身边。

你纤弱的母亲,默默忍受着公公婆婆精神上、物质上的双重折磨。生你的时候,你母亲未出月子,就因为农忙被你奶奶赶下水田干活了,你奶奶连一碗像样的饭菜也没给月子里的媳妇做。在那个公公婆婆当家做主的农村社会,小媳妇简直连母猪的待遇都不如。我这个贫穷的寡妇娘,知道了女儿受尽公婆虐待,又能怎么样?只有陪着女儿流泪的份。

你母亲落得了一身病。作为医生,你父亲很清楚生了女儿也不是你母亲的错。但是迫于来自家庭重男轻女的压力,你父亲第一次显得彷徨:休妻再娶?你父亲虽然没有把这些想法说出口,但是你母亲不是愚笨的人,她明白了你父亲作为独子的责任,香火不能断在他这里。

这一年,你父亲的探亲假期还没结束,就提前离开这个装着火药桶似的家了。他宁可待在部队,眼不见心不烦,丢给你柔弱的母亲四个嗷嗷待哺的孩子和一个矛盾重重的贫穷家庭。

你母亲想到了死。对她自己,对你父亲,她真的是绝望了。她没说一句有关死的话,却在心里盘算着一场结束自己性命的壮举。

姐姐们都跟着你恶魔般的奶奶,因为你最小,便每晚睡在你母亲的身边。那一年,你才三岁,还不记事。你母亲自从有了死的念头后,每晚都抱着熟睡的你流泪直到天明。她最舍不得的就是你,她曾寄希望于你是个来改变命运的男孩,偏偏你又是个女娃。

那是一个结霜的初冬。四更天就起床的村妇们吃过稀饭就往大山里赶,趁冬季作物收成之前,要去大山里割草打柴,准备过冬的柴草。

黑乎乎的窗外,已经听到春兰嫂子在小声叫唤:"他嫂子,镰刀可磨好了?"

你母亲知道自己该走了。她满脸是泪,拧大了煤油灯,看了又看她最小的女儿,亲了又亲熟睡中的骨肉,一边亲,一边哭。然后,她给你拉好了被子,拉好了蚊帐,吹灭了煤油灯,一步三回头,走出房间门,又回来摸摸你,心都碎了。

可怜的孩子,你要好好长大啊!长大了做一番大事业,别像妈妈这么没本事,受人欺负。长大了,别责怪妈妈今天的选择。

"他嫂子,快动身啊!大家都走到大河边了。"春兰嫂子再次在木窗外催促着该上路了。

你母亲再一次亲了你热乎乎的脸蛋。她纤弱的身影消失在黑暗里。小妮子，你在安睡。我也不知道，此时我可怜的女儿，一步一步走向死亡。

她像往常一样，拿起绳索和两头尖尖的长竹竿，还有那把根本没有磨好的镰刀。她知道从今天起不再需要使用镰刀了。那一年，她才二十七岁。

村妇们走远了。你母亲有意沿岔路走开，没人会留意她已经掉队了。一个生不出儿子，被公婆像畜生一样驱赶的小媳妇，谁会留意她的存在呢？

围龙屋里讨新媳妇，都是同宗同姓的，要扯的话，不出三服都能扯上亲戚关系。每次办喜事，你母亲只能低着头在厨房干活，她没有资格坐在祠堂里吃饭，只有生了儿子的媳妇才能坐在围龙屋的祠堂里。每年腊月十五的添丁赏灯节，更是让你母亲抬不起头来，她躲得远远的。连生四个女孩，折磨得她够惨了，甚至村子里的媳妇都不愿跟你母亲来往了，觉得她生不出儿子挺晦气的。加上贫穷，公婆还要赶她走，威逼你父亲再娶。

这个清晨，霜特别重，冰冷如雪，结在路边的干草上。你母亲身上衣衫单薄，她孤零零的身影消失在大山深处。

待朝阳带来一丝丝温暖的时候，她终于走到了山顶，找到了她要找的那一丛植物。这油绿的叶子，是剧毒的草药。你母亲不愧是郎中的女儿，她从小就认得很多种治病的草药，会开方子抓中药，但是也认得能吃死人的名为"大茶药"的一种草，这种草可以用来提取砒霜。她想好了，空腹吃下这些叶子，就可以解脱了。

她一片一片像采摘花朵一样，把叶子摘了下来，放在草地上。要多摘一些，待吃到晕的时候就起不来再摘了，量不够是不行的。

想好了，就得干得彻底。这样对活人和死人都干脆些。看着一堆小山似的叶子，你母亲叹了一口气。

然后她躺下，饥肠辘辘的她，一片一片咀嚼着毒草叶，也在咀嚼自己这苦涩的人生。她一边吃一边哭，她最舍不得的就是她孤苦伶仃的母亲，还有刚满三岁，因为营养不足走路还不稳的你。

可是她没有停下拿叶子的手，一片一片往嘴里送着。她越吃越快了，后来不觉得毒草叶苦了，反而变得有丝丝的甜味。

当太阳晒化霜的时候，天已经大亮，是九点多了，满山都湿漉漉的。村妇们打好了柴草，准备下山。

此时，我可怜的女儿躺在草地上，口吐白沫，中毒昏迷了。一定是她早逝的父亲，在天上像神明一样庇佑着我们母女俩。

一个媳妇，担着柴草想抄近路，恰好路过你母亲昏倒的地方。看到草地上挣扎的人，那个媳妇连忙放下柴草，大声朝山下呼喊。

媳妇们把担柴的绳索解下，做成了最简单的担架，把弥留之际的你母亲抬下山来。

当加急电报送到部队时，你父亲刚走下长途汽车。连他也没有重视过这个女人的存在，而她已经给自己生了四个孩子。

你父亲火速赶回，身为医生，他救过无数人的性命，可是当自己的孩子出生,妻子命垂一线的时候,是别人救了自己最亲的人。

看着这个身材瘦小、脸色蜡黄的女人,你父亲受到良心的拷问。他握着你母亲的手,说道:"我对不起你,让你受苦了。"你母亲还在昏迷中,她听不到你父亲发自内心的忏悔。你父亲做出决定:离开部队转业回家乡,他下决心要和你母亲一块儿挑起家庭的重担。

你母亲在昏迷三天后睁开眼睛,看到你父亲,她以为到了天堂。"阿妹呢?"她问道。

你父亲辛酸地落泪,说:"我再不离开你了。"

八

小妮子,人生是一场电影,由各个场景组成,时间是一条线,串起喜怒哀乐。说到底,每个人都是在演自己的戏,剧本也是自编自写的。

现在回到我的电影吧。这一出戏,是我人生最精彩的部分。假如老天剪掉了这一出戏,我还不如一只母鸡活得有意义。

刚才的镜头是我说了一句客家话,郎中在山间拥抱了我,还花了大半个小时编织了一顶野菊花花环戴在我头上。然后我们都不再说话,再美的语言,也美不过两个人的心意相通。

每翻越一个山坳,我就会看见一座半月形的围龙屋。白墙黑瓦,整整齐齐地围拢着,像升起的半个月亮。郎中说这是客家民居,一座围龙屋就是一个姓氏的家族,一个太爷传下的子子孙孙都住在这个围龙屋里。

郎中握着我的手,带我踏入安静干净的围龙屋,我好像进入隐隐约约的梦境中。

我在娘家的时候,总是梦见这个地方:深山里的屋子,白墙黑瓦,鸡犬相闻,平和安康,没有战乱。

当我进入屋子时,静悄悄的,没有人。郎中说,这是我们的家了。这是一座围龙屋的左边旁屋,修葺得特别精致。它属于围龙屋的一部分,又好像单独存在似的。

我站在门前,遥望对门的山坳,郁郁苍苍。不远处,一湾清泉如练,从种满了芭蕉的溪谷上奔流而下。啊!美丽的芭蕉林,跟我故乡一样的芭蕉林。

我知道此生我将走不出这个围龙屋。小妮子,你也走不出这个谜一样的围龙屋。所以,你反复回到这个你童年生活的村寨,企图寻找你走遍了大半个地球也找不到的答案。幸运的是,你出生在一个好的时代。而我只能终老这里,不能像你那样,雄鹰展翅。

我不习惯称呼郎中为你外公。因为连你母亲都没有见过他。所以,他只属于我,我们就还是称呼他为郎中吧。

他是个性情温和的人,知书达理,上无父母,下无兄弟,好像专门在此等候我的到来。他以一头母猪的价格,没有任何仪式,迎娶我这个天外来客,在方圆百里都因此而出了名,大家视此为叛逆。这些都是我后来才知道的。

这个围龙屋不大,住着稀稀落落的几户人家,他们耕田种地,过着平平和和的日子。邻里叔伯,因为老人小孩要来郎中的药铺拿草药治病，对我倒是宽容和接纳的。

郎中有几亩水田和旱地，算是村中的首富了。他治病救人，仁慈而厚道。

他熬制草药给我喝，说我身子弱，需要调理。我后来知道，那是调经药汤，喝了容易怀孩子。可是我像块顽石，没有动静。

我第一年下田种地时都要请人帮忙。我不习惯田地里的劳作，只喜欢跟郎中在不同的时令上山采草药。郎中从来不要求我干体力活，他常常在采草药的时候，直起腰板对我说："你就只管玩着取乐吧！怎么舒坦怎么来，别闹脾气就好。"

老婆就像猪一样养着，吃了睡，睡了吃。只干好这两件事就是好老婆。郎中对待老婆实在是宽容的。满满一年了，我没怀上孩子，郎中也没说什么，只是在我转身不经意的时候，看见他常望着大门外发呆。

我们从不吵架，每天都无比喜乐。我总是对的，郎中也总是正确的。做什么事，怎么去做，什么时候去做，有什么结果，完全是正确的。

而你，小妮子，总在跟男人吵架。你们看对方时总是挑错，干什么错什么，说什么错什么，从来没有对的时候。你的婚姻如牢笼。

都康健地活着，能活在同一个屋檐下，哪来那么多没完没了的对与错呢？待老天发怒了，让一个人先走，丢给另一个人半世纪的孤苦，那个错误才是致命的。

郎中教我用糯米酿造客家月子酒。手把手地教，细致地讲解。米饭要稍微硬些，煮熟了，摊开在大竹簸箕里，待饭凉了,加入适量的酒曲,和匀了,放进干净的瓮子里,密封之后,用棉衣裹着瓮子,静待发酵。二十四小时后,贴着耳朵,听到噼噼啪啪的声音,就可以打开封口,用干燥的棉布,抹干瓮子上米粒发酵散热的水珠,然后倒进跟糯米同等重量的白酒,再次密封好瓮口。三七二十一天后,月子酒就做成了。

他接着教我做客家豆腐。我说我一年学一个项目不行吗?不行,郎中说。他教我作为客家女人要会的一切家务手艺。

小妮子,你知道他为什么这么着急吗?原来,他没时间了。再不教,我这个漂洋过海的天外来客,更让他放心不下了。

当重要的客家手艺都教完的时候,已经到了第二年的深秋了。漫山遍野,开满了橘黄色的野菊花。

有一天出门的时候,他拿了尖顶的斗笠,说道:"等我回来,给你一顶野菊花做的花环。"他说完就走了。

我正在喂一大群母鸡,撒下稻谷,待鸡吃谷的这个时间集中检查,挨个抓起母鸡,用食指塞进母鸡的屁股眼里去,顶到硬硬的东西,母鸡上午就会下蛋了。要把母鸡用竹笼罩着,待蛋下在竹笼里后才放它们去野外觅食。

我做完这个工作,走出大门远望,郎中的身影已经在山坳那边。

我一直伫立着,他在回头望我,好像在朝我挥手。我揉了揉眼睛,山坳却空无一人。

我再也没有等到他回来。

为了采摘一丛最美的野菊花,他一脚踏空,从悬崖落下。

我的郎中，以这样惨烈的方式跟我告别，长眠于这片青山绿水之中。我最怕别离，却总是承受突如其来的长久的别离，上次是离开印度尼西亚，这次是郎中的突然离世。

"相爱的人，从来就没有别离，没有生死的阴阳界限。"我说这句话是在自欺欺人，五十多个春秋的孤苦是沉重的，需要比面对死亡更有耐心和毅力来应付这份沉重。

郎中走后的日子，对我来说都是昏天黑地的了，我不知饿不知渴。

又是那个在牛栏里救我的菩萨婆婆，翻山越岭来到我身边，挽救濒临死亡的我。她给我喂粥吃，嘴里念叨着："阿妹，阿妹，不要怕。"

我吃什么就吐什么，我的身体有了变化。

婆婆环抱着我，一边流泪一边欢喜地说："阿妹，你怀娃娃了！神灵庇佑！"

啊！郎中的孩子，我的孩子。我默默闭上双眼，仿佛看见郎中站在床前给我把脉，就像在牛栏里给我把脉一样。

小妮子，是你母亲的降临挽救了绝望的我。对郎中的无限追忆，对你母亲费尽心血的哺养，还有后来看着你成长，牵扯着我在围龙屋里安守半世纪凄苦的岁月。

九

我咬着牙，习惯了田里地里的艰苦劳作，学会了耕耘、播种和收获，也学会了全盘接纳命运。

在贫困之中，你母亲慢慢长大了，她不到五岁，就要去新开采的煤矿上捡煤砟换零钱，然后买回来一小包粗盐。那个年代，活命成了最艰难的日常任务。

小妮子，外婆不认识汉字，是个不折不扣的"文盲"。这一点让我吃尽了亏。所以，你母亲对你们唯一的要求就是好好读书，虽是女儿身，要做出男儿事。这一点，你母亲太有智慧了。

"文革"时期，村里有权有势的人，早就盯上了我们祖传的房子，哄骗我在一张分红薯的纸上按指印。过了一年，这房子就不明不白地属于某些掌权人了。

我坐在郎中的墓前，眼泪也流干了。我迷迷糊糊睡着了，恍惚间，听见郎中说道："阿妹，何苦呢？那些身外之物，生不带来死不带去，世上任何东西都没有永久的主人。"我习惯了在郎中的墓前向他倾诉一切，他总能给我恰到好处的安慰。

我时常怀念我的故乡，美丽的千岛之国，那里没有欺骗，没有饥饿。

这人间没有吃不了的苦，也没有享不了的福。天壤之别的生活，我一一历练。活着真好。我坚强地活过了七十七个春秋，像天井旁的月光一样安静。

我走的时候，你康复后的母亲又怀上了第五个孩子，我没能够等到你弟弟出生。

在一个初冬的清晨，我的郎中，穿着标志性的长袍，将我拥入怀中。我含着微笑，跟着他去了一个没有风霜雨雪，没有凄苦和别离的世界。我的人间历程走完了。

暮色苍茫中，小妮子，你久久流连于童年的围龙屋，破瓦残垣里，你寻找着神秘的力量吗？

　　我轻轻朝你吹了一口仙气，吹走压抑在你心中的烦闷，吹走你的迷茫。

　　你再次凝望山坳，然后迈着坚定的脚步，下山了。

　　你终于明白人生是一段旅程，任何阶段都需要梦想的指引。

　　爱和希望，如一道亮光，冲破黑暗，照亮了你足下伸向远方的路。

似水芳华

一

在东江、西江和北江三条江水的汇合处，有个县城名为三水，属于广东改革开放前沿的珠江三角洲区域。在北江沿岸最北端的地方，有个安宁的小镇，名为塘头镇。塘头镇离三水县城有五十公里，二十世纪八十年代初期，塘头镇除了隔江一个冒着黑烟的水泥厂以外，没有发展别的工业，大片肥沃的土地种植水稻和甘蔗。

农历每月的三六九日，是塘头镇赶集的日子，隔江的农民把从山上砍来的木材扎得结结实实，搭渡轮运到镇上，一并运来的还有性子刚烈的小猪、长着漂亮羽毛的黑白大鹅。平日安静的小镇显得热闹非凡。

这里光照强烈，本地人脸色赤黑，身材矮胖，看不到长得白皙高挑的姑娘。小镇的人们世代喝着碧蓝的北江水，按理应是民风淳朴，热情善良。可是世间哪个角落都有好人和坏人，塘头镇也不例外,居民大都安分守己,但是也不乏狡猾善变、阴险歹毒之辈。

塘头镇的那段江面,是个良好的避风港,停泊了各类渔船,有搭着竹船篷的居家小木船,这就是渔民的屋子。他们在这船上吃喝拉撒,休憩、争吵和生养后代。每条船上必有看家的狗,或淡黄,或纯黑,个子不大,却精巧灵敏。有陌生人靠近自家的渔船,必竭尽全力地汪汪大叫。有时也因为闲着的缘故,看见岸上有人走动,贪玩似的叫半天。看家狗活动的地方非常有限,一边吠,一边在巴掌宽的船沿来回跑动。

渔家的孩子总是光着身子。经常可以看见做母亲的走出船篷,提着一个光着身子的孩子,浸到船外的水里去。严冬季节也是如此,孩子就这样习惯了水,从来没有听过谁家孩子掉进水里被淹坏的事。再大些的孩子,还是赤裸着身子,在干净的细软沙滩上打滚。他们最大的梦想就是能够在岸上买房子,在踏实的土地上扎根,不用在水上飘摇过一生。

江边能看见月亮的夜晚特别多,月亮总是大而光亮,像橙黄色的大气球,挂在半空。卖鱼晚归的渔民,从堤坝到篷船,走出了一条小路。船里亮起了温馨的渔家灯火,船篷下的主妇们从男人手里接过买回的肉和青菜,为满身沙子的娃娃们和风吹雨打的男人做晚饭。

船篷里放置了锅碗瓢盆等全套工具,岸上的人们难以想象渔民是怎么生活在这个狭小的空间里的。遇到雷雨大风,小船在江上颠簸摇晃,上下左右全是水,一家人挤在船篷下,照样安然入睡。渔民像鱼一样以水为生,繁衍生息,坚强而有序。

每年的阳历七月间,汛期从不会忽略这个小镇。上游汹涌而至的泥沙水，改变了江面的温柔和干净。这时的北江变得残酷无情，大水扫荡了附近的村子，远处的荔枝林全被淹没了。江面变得宽阔，水漫上了堤坝，除了翻滚的黄沙水，什么也看不见。渔民会在洪水到来的前夕去下游安全的地方避水，等洪峰过后再回来。

小镇的传统建筑是用黑色石头堆砌的吊脚楼，用于防水。二楼以上有木制的房子，墙身和屋顶用黑色油漆涂得像黑夜。因年代久远，木板已经风化残损，不能再住人，里面放着造船用的长条木材。塘头镇只有一条街道，地面铺着灰色的石子。整个小镇是灰暗的色调。

镇上有一所塘头镇中学，校长是兼职的，他的专职是放鸭子。大部分教师是地道的农民，兼职做教员，铃声响了进入教室是老师，走出教室就是农民，卷起裤腿，忙田忙地种庄稼，犁田插秧，养猪养鸡，样样精通。干农活占去这些民办教师大半的时间和精力，教学反而成了副业。这样的师资状态，显然不符合时代的发展需要了。于是，教育成了这个小镇最热门的话题，政府兴建了崭新的校园，包括幼儿园、小学和中学，并且率先在教育战线引进外地人才。

如此，小镇上最雄伟美观的建筑就是塘头镇中学，两排六座用钢筋水泥建成的楼房，平稳地屹立着，外墙仍然是小镇特有的暗灰色。

一九八九年夏天，春霞大学毕业那年，就是在这样的环境下，从粤北山区以师范院校优秀毕业生的身份，统一分配到了塘头镇中学。她带着对珠三角改革开放的憧憬，带着对人生的热切希望，任教塘头镇中学，教英语。

那一年，春霞刚满二十一周岁。从小到大，她没有经历过什么挫折，没有遇到过什么伤心事，顺顺溜溜从幼儿园读到大学毕业。

春霞还留着学生发型，把刘海剪得齐眼眉。她喜欢穿有蝴蝶结的白色连衣裙，她愿意一辈子都在校园里做学生，过统一吃饭统一就寝的有条有理的生活。她比别的女生都单纯，从不怀疑这个世界的美好。

春霞姓黄，她有个初恋情人叫张文健。他们是同班同学，情窦初开，互相暗恋。那个时代，男女同学互不说话，他们便只在教室外面的走廊里碰见的时候用眼睛诉说着这份纯洁的情怀。年少还不懂什么，只是喜欢偷看那个人，看到了那双眼睛，会脸红心跳老半天，晚上就因白天里那一霎时眼神碰撞的火花而灼热得失眠。长大了就明白，自己是爱恋着那个人。看见他成绩好，就想追赶上去，也梦想着能够和他一起考上某所名牌大学。因要迎接千军万马过独木桥的时代大考，须把这份爱恋压抑着。盼啊望啊，就等着高考完了松绑出牢笼的那一天，好好跟心上人诉说这份折磨人的秘密。

文健强壮如小牛，斯文又英俊。高考放榜了，他拿着北京一所重点大学土木工程学院的录取通知书，大大方方敲响了春霞家的门。

春霞亭亭玉立，纯净如开放的白玉兰。她知道他一定会来。年轻的心，第一次滋生了爱情，欢畅在爱的世界里。上天把人间的好事儿过早地安排给了这对年轻人，大学录取通知书和甜蜜的爱情，都在这个美好的夏天，发放到这一对年轻人手里。他们的幸运,让所有同学心生嫉妒了。

春霞更是把整个心思都投入与文健甜蜜的恋情当中去了。正值年少,该找个恋人来痴迷一番,才不枉费青春。这份爱恋,阻隔了别的男女。文健眼里只有春霞妹妹,别的姑娘都不存在。春霞心里也只有文健哥哥,她从来不多看一眼别的男生。所有的男生都觉得春霞傲慢至极,不近情理。

那时城乡中学都缺乏正规院校毕业的教师,师范生的全日制在校学习压缩为三年。这样,春霞比文健早一年离开了大学校园,参加工作。

分配到三水做老师,春霞不曾想过自己已是大人了,开始走向社会了,她总觉得自己只是去实习而已。在文健的世界里,春霞还是那个不谙世事的小妹妹。妹妹是长不大的,妹妹有特权找不到回家的路而不被哥哥笑话,妹妹也有特权犯尽天下之大错而得到哥哥的宽恕。

三水比粤北山区开阔有前途,一年后文健的毕业分配也有了方向。可是,春霞从小到大没离开过家乡,一个人在陌生的环境里生活,被别人欺负了怎么办?春霞咋就一直这么单纯呢?她要是像别的女孩那么老练,多个心眼就好了。

文健自从知道春霞分配到远离家乡的陌生地方,就在学校认真给春霞备课了。他给春霞讲形形色色的坏男人,讲他们会说什么话,会使什么样的眼色,会买什么样的小礼物。春霞总是睁大眼睛认真地听讲,然后眨巴着一双黑眸子,认真地点头。

文健问:"记住了吗?"春霞一本正经地回答:"已经记住所有坏人的类型了。"最后,文健归纳一个重点:"不要跟陌生男人去任何地方。"

八月下旬的一天，终于可以启程了。天气格外晴朗，春霞兴奋得像个新嫁娘。站在朝阳里，春霞竖着耳朵倾听，风里远远传来自行车声响，文健来了。狗儿也听到风里的信息，于是跟着春霞一起迎到了大门外，只见乡间小路上，文健骑着自行车飞奔而来。

这对鸟雀般欢乐的年轻人，吃过了酿酒荷包蛋，在亲人依依不舍的泪光中，背起行囊，踏上了崭新的旅程。他们转了一趟又一趟的客车，朝着地图上所标示的三江汇合的三水县奔去。

天真的春霞，还没有见过外面的世界。她以为三角洲地区都像电视里演的香港那样，繁华热闹，灯红酒绿。没有想到二十世纪八十年代的三水县城，仍然落后封闭，一点儿也不现代化，比春霞成长的那座粤北中等城市还要更加破旧和贫穷。

文健领着春霞去找三水县教育局，曲里拐弯，找了老半天，才在一个小胡同里找到了教育局。所见之人，都是农民装扮，根本不是电视上的景象。春霞傻了眼，这就是三角洲的经济发达地区吗？

文健笑了，安慰道："这里只是个跳板，等我毕业了，找到大城市的工作，你再考虑调动。"

春霞点点头说："那我等你，早日把我解救出去啊。"

这还没完，去县教育局报到，才知道这批引进的人才，全部要下放到村镇去。春霞被安排到了三水县最北端的小镇——塘头镇。她更是心凉半截，气得大哭。

文健好说歹说，安慰着失望的春霞："报到证都拿了，政府不能再安排别的工作。"

文健又说："到哪里还不是一样吗？你只要开心和安全就好。你的任务不是去挣多少钱，不是去建功立业，你唯一的任务就是保护好自己，等候哥哥毕业。"

春霞心里也明白，失望归失望，国家统一分配的工作是不能随意违抗的。对比别的分到粤北山区农村中学的同学，对比连用电都要限制的地方，这里至少出了大山，靠近省城广州。

于是，春霞跟着文健，背起行囊，搭上了往北部塘头镇去的客车。

出了喧闹的县城，夏日灼热的阳光里，汽车行驶在柏油路上吱吱作响。路的两旁是翠绿的参天古柏，带着松柏的清香。愈往北走，天空愈发湛蓝。绵延的北江大堤，草绿如毯，三五成群的黑色山羊，悠闲地吃着青草，映入眼帘的是大片肥沃平整的水田，还有青纱帐一样的甘蔗林。

行驶了近一个小时，汽车呼啸着越过了绵延的北江大堤，从半坡俯冲而下。江堤内隐藏着另一番天地，只见远山如黛，江水碧绿，江面上停泊着大小渔船，远望像是一幅静止的油画。春霞被眼前突如其来的风景惊呆了，她不禁"啊"了一声，恍若进入一个遥远的梦境。

春霞就这样向美其名曰"外调"的工作妥协了。

二

学校分给春霞一个单间宿舍，内设厨房和卫生间。一张破旧的书桌，一把日字凳，一张用两个长条木凳支撑的木板床，这些家当就是学校分给每一位外来人才的生活用具了。

他们去镇上买了一个电饭煲、四个饭碗、几个不锈钢盆子、一把竹筷子，再没有钱购置其他生活用品了。春霞计划着等发了工资再买个铁锅，买些木柴。厨房有水泥砌成的土灶，可以烧柴炒青菜。煤气罐煤气灶是买不起的，加起来要三百元。春霞把购买这些高档炊具的计划放到了明年。目前当务之急是自行车，去镇上买东西就不用花四十分钟来回步行了。自行车要两百多元，争取在春节前买回来。天气闷热，买个小小的电风扇也很迫切。春霞已经把春节前才到账的工资安排尽了。

打好铺盖，买好锅碗瓢盆，第三天，文健就要赶往北京去上课了。纵使有一千个担忧，有一万个爱恋，也要离开妹妹去上学了。

这天下午，文健拉着春霞的手，去北江游泳。碧绿的江水，文健游得很尽兴，他一会儿沉到水里，一会儿冒出江面。春霞坐在江堤的草地上，默默流着眼泪。没有文健的日子怎么办？她看见文健朝自己挥着手，又把湿漉漉的头左右摇晃，逗自己开心，春霞笑了。文健用手做成一个哨子，嘘的一响，然后喊道："妹妹。"春霞也朝文健挥手，喊道："哥哥。"

他们俩就这样哥哥妹妹地把夕阳喊下了山。游累了，文健走上岸，拉着春霞的手，踏着暮色，朝学校的宿舍走去。春霞仰起头说道："哥哥，我想到对面的青山上去，山上一定有石榴花。你给我修一座桥，好吗？"

文健大笑："你以为哥哥是神仙吗？哥哥给你画一座桥吧。"

"我知道你比神仙还能干,只要你愿意,你就能够修一座桥给我。"春霞固执地说。文健点点头说:"好,你等着,我一定给你修一座桥。"

回到简陋的宿舍,文健开始做饭。他们只有一个电饭煲,煮饭煮菜都用它,别的炊具目前看来是奢侈品,只能以后再添置了。首先,用电饭煲煮好米饭,倒在盆子里;再用电饭煲煮青菜,青菜煮熟了,再倒在盆子里;最后,煮西红柿鸡蛋汤。

年轻人只要有爱情就足够了,再艰苦的生活也甜如蜜糖。

夜深了,窗外传来青蛙们不知疲倦的合唱曲,月光如水,照进了小屋。

"记住了,不要跟陌生男人离开学校。"文健重复着安全语录。春霞点点头:"记住了。"

"夜晚出去不安全,要买什么就在白天买好。不要寄钱给我,你自己要吃好,别节省。"文健重复了无数遍,春霞也不厌烦,只要文健说,哪怕是第一千遍说同样的话,春霞也会像第一次听时那样认真点头。

蚊子军团嗡嗡地袭击他们,争夺白天它们让出的地盘。文健找来两根细长竹竿,撑起蚊帐。两个年轻人躲在蒙古包似的蚊帐里。木板床只比门板宽一个巴掌大小,但对于文健和春霞来说,这张床已足够宽敞了。

在这个独立的小屋里,他们整日整夜相守着、爱恋着,想看对方多久就看多久,想亲个嘴巴就凑上去亲着了。这样的时光让年轻人感到无比甜蜜,活得如神仙眷侣,逍遥不知愁滋味。

这份爱情,让文健明白,人生有些东西,一辈子只能给一次，他已经把今生很多第一次都给予了春霞。

夜深了，月明如镜。窗外的树林里，晚归的萤火虫，星星点点。春霞在文健怀里安睡，文健感受着姑娘均匀的呼吸。睡梦中的春霞，像婴孩一般叫人怜爱。造物主何等神奇伟大，竟造出这么精致高贵的春霞妹妹来，她弯弯的眼睛、长长的睫毛、鼻子、嘴唇，连她的手指和脚趾，都是如此纯净无瑕，一尘不染，让人不敢触碰，让人不敢强取豪夺，看一眼就幸福一生了。天地间还有令人痴迷沉醉、促人成长和坚强的爱情。此刻，文健是个何等幸福之人，这份爱情值得文健艰辛地忍耐，漫长地守候。

文健一则舍不得睡去，二则总觉得把春霞妹妹一个人留在异乡谋生不妥，究竟是什么不妥，他又理不出头绪。春霞就是这样让人牵肠挂肚。文健不想去读书了，想就在附近找份工作，既可以赚钱，又可以照顾春霞，守着这份幸福。可是这个大胆的想法，春霞一定不会同意的，家里人也会反对。对于文健本人来说，什么重点大学，什么学位，一切都轻如鸿毛，只有春霞是最珍贵的。唉，左也不能，右也不能，眼前唯有读完最后一年大学，才能跟春霞朝夕为伴。

文健如此思来想去，整夜未眠。五点一过，他就轻手轻脚下床，淘米煮饭。吃过饭就要离开春霞，赶客车北上了。

文健要走了，春霞嘤嘤地哭了起来。文健却微笑着与她相拥，轻描淡写地说，寒假很快就到，很快就到啊，心里却是蜂蜇般痛着。

天色尚早，三步之外看不清人，两个年轻人手拉手，默默地朝小镇的车站走去。春霞一直在流眼泪，却不敢哭出声来，她时不时从文健的手掌里抽出自己的手擦眼泪。出了校门，春霞越走越慢了。文健知道春霞的心，她嘴里总说能够照顾好自己，要文健放心，但是在这个举目无亲的小镇，文健一走，春霞真的就害怕了。远远望见了车站，春霞站着不肯走，呜呜哭了。

"妹妹你回学校去吧，等会儿我走了，你一个人回去我也不放心。"文健说。

"不，我要送你。走吧。"春霞说着，又抬起千斤重的双脚朝前走。

到了简陋的车站，文健上了车，把包裹放在座位上，又下车来跟春霞说话。司机按了喇叭催促文健，文健依依不舍地登上了车，探出头来看满脸挂着泪的春霞。文健从车窗伸出头朝春霞挥手，春霞呆呆地望着他，直到客车调了头，快速地开走了。晨雾中的小镇，在春霞眼里，一下子就变得无限迷蒙。陌生的外乡，孑然一身，无依无靠。春霞慢慢走回宿舍，一边走一边哭，她不停地跟自己说："快长大吧，要独立生活了。"

春霞听不懂本地话，更加不会说了。她好像来到了另一个国度，她必须学会照顾自己，学会在孤独中等待。

三

这次引进的外来教师一共五人，春霞是唯一的女性，年龄最小，其余四位男老师来自不同的省份，都是从师范院校挑选的优秀毕业生。春霞教英语，四位男老师分别教数学、物理、化学和生物。这所学校有七十多个教职工，一千二百名学生，分为初中部和高中部。新来的老师要从低年级带起,春霞带初一年级的一、二、三班英语课,每周十五个课时。来自安徽的叶峰老师,毕业于安徽师范大学数学系,跟春霞分在了初一年级的同一个办公室,他是初一(3)班的班主任,春霞带他班的英语课。有叶老师这个外地人在一起办公,春霞倍觉安稳。

学校的教工民办老师居多,他们没有经过系统规范的学习。教语文的可以教英语,还可以教数学,识字就可以站上讲台当老师。这里的师资严重不达标。

这批政府引进的正规军,成了学校各学科的权威,遇到有争议的问题,都以这几个年轻人的意见为准。他们是一支鲜活的教学力量,肩负着各项教学改革使命。他们是小镇的一道亮丽的风景线,镇上的居民,很快就认识了新来的外地老师。他们长相白皙斯文、身材高挑、穿着文雅,一下子成了小镇的明星。他们去镇上买菜买肉,会得到额外的赠送,比如菜农会多塞过来几个茄子,又或者是卖肉的在油腻腻的砧板上快速切下一块猪肉放进已经称好的肉袋子里。

学校原来的老师们自知知识薄弱,但都能虚心请教,不懂就问,错了就改正,但是也有人私下里担心这些外乡人能力太突出了,将抢去自己奋斗了大半辈子得来的小职位,比如年级级长、学科科长之类的。

初一有六个平行班,其余三个班的英语课由本地一个为了教育事业奋斗了大半辈子的林老师担任。林老师快退休了,高瘦秃顶,好像肩上挑着重担似的,心事重重,不拿眼睛看人。他上学期是教语文的,正准备创造条件从民办编制转为公办编制。为这事他奔了一辈子,就差最后一步了,谁能料想到学校突然来了正规军呢？有了对比，就比出差距来，自己教的班成绩差得太远，转正就无望了。故此，他左看右看春霞都不顺眼。春霞哪会知道有人视自己为眼中钉呢？

开学头几天，学生们都很听话，他们对这个只会说普通话、皮白肉嫩的小老师保持着好奇的友好。春霞一上课就脸红，红到下课。

第二周，有些捣蛋鬼就开始搞些小动作，看看春霞会有什么反应。比如，值日生不擦黑板了，春霞就只好自己擦干净黑板再上课。捣蛋男生看春霞没有什么硬招，于是越来越放肆了。

一班有个叫林江华的男生，开始恶意公开扰乱课堂秩序。他简直就不把春霞当老师看待，趁春霞转身在黑板上写板书的时候，去跟另一排的同学打架；春霞要他们跟读的时候，他有意起哄，阴阳怪气地把声音拖得很长。刚站上讲台的春霞，真不知如何对付这群粗鲁的农村学生。

第二周到了九月十号，是教师节。春霞上一班的课，发现电源插孔里塞满了粉笔末，卡式录音机无法接到电源也就无法上课了。春霞不知所措，还未等春霞转过身来，台下已经笑开了锅。显然全班同学都知道这个恶作剧，他们就等着看这位小老师在教师节下不了台。

春霞课也不上了，哭着跑回办公室。属于自己的第一个教师节，春霞就被学生气哭在讲台上。

级长是位上了年龄的数学老师，他用蹩脚的普通话，语重心长地跟春霞谈话。他的谈话责备多于同情，什么站不了讲台就要下岗等等。春霞一边流泪一边懊恼，后悔来到这个说

"鸟语"的外乡。级长跟春霞谈了足足一节课的时间,还不罢休,又把满脸挂泪的春霞领到了教务处。春霞以为自己要下岗了,想了想,她反而高兴了,能够回家去就好了。

教务处没有人,春霞一个人坐在冷板凳上。上课铃响了,沸腾的校园瞬间安静。半节课的工夫过去了,她听到脚步声,进来一个没有见过面的高个子老师。他赤色的瓜子脸,三十出头,身穿灰色衬衣、黑西裤,还穿了干净的皮鞋。在小镇夏天还穿皮鞋的男士很少,放鸭子的校长和本地老师们穿着凉鞋和短裤去给学生上课。

"是春霞老师吧?您好!我是教务处的李敬,刚从广州进修回来,还没有跟你们几个年轻人见面。"春霞点点头,原来他就是管教学的李主任,春霞在学校领导名单上见过这个名字。她怕李主任看见自己流泪的脸,便低着头,看地砖上的花纹。

李主任给春霞递过来一瓶矿泉水,挪来凳子跟春霞面对面坐下。春霞把头压得更低了,李主任却笑着硬要看春霞的脸。春霞干脆就抬起头来,正儿八经哭给李主任看。

李主任笑了,说:"我刚站讲台的时候,也哭过。你一个女孩子,在人生地不熟的地方工作,不习惯,不适应,哭哭鼻子,再正常不过的了。"

春霞一边哭一边诉说,诉说在这里呼天天不应,唤地地不灵,话也听不明白,吃饭也不习惯,学生调皮捣蛋,欺负她这个外地人。"主任,你让我下岗吧,我不干了,我这就走人,不给你们添麻烦。"春霞自己提出下岗,免得让李主任说出让她下岗,自己没了尊严。

"你还没有上岗就想下岗啊？谁批准你下岗？遇到困难就下岗的话，没人站讲台了。教育就是教书育人，孩子不明事理才需要到学校接受教育，这是学校的职能，也是你我为人师表不可推卸的责任啊！我们不把坏孩子转变为好孩子，社会就不得安宁。春霞老师，教育是个需要耐心和爱心的过程，好老师可以影响人的一生。我们做着阳光下最伟大的事业，怎么能轻易放弃呢？孩子们只是贪玩而已，没有什么歹毒心肠，没有阶级意识，再调皮，他们也只是孩子，你要从心底里爱他们。爱是最好的教育，不要当学生是敌人，不要讨厌学生。"

李主任的谈话比级长的训斥有人情味多了，温暖多了。他没有一点责备的意思，他鼓励春霞，还说春霞有任何困难都可以去找他。

春霞骨子里也不是个怯懦无能的人。她出了教务处，一边走一边想，不能丢人现眼，引进的人才怎么能连讲台都站不住？这不是让三角洲人们笑话，不是给母校抹黑吗？

不行，如果自己干不好，就直接影响母校的分配指标，以后就没有外调三角洲区域的名额了。再说，优秀毕业生黄春霞被学生赶下讲台，这话传回母校，多没面子。

想到不堪的后果，春霞抹干了眼泪。她回到办公室，已经是上第四节课的时间了，看见办公桌上放了一束鲜花，还有学生们手工自制的卡片。卡片下面，还有文健的一封信。

春霞正在纳闷是谁送的鲜花，叶老师就进来了。他笑着说："节日快乐啊！这束鲜花是我们三班全体同学送给你的。你看你收到那么多卡片。"

春霞一点也高兴不起来，看着鲜花和卡片，倒像是在讽刺自己,她木鸡似的坐着。

放学后,办公室的老师都走了,叶峰低声跟春霞说道:"今早这事,林老师在偷着乐,他巴不得你走人。带头捣乱的林江华就是他的亲侄子,明摆着是他在幕后指挥,目的就是让你上不了课。"

春霞听后目瞪口呆,心想:我碍着谁了?我是国家统一分配来的,又不是和你林老师争夺编制名额的。

叶峰接着说:"我们这批正规军,都是他们的眼中钉。我们的闯入,威胁了他们原来的生存方式,所以我们遭到攻击和排挤是理所当然的。级长在教务处造谣了,居然说我对待学生态度粗暴。"

春霞听了叶峰的话,心里百味杂陈。踏上讲台后的第一个教师节,春霞成熟了。

春霞私下里向学生了解情况,证实林江华确实是林老师的亲侄子。春霞用一个苹果的代价,就让林江华到宿舍里亲口交代了林老师策划扰乱课堂秩序的真相。

春霞痛下决心,要做一名优秀的老师。观念转变了,再看到黑不溜秋的乡下娃子也顺眼多了。总不能让几颗老鼠屎就坏了一锅粥。

教师节后,春霞里里外外像变了个人。她突然就果敢起来,不害羞,不怕丑,她会高举教鞭狠狠地吓唬不听话的学生;她开始学当地方言;她也会蹲下来,温柔地拍干净学生衣服上的泥土。放学了,她跟学生打球,做游戏。周末走乡串户,去村子里家访,跟学生一起下田干活,去江堤放羊,提着一篮子水果到渔民家的船篷里做客。春霞走近孩子们的真实生活,也走进了孩子们的心灵。她跟学生打成一片,成了孩子们的知心姐姐。春霞的房门外、办公桌上,经常放着一把绿油油的青菜,或者带有泥土的新鲜芋头,或者用竹枝穿过鼻孔的大鲤鱼。

学校的教学设备基本为零,除了一部卡式录音机播放课文磁带以外,就再没有别的教具了。春霞带学生动手做教具,利用情景教学法,唱歌、跳舞、做游戏,硬是把每一节英语课设计得精彩纷呈。

经过两个月的拨乱反正,春霞的课堂变成了同学们最喜欢的乐园。春霞下了决心要强大给别人看,不要因为自己是全校最小的老师,就被小瞧了。

除了面对繁重的教学工作,春霞还要面对一日三顿的柴米油盐。独立过日子才知道粗茶淡饭也颇费脑筋。不到月底,早就没钱用了。

财务处总是推迟发工资。二十五号以后到发放工资的那些天,春霞只能一日三顿都吃榨菜和白饭。她饿得两眼发昏,浑身无力。

春霞每个月的工资只有一百九十八元。她不会算计,总觉得这钱不经使,总是跑得快,好像很不情愿跟春霞待在一起。后来,她用小本子记着每一分的支出,还是不奏效。手里有钱的时候就忘了没钱的窘迫,看见什么好看的好玩的就买了。

初来乍到,大家都不熟,不敢去跟别人借钱借米的,家人不在身边,也不敢跟文健说,说了反而让他担心。这几天快没米下锅了,可是财务处的人优哉游哉地说,数字还没计算清楚,要缓几天。

傍晚，春霞待在房子里，呜呜地哭了。叶老师来敲门，春霞本不想开门的，可是他咚咚咚敲了老半天，非得把门敲开不可。春霞想，现在跟叶老师关系最近，向他借米借钱是最后的办法了。

春霞打开了门，强装微笑："什么事呢？"

"想来蹭饭吃。"他说着就去打开电饭煲，又打开旁边装米的塑料袋，然后他看了春霞良久，坏坏地笑了，说道："你怎么搞的，今天才二十五号就这光景了？女人当家当成这样啊？娃娃都会给你饿死哦。"

春霞只好破涕为笑。叶峰掏出钱包，拿出五十元，递给春霞，说道："你先用着，我用钱也没有打过算盘，下个月要把你也算进预算才行。"走到门口又回头看着春霞，笑了笑才离开。

春霞呆望着那张及时雨似的五十元人民币，对叶峰满心的感激，只是姑娘家不愿说出过多的感谢。春霞筹划着，等发了工资就还叶峰的钱，还要请他吃顿饭。

这天是中秋节，学校要提前放学。春霞上完课回到办公室，看见书桌上放着一个加急电报的通知单，是北京发来的。春霞心头一惊，文健出什么事了？她没来得及去洗满是粉笔末的手，就朝镇上的邮局奔去。

节日的邮局特别繁忙，等着取件的人排了一条长龙，春霞站在队伍的最后面，踮着脚、抻着脖子往前看，心里烧着一把火——电报是报忧不报喜的，非是十万火急的事，不会发电报。春霞急得脸色发白。

干了一辈子邮局工作的老局长，早就认识这位外来的女教师，他看出春霞的着急，于是招手叫春霞来到前面。

电报的电文翻译出来了，四个汉字：中秋快乐。

焦急的春霞抿嘴笑了。老局长像慈祥的父亲，看着年轻人也笑了。他翻译了几万条电文，第一次在中秋节翻译出充满喜悦的四个字。

出了邮局，春霞流出眼泪来。心想：何必呢！她知道文健要去北京很远的地方发这四个字，还要花钱，还把自己吓着了。谈恋爱就应该是这个样子的吗？别人看来是多此一举、毫无用处的事，恋爱着的人却一本正经、全副心思在做。

中秋节是这批外来人才在塘头镇过的第一个传统节日，学校特地叫厨工在晚餐时加了几个菜，还把饭桌抬到实验楼的顶楼上，让大家一边赏月一边吃大餐。饭后还有盐水花生、豆沙月饼和酸柚子。

淡黄的中秋月，早早就悬挂在半空了，像是人工制作的模型装在楼顶上，仿佛伸长手臂就可揽月入怀。

耳边传来噼噼啪啪的鞭炮声，五个年轻人在饭桌上谈论着来小镇的感想。春霞抿着嘴巴，谁发言就看谁笑。叶老师没有发表什么高谈阔论，只是拿眼睛瞄着春霞。春霞今晚穿着白色的连衣裙，月光下的姑娘，是男青年的调味品，像热气腾腾的肉汤上浮着的香菜叶子。因为文健在开学前就离开了学校，所以他们并不知道春霞姑娘已经名花有主了。

月亮越来越亮了，天空变得深邃。夜风徐来，竟有些凉意了。大家突然停止了刚才那热烈的话题，安静下来就不免思家念旧，各自想着不可公开的心事。

春霞当然在想文健哥哥，他一定会在校园里的草地上独自呆坐，把相思情话对着月儿诉说，知道千里之外的心上人也在看同一轮明月。春霞想到他下午发来"中秋快乐"的电报，心里暖暖的，也不觉得夜风里的寒意了。

大家正想结束赏月，李主任赶来了，于是大家又围着桌子坐下。李主任说了一通有关小镇前途无量的慷慨陈词，说学校和政府不会亏待大家的，保证让男的娶上温顺媳妇，女的嫁到如意郎君。这五个外乡人都嘿嘿地回应。李主任拿眼睛瞄着春霞，直到叶峰发出几声干咳，李主任才一本正经地表扬春霞，说大家都要向春霞学习。领导说话，大家都正襟危坐，叶峰却不耐烦地离开了桌子。李主任最后说："我是你们的朋友，四海一家亲啊。"又特别问了春霞还有什么困难，春霞摇摇头。

李主任下楼去了，大家七嘴八舌地说起他的事情来。春霞一向不爱探听别人是非，事不关己高高挂起。可是别的老师像是私家侦探，知道李主任很多私事。说李主任爸爸是塘头镇镇长，在这小地方一手遮天，说李主任是下一任的校长人选。他妻子原是镇上中心小学的老师，五年前的一天，为了送一个生病的学生回家，在返回的路上遭遇车祸而身亡……

大家在月光下散去，各自回宿舍了。路上叶峰悄悄跟春霞说："李敬贼眉鼠眼的，不是个好东西。"

春霞疑惑地看着叶峰，点点头。

四

一转眼，期中考试就到了。这是全县统一时间的正规考试，由县教研组统一命题，闭卷考试，采用初二年级跟初一年级对调阅卷评分的方式。这就能够客观公正地反映出半个学期来学生的学习成绩，也是对各科老师教学水平的公正考量。

统计成绩出来了，春霞教的三个班平均分为85.5分，林老师教的三个班平均分为63分。这个差距太不留情面了。

叶老师看到教务处发来的各科成绩总结一览表，朝春霞竖起了大拇指，笑道："你出招也太狠了。"

叶老师还告诉春霞，林老师经常趁春霞不在办公室的时候，私自去翻春霞的书桌。叶老师去镇上买了一把锁，要春霞一定给抽屉上锁。

"我就是瞧不得本地人那贼眉鼠眼的模样。"叶老师愤愤地说，"看我们几个人就可以把他们统统整得往地下钻。"听得春霞哈哈大笑。

第一次统考成绩公布以后，学校的气氛明显发生了改变。有目共睹，政府没有白花银子引进人才。

林老师开始主动跟春霞拉家常套近乎，他用暗的硬招损不了春霞，于是改用明的软招，从家里带来蔬菜给春霞，讪讪地说道："这青菜是我亲手栽种的，比外面买的新鲜干净，种多了吃不完就给猪都吃了。你就拿着吧！"春霞觉得很别扭，开始坚决不要，可是转念一想，得饶人处且饶人，要给人台阶下，于是她就顺水推舟，直截了当说道："林老师，你要什么资料尽管来我这里取，教学上我若能帮助你，也是我们外来教师很乐意的事。"这一席话让林老师满脸不自然，直把半秃的脑袋生硬地点个不停。

春霞快马加鞭，把英语教学搞得热火朝天，非但在学校内部呱呱叫，在三水县也出了名。她的课成了全县英语科组效仿

· 85 ·

的示范课,经常有来自外校的老师,坐在教室的后面观摩她的课。

有一天,三班的课代表张慧玲说起教师节的卡片和鲜花,春霞才恍然大悟,原来鲜花和卡片都是叶老师自己买来,让学生写上祝福的话语送给春霞的。

张慧玲又说道:"春霞老师,叶老师经常在窗外听你讲课,你不知道吗?我每天都看见他躲在柱子后面。他喜欢你,但他又害羞,不想让你看见。"

这话说得春霞脸上一阵红过一阵。春霞正色道:"你小屁孩,懂什么喜欢不喜欢,不能随便开老师的玩笑。"

为了证实张慧玲的话,第二天上三班的课,春霞走进教室不到十分钟就走出来,果然看见叶老师在教室后面的柱子那边站着。

春霞心里一阵慌乱。叶老师不是英语科组的,听我的课干什么呢?

打那以后,春霞就渐渐疏远叶老师了。发工资的第一天,春霞取消了请叶峰吃饭的计划,去镇上买了两斤柿子。春霞一手递过去五十元的纸币,一手递过去柿子,说道:"这是利息。"

叶峰呵呵地笑了,盯着春霞看,伸手从袋子里拿出一个柿子,没有洗就吃了,说这是他小时候最爱吃的水果了,也是他吃过的最甜的柿子。他要春霞吃,春霞不吃;他要春霞坐,春霞不坐。春霞说了声谢谢就走了。叶老师顿时觉得柿子不甜了,甚至还有涩味呢,于是把剩下的柿子挨个排列在窗台上,直到它们从硬变软,由青黄色变成橙红色,最后都化作水,烂掉了。

五

　　一旦忙碌起来，时间就过得不留踪影。深秋之际，天空湛蓝而高远，江水清澈如练。待田野里稻子收完了，田埂两边的水杉树被风吹成了红色，像火把那样高高擎着。已经到隆冬季节了。

　　从秋到冬，随着对周围环境的熟悉，春霞的胆子就越来越大了。她喜欢晚饭后一个人去田野里，找些不知名字的野花野果，有时还会在干草堆里拾到鸟蛋，或者捡到好玩的小石头。春霞对大自然的馈赠无比喜欢。文健说过的话，晚上不要离开学校，春霞是记得的，但她想：天还这么亮呢，怕什么？来小镇这么久了，也没有遇见坏人。春霞想，天黑之前一定赶回学校。这天，她又独自一个人沿着田埂越走越远，她时不时扭头看看学校的高楼，以此目测距离校园的远近。

　　春霞走在一垄垄红薯地里，想起故乡的母亲也该在地里收红薯了。正在这时，她听到身后有些异样的声音，春霞急忙转身，居然有两个农民工跟来了。他们面目可憎，阴阳怪气，一步一步朝她逼近。

　　春霞在高低不平的红薯地里拼命逃跑，她一边跑，一边大声呼喊："救命啊！救命啊！"

　　身后那两个鬼影却紧追了上来，春霞吓得魂飞魄散，跑了不到几丈远，就被红薯藤绊倒了。

　　春霞掉进了恐惧的黑洞里，她晕死过去了……

春霞醒过来的时候,发现自己躺在一张沙发上,这是个陌生的地方。她扭头看见一位慈祥的大妈。大妈看春霞睁开了眼睛,就笑了,走到沙发前,蹲下跟春霞说话:"闺女,别害怕,你没事了,坏人被敬儿打走了。"

春霞这才发现李敬主任也在旁边。

李敬问道:"春霞,认得出我吗?"

春霞环视了四周,看看大妈和李敬,然后她明白了,是大妈和李主任救了自己。她朝李敬点点头,喊道:"李主任……"

李敬说道:"还认人就没事,我担心你被坏蛋吓破了胆。我们家本来今年不种那块地了,我爷儿俩整天忙,母亲也老了,管不了那么多地。上天保佑,因为种了那块地,救了你一命。这是你的福气,吉人自有天相。"

春霞慢慢地恢复了意识,她坐起来。大妈端来一碗红糖炖鸡蛋,春霞听话地吃了。

李敬一再告诫春霞,到处都有坏人,一个女孩子出门要特别留心。

"保护你的安全,是我的责任。"李敬说道。

又坐了会儿,春霞说要回学校了。李敬把春霞送到了宿舍门口。

春霞躲在被子里,还是又惊又怕,她把眼睛都哭肿了,想远想近,彻夜难眠。

第二天,李敬很早就到学校了。他到教室外面,看见春霞在上课,就朝她笑了笑。

农历十二月初十，放寒假的文健，奔走了千里长路，终于来到了塘头镇。

眼前的春霞，还是剪着齐眼眉的学生发型，比半年前胖了，穿着学校统一的深蓝色教师制服，神气又庄重。

春霞妹妹不再是学生了，是个光荣的人民教师了。文健等着春霞像以往见面那样，老远就唤着哥哥，飞扑到自己怀里笑个不停。可是，眼前的春霞一手抱着厚厚的试卷，一手下垂着，站在宿舍门口，皱着眉头久久地望着自己，然后她低下头，流泪了。

文健明白了，春霞这半年一定是吃了不少苦。在每一封信里她都说自己很好，她只是不想让自己挂念和担心。

文健一瘸一拐地走到门前，紧紧地抱住春霞。春霞放下试卷，这才紧紧伏在文健怀里，呜呜地哭了。文健伸手摸着春霞的头和脸，泪湿眼眶。两人就这样站着，拥抱着，流着泪，彼此都明白对方胸膛里跳动的还是原来的那颗心，只是远隔千里的煎熬和铁钉子一般的现实生活，给春霞心里多添了些内容。

春霞留意到刚才文健走路异常，便俯下身去看文健的脚，可是文健不给她看。

"你是一路站着回来的？"春霞去拉文健的裤腿问道。

文健心里清楚，在春霞面前，他不可能有所隐瞒。他提起裤腿，春霞看到文健的双脚都肿了，为了见到自己，为了省钱，他在火车上站了三天三夜啊！

春霞挣脱开文健，去拿脸盆，把开水壶里的热水倒进盆里，放了一勺食盐进去，又加了些水桶里的冷水，试了试水温,端到文健的跟前。文健坐下,春霞小心翼翼地脱下文健的袜子,把他麻木的双脚放进水盆里。

暖暖的水泡着肿痛的脚,看着日夜思念的人就在眼前,文健觉得吃尽世上所有的苦都值得了。

春霞弄了满桌子的菜,有红焖猪肉、清蒸草鱼、腊肠,还有一大盆子青菜。饥肠辘辘的文健吃得甚欢,北方的冬季只有大白菜,没有青菜,文健把青菜汤也喝得一干二净。春霞像母亲一样看着文健,又高兴又心疼。

吃完饭,文健从背包里掏出自己省吃俭用给春霞买的葡萄干和北方大枣。春霞吃着大枣,甜在嘴里,痛在心里。她知道家境不宽裕的文健,在学校过着艰苦的生活,文健一定是省下伙食费给自己买了这些零食。

文健一直等春霞唤自己哥哥,可是春霞很严肃地喊他"文健"了。

文健于是问春霞:"你不把我当哥哥了?毕业工作了就瞧不起哥哥了?"

春霞低头笑了,小声唤了声"哥哥"。可是她还是渐渐地改称"文健"了。

第二天,春霞去镇上买回来一只农家大黑鹅,三下两下就去毛洗干净了,起了柴火,用瓦煲炖汤。春霞居然会宰鹅了!暑假的时候,她还不会宰鱼呢。文健开心地看着长大了的春霞。这个简陋的小屋是世界上最温馨的地方,这里有他爱恋的人,有永远吃不完的好东西,有无穷的快乐。文健就巴望着早一日毕业。

这半年,春霞节衣缩食,到寒假的时候,积攒了钱给文健买了时髦的毛衣外套和有拉链的冬衣，还有一双黑色的皮鞋。她算好文健到学校的日期，早就买好了，放在小木棚上，衣服也洗过了。春霞要文健试穿新衣，很合身。文健试穿了又要脱下，说要等过年才穿新衣服，但是春霞不要文健脱下新衣服，嘴里嚷着现在就穿，天天穿，不要等过年才穿。

"那也好，我们在一起天天都是过年。"文健说。他知道回到家乡还是各回各家，不能天天相守，那就穿吧，让春霞欣赏个够。

本来就英俊的文健穿上新衣服更是帅气儒雅。春霞老拿眼睛打量文健，怎么也看不够似的。从早到晚，除了睡觉闭着眼睛，其余时间春霞都在看文健。

文健帮春霞改试卷，登记分数，算平均分，做得很仔细很认真。春霞就说文健是合格的课代表。

春霞老师"金屋藏娇"的事一下子就在校园传开了。

这天，春霞去办公室，只有叶峰在那里低头抄写什么。他见春霞进来，望了她一下，起身就把门关上。

"他是谁？"叶峰单刀直入问道。

"男朋友。"春霞回答。

"干什么的？怎么以前没有来过？"

"在北京读大学。"

"你为什么不告诉我你有男朋友？"

"你没有问过我这个问题。"

"看不出你这么有城府，知人知面不知心。"

春霞无言以对。

"你这个狐狸精！"叶峰怒不可遏，他狠狠地用脚踹门。

· 91 ·

春霞望着这个原来斯文的叶峰,突然变成了愤怒的狮子。

空气凝固了,叶峰把头抵在办公室的门上,背对着春霞。良久,叶峰拉开门,出去了。

夜晚的塘头镇上,叶峰一个人在街上走着,他心里空空落落的,早该答应父亲调回省城工作了,他想。原来叶峰父亲在安徽省政府工作,十一月份来广东出差,顺便来看叶峰。叶峰爸爸原以为儿子来到广东是在一个天堂一样的地方,看到这个小镇就说上了毕业分配"外调广东"的当,要求叶峰打道回府到合肥工作。

当时叶峰暗恋着春霞,他没有答应父亲,想着回去就带个媳妇回去,也不枉来小镇一趟。现在看来,没有必要再待在小镇了。叶峰受不了天天看着春霞,而她是别人的人。

叶峰跨进一家小饭馆,咕噜咕噜地喝闷酒。他喝得烂醉如泥,饭馆要关门了,叶峰才摇摇晃晃往学校走去,没走多远就摔倒在路旁,不省人事。

过路的人报了警,警察送叶峰到镇上的医院抢救。

叶峰醒来,冷静了,他知道自己该离开塘头镇了。

第二天,全校开完教师大会就放寒假。春霞在会议厅见到叶峰,未察觉他有什么异样,放心了。他们隔得远远地坐着,对望一眼,叶峰朝春霞点点头,春霞也朝他笑了笑。

大会上,春霞受到了校长的表扬,从他手里接过了奖状。她被评为优秀科任老师。同来的五个老师,四个都评上优秀了,唯独叶峰没有评上。为什么叶峰没有评上优秀呢?他带的班级很优秀,他的教学成绩也很突出。春霞百思不得其解,她准备晚饭后带文健去叶峰房间坐坐,也顺便跟他道个别,明天就回家过年了。

可是，晚上春霞领着文健去找叶峰时看到的是一把冷冰冰的铁锁。隔壁同事告诉春霞，叶峰上午开完会，饭都没有吃就坐车回家过年去了。春霞沉默了一会儿，心事重重地拉着文健返回自己的宿舍。

文健看着春霞的奖状，朝她竖起了大拇指。可是春霞一点儿都不高兴，说那是哄小孩玩的。文健问春霞为什么，春霞不回答。

这次见面，春霞改变了很多，变得成熟了。可是文健觉得，春霞不是半年前的那个人了，她总是满腹心事，并且不愿跟自己说心里话了。每当看到春霞躲避的眼神，文健就对未来毫无把握。

第二天，两个人坐长途汽车回家乡，话也不似从前多了。回到家乡，各自在家过年。

春霞总是忙着跟亲戚同学见面串门，把文健丢在一边。

寒假时间短促，加上过大年，一眨眼工夫又到了离乡上学的日期了。文健生气了，想自己吃这么多的苦就是为了跟春霞多待在一起。她有时间去见别人，却没时间见自己。毕业工作了，踏入社会就真的不一样了。

返校的时候，文健故意试探春霞："这次不送你去塘头镇了，到了广州，你就一个人坐车去三水。"

春霞以为文健有别的事需要赶回学校去，送自己回小镇要转几次车，来回费用大，还耗费时间和精力。既然文健说不去了，自己不能像个孩子似要求的被接来送去。

于是她爽快地点点头说："好，不用你这么辛苦了。"

文健真是失望透顶,他心里想去塘头镇多住几天的,想跟春霞彻头彻尾地谈谈心,他以为春霞会邀请自己同去小镇,没有想到春霞很认真地说不要自己去了。

两人莫名其妙地吵了一架,文健闷闷不乐地踏上了北上的列车。

春霞也对文健失望了,她气鼓鼓地从广州汽车总站坐车到三水县城,转车的时候还搭错车了。回到学校,天都黑尽了。正在她又饥又累的时候,教务处的老师看见春霞的房间亮灯了,送来一份新学期的工作安排表。

让春霞吃惊的是,叶峰不来学校上课了,他上学期带的班级,由春霞来带,并兼做班主任。

春霞从来没有做过班主任的工作,再加上三个班的英语课。新学期这些繁重的工作,压得春霞喘不过气来。

过了一个月,安徽省来函调走了叶峰的档案,消息才传到学校。叶峰原来是高干子弟,来广东只是体验生活,家人早就在安徽省政府里给他谋了职位。

叶峰不打一声招呼就消失了,连个联系地址也不留下。半年的相处都是假的,毕竟是高干子弟,不同常人啊。春霞又是一番感叹世态炎凉,人与人之间是多么善变无常。好好的一个朋友,从此无影无踪了。

文健也变了。莫名其妙,整个世界说变就变,变得无情无义了。

班主任的工作,得从头学起,春霞比上学期忙了很多。忙于工作,写给文健的信就越来越少,越来越短。真不知道说什么好,想着等暑假见面再谈吧,文健会理解的。参加工作了,就有工作的压力和生活的压力，不像以前做学生的时候，无病呻吟，情书写到半夜。文健的信也是越来越少了。

文健觉察出春霞变了，变得遥远而陌生，不再是那个自己说什么都点头的妹妹了。文健不敢给春霞说什么大道理，因为春霞会怀疑地反问：是这样的吗？以前她从不怀疑。

北方的冬季退得迟，文健看着未融化的积雪，明白自己仍然深爱春霞。可是，这种爱，如此无望，让人锥心刺痛，文健不知道怎么办。

春霞把全部心思都放在工作上。爱情不是全部了，爱情也不是最重要的了。有很多事情要去做，很多事情比爱情重要。

比如下个月企县举行的初一年级英语朗读大赛，春霞下决心要拿到一等奖。

六

比赛大厅设在县一中校园里，来自全县二十多所中学的参赛学生和辅导老师，挤满了这个台阶式的会议厅。

春霞带了三个学生来参赛。女生容易塑造，发音比男生准确，所以春霞带来的三个参赛选手都是女生。她们已经化了妆，穿上了从少年宫借来的演出服装。

李敬跟春霞一起带着学生，早上六点就从塘头镇出发了，坐第一班车到县城，九点开始比赛。塘头镇中学是一所农村中学，没有人把这所学校的选手放在有望得奖的名单里。选手的参赛顺序用抽签来决定，总共有六十名学生参加角逐，设一等奖两名，二等奖三名，三等奖五名，共十个获奖名额。学校给春霞的目标是拿一个三等奖,只要在获奖名单上出现塘头镇中学就达标了。春霞却瞄准了一等奖,"希望种子"杨惠妍同学抽到了第十二位的出场序号。

比赛在千人大会场紧张而严肃地进行。来自县城中学的选手明显比农村学生在发音、表演方面技高一筹,春霞觉得有些压力了。她看见杨惠妍的神色也有些怯场。到第八个选手上场的时候,春霞带杨惠妍来到场外。春霞心里没有底,但却微笑着朝杨惠妍竖起了大拇指,说道:"你看到了没有?刚才的选手单词发音错了,表情演绎不到位,像在背书,而不是在表演,还漏了句子。你比他们强多了。"其实这些都是春霞的心理战术,杨惠妍一听老师说别的学生很差,马上来了信心。春霞让杨惠妍在场外的空地上演习一遍,从开场自我介绍时每个发音的细节、面部表情、眼神和动作,到表演结束时的微笑、鞠躬、答谢。杨惠妍表演得镇定而生动。春霞重又信心百倍了,说道:"我站在最后面的正中位置,你一出场,我就朝你挥手,然后你就对着我表演,别的人你不认识,他们也不认识你,你就当他们全是稻草人。"

刚说完,李敬出来朝春霞招手,到杨惠妍上场了。春霞朝杨惠妍竖起大拇指:"你一定行!"杨惠妍自信地点点头,从前门上台去参赛。

朱红色的幕布拉开,聚光灯下,一位身穿金黄色连衣裙、头戴老鼠帽子的美丽小姑娘,迈着自信的脚步登场了,她讲述了一只农村老鼠进城的故事。春霞在大厅的最后一排,朝表演者挥手,杨惠妍目光坚定,直视前方。有趣的故事情节、标准的发音、丰富的表情和肢体动作,一下子吸引了全场观众的注意力，整个大厅格外安静。

杨惠妍超水平的临场发挥，让春霞都有些意外，表演完毕，活灵活现的小老鼠鞠躬答谢的时候，台下报以阵阵热烈的掌声。

杨惠妍的成功表演，有力地带动了另外两位参赛选手，她们也摩拳擦掌，信心十足。不出意料，杨惠妍获得了一等奖，与县一中的一位选手并列夺取了头奖。令春霞高兴的还有另两个同学获得了三等奖。三个同学参赛都获奖了。这次比赛，塘头镇中学威名大振，再没人敢小看这所农村中学了。

春霞又一次大获全胜。在整个会场欢呼雀跃的喧闹里，春霞却累倒了。因为准备这个比赛，她没日没夜忙了两个月，加上昨晚整夜未眠，早晨赶车，现在终于如愿获奖，她坐在最后一排凳子上，身子要垮下来似的，她睡着了。

颁奖的时候，李敬四处找不到春霞，只好带获奖学生上台领奖。他代春霞领到了县教委颁发的优秀辅导老师证书。

春霞怎么不见踪影呢？走下领奖台，李敬心急如焚，红薯地里的一幕让李敬担忧。待会场的人陆续离场，李敬才发现坐在角落里的春霞。昏暗的大厅，春霞苍白的脸刺痛了李敬的心。这个倔强的姑娘，为了这些奖项，付出了不少心血。她病了吗？李敬伸手摸了摸春霞的额头。她的额头居然是烫手的。

三个学生也找过来了，她们是那么兴奋，远远地就喊着老师。也许是对杨惠妍的声音特别敏感，春霞猛地睁开眼睛，她环顾四周。学生把奖状和奖品塞到了春霞的怀里。春霞笑出了眼泪。

· 97 ·

七

回到塘头镇,天已经黑了,春霞打开房间门,看见地上有一封文健的来信,这才想起很久没有给文健写信了。

可是,文健的这封信里又提到了那个上海姑娘李文娟。春霞脸上挂着的笑容瞬间就僵住了。

"李文娟来寝室找我了,要我陪她去看电影。"

她读着文健的信,左右不自在。怪不得开学要急着赶回北京去,原来有人等着了。

春霞全身发烫,伤风感冒了,到了半夜呕吐不止。她昏天黑地哭了一整晚,异乡生活的艰难,繁重的工作,叶峰的突然离去,还有阴魂不散的李文娟,这些事凑到一块儿,让涉世未深的春霞崩溃了。

头昏脑涨,高烧中的春霞想了又想,文健是在新生军训的时候,在草坪上捡到了一个钱包,这个钱包就是李文娟的。现在都四年级了,在大学里交往了四年,什么事不会发生呢?他们在电影院手牵手吗?回来的路上去了哪里?在树荫下接吻拥抱吗?

文健有意在信里再次提起李文娟,是在暗示春霞吗?对了,文健以前也提到上海,说上海是个好地方,他毕业后也可以去上海找工作,那里发展更快。原来文健另有选择了。

虚弱的春霞,无法入眠,她爬起来,坐在台灯下,流着泪给文健回信。她写得很淡漠,说爱情已经不实用了,虚幻的爱情在现实面前不堪一击。

"请你忘了我，忘了我们的过去。祝你永远幸福。"

一切都消散了，爱与不爱都过去了。春霞用泪珠儿埋葬了自己的爱情，哭完了，就了断了。

春霞变得沉默，神情严肃，整天埋头工作，像发了狠似的，非干出名堂来不可。农村中学破纪录得了一等奖，已经是个很大的名堂了，这个大奖早已让春霞在全县出了大名。可是这个小老师还不满足，还在奋发图强。

连学生也看得出，春霞老师的笑容变得复杂了，有笑的样子，却没笑的内容。

文健好不容易收到盼望已久的回信，却是分手的意思。

入学恋爱，毕业分手，这是大学校园爱情的客观规律。文健没有想到跟春霞这么如痴如醉的爱情亦是脆弱如斯。他想到的唯一可能就是有人追求春霞了，而春霞也答应了。她一个人在远离家人的外乡工作，孤独又艰难，她需要帮助和陪伴。春霞不等自己了，她应该有了更好的归宿。文健没有怪春霞移情别恋，觉得自己千不该万不该来上这该死的大学。

文健把春霞自毕业分配到塘头镇的信按照时间顺序，一封一封细细地读着，文健发现春霞在去小镇的第一封信里就提到了叶峰，第二封信说到他还买了把锁给春霞。文健记得寒假在塘头镇的时候，有天晚上春霞要他去一个老师那里，那个老师就是叶峰。当时房门锁了，他看春霞表情复杂，闷闷不乐，就问春霞什么事，春霞一直不说。文健现在明白了，一个班主任，一个科任老师。两个来自外地的年轻人，在那个小镇里相爱了。文健想象着他们该是多么浪漫。一起上课，一起去江堤散步，一起煮饭吃饭，日久生情，自然就亲热了。谁叫自己远在北京，还读着大学呢？

春霞说过会等自己毕业，等自己娶她做新娘的。说归说，现实归现实。正如她在信里说的，"爱情已经不实用了"。人都是现实的，文健理解春霞。

文健被这失恋逼得郁闷了，他不知道自己将变成什么样。没有了春霞，也就没有了自己。早春四月，万物苏醒的春天里，文健的爱情却跟冬天一起远去了。他天天泡在图书馆里，唯有找书籍来解脱。可是看了一天的书，一行字也不记得。文健不知饥寒，不知白天黑夜，满脑子都是春霞，那个剪着齐眼眉学生发型的少女，那个纯净如露珠一样的姑娘，怎么说分开就分开了呢？这世上还有什么值得信赖的呢？

文健心痛难熬，这日子像受刑一般。但是不管怎么着，他还想去找春霞，当面问个明白，问她是否真的爱上了别人。刚好五月初有个社会调研活动，时间是两周，文健申请去广州的一个单位。

他归心似箭，五一节前两天就搭上了南下的列车。他没有跟春霞说，写信也来不及了。

这边春霞想清楚了：自己爱过了，也被人爱过了，知道爱情是啥滋味就行，谁还能爱一辈子不成？生活是一码事，爱情是另一码事。文健大学毕业以后分到了大城市，做了工程师，会瞧不起自己。她不想一辈子怀着自卑心，低着头跟文健生活。倔强的春霞决心放弃这份感情了，这份感情对她来说很沉重，她总觉得自己配不上文健，总有一天文健会不爱自己。与其到最后再伤心，不如现在就分手。只要文健幸福，有光辉的前程，自己也就满足了。春霞哭了，自己怎么就不如人家大上海的姑娘？都怪自己笨，要是能够跟文健一起考上北京的重点大学，天天在一起，就不会有李文娟了。

经过一个学年的打拼，春霞在岗位上站稳了脚跟。为了生活，她付出得太多了。要是能够回到一年前，她宁可选择留在山区小城工作。

八

自去县城参赛获奖回来，春霞得了一场大病，无缘无故高烧不断。有一天她昏了过去，倒在讲台旁。

在春霞住院的那一周里，李敬和他的母亲给春霞送饭，在医院日夜守护着春霞，春霞才脱离了危险，捡回一条小命。

春霞走出医院回到学校，流言竟传开了，说李敬主任跟春霞谈上恋爱了。

这一天，放鸭子的校长郑重其事来找春霞，先是说了在县城得奖的事，然后说："李镇长托我来做媒人了。春霞你就答应了吧，李敬要样貌有样貌，要家境有家境。"

春霞说："主任一家对我的恩情我没齿难忘。可是，校长，我还没有考虑过结婚的事，再说我还小。"放鸭子校长满脸堆笑，一个劲儿说道："知道了，知道了。"

春霞跟校长有沟通障碍，他们的谈话像是鸡跟鸭的对白，各说各的，春霞不明白校长说"知道了"是什么意思，也就不再追问校长了。结果呢？天知道校长是怎么传话的，到了李镇长耳朵里就变成了这样：春霞老师同意嫁给李敬，并且随时可以举行婚礼。

这消息一下子成了小镇最热门的新闻,春霞老师要给镇长当儿媳妇了。大家都知道这事,就春霞还蒙在鼓里。她发觉办公室里同事看她的眼神有异样,明显在讨好她,给她让椅子的,给她关窗户的,都客气而恭敬。春霞以为是自己拿了一等奖的缘故,也没多想。

这天傍晚,春霞检查完班级卫生,刚进办公室,就见张慧玲跑进来,满脸的不高兴说:"明天起我不做你的课代表了。"

春霞皱起眉头道:"为什么?"春霞感觉到这个早熟的女生有情绪,于是关上门,叫张慧玲坐下说。

张慧玲竟然哭了,说道:"春霞老师你这人没骨气,没良心,唯利是图。"

春霞更是一头雾水。张慧玲说:"你还在装什么?全镇的人都知道,你快要嫁给李主任了。叶老师对你那么好,你不嫁他,刚把他气走了,就嫁给李主任。我们班同学都对你有意见,所以我不做你的课代表了,没意思。"说完就摔门走了。

春霞目瞪口呆,她不会怀疑学生的话,这一定是鸭子校长干的好事。春霞只好直奔李敬的办公室。

春霞对着李敬,居然无话可说。她只觉得自己好累,像是跑了万里征途,想找个驿站休息。

李敬无言地递过来一杯温开水,他看着春霞道:"对不起,春霞,我父亲把这事搞大了,我都不知道怎么来收场了。我没有勉强你的意思,你完全有权利做主。你做的任何决定我都理解和接受。"

春霞足足沉默了半个小时,然后她咬咬牙,说道:"那好，主任，我就嫁给你吧！"

李敬不敢相信春霞的话，他也沉默了很久，然后说道："你再考虑考虑，问问你自己的心。"

倔强的春霞丢下一句话："就这么定了。"转身消失在暮色里。

春霞深一脚浅一脚回到自己的宿舍，那一段校园的小路，像是五里云雾。她一边走一边哭，走得如此沉重，如此艰难，走完了，她的心也碎了。她给自己做了一个任性的决定，把一生赌给了一个陌生人，赌给了北江。"爱情是一码事，婚姻是另一码事。"春霞给自己一个选择嫁给李敬的理由。

春霞住院以来，一直没有收到文健的来信，春霞对文健很失望。她也屈服于无奈的现实生活了，她不想再过月末连榨菜和白米饭都吃不上的日子。

独在异乡的艰难生活，让从小养尊处优的春霞一筹莫展。最让春霞死心的是文健有了李文娟，文健要去大上海过他的人生了。这个偏僻的小镇，他瞧不上的。他有锦绣前程，怎么会止步于此呢？

"我早一点嫁出去也好，文健就可以安心去上海了。"春霞安慰着自己。

春霞与李敬的婚讯如北江的洪峰，淹没了小镇。镇长看多了年轻人的把戏，为免夜长梦多，弄出节外生枝的事来，当即决定李敬和春霞的婚礼在五月一日举行。连春霞父母都来不及通知，先办完酒席，领了结婚证，李敬再回春霞娘家去拜见岳父岳母。这个程序也没有违背情理。

· 103 ·

九

　　文健在五一这天的傍晚,回到了塘头镇。他提着书包,走出简陋的车站。走到通往学校的道路,迎面碰到一个花车队伍,五一节,有人结婚,看这场面,还挺气派呢。小镇里能有十几辆小汽车的花车队伍,可以堪比英国皇室婚礼了。新娘子是谁呢?

　　文健一边想,一边朝学校走去。他实在是累了,总觉得这双脚有千斤重。往前走,看到花车队伍是从学校出来的。春霞的同事结婚吗?春霞也要去喝喜酒吧?春霞不在学校吗?

　　这样想着,文健放慢了脚步。远远地,在夕阳里,文健看见有个身披白色婚纱的新娘上了一辆红色的小车。

　　"等春霞做自己新娘的时候,也披着雪白的婚纱,我也要安排这么多花车来接我的新娘。"文健对自己说着,笑了。

　　新娘坐上了汽车,关上了车门,路上的人看不到新娘的模样了。

　　节日里学校是空的。文健一步一步走向春霞住的宿舍,那个温暖的小天地。今天怎么会累成这样呢?文健一个台阶接着一个台阶上楼,四楼到了,再上一层就到五楼了。

　　如果春霞出去了,我就坐在门外等她,天黑前,春霞妹妹就会回来。文健知道春霞胆子小,她会在天黑之前回来的。

　　终于到了五楼,文健抬起头,看见一个大红"囍"字贴在了春霞的门上。文健以为走错了,可是,没错,这就是春霞的房间。

文健以为自己看错了，门上贴的是过年的福字吗？再看仔细些，门上贴的确实是崭新的"囍"字。

可怜的文健，瘫倒在春霞门前红红的大"囍"字下。

他明白了，那个夕阳里穿着婚纱的新娘就是春霞妹妹。她今天做了别人的新娘，她不再等自己了。今生今世，她都不做自己的新娘了。

整个宇宙都像死去了似的，没有一点回音，任凭文健坐在这角落里嘶喊号哭。

在小镇最气派的酒店里，春霞的婚礼热闹地进行着。宾朋满座，喜气洋洋。谁也不曾留意到门口的那个年轻人，他面容憔悴，呆若木鸡。他远望着台上那个身披白色婚纱的姑娘，那是他的春霞妹妹，别人的新娘。他在看一出戏，一出别人的戏。这就是人生吗？

春霞粉面朱唇，喜笑颜开，看上去很开心。新郎高大健硕，对春霞呵护怜惜。文健静静地坐在人群里。

嘉宾除了学校的同事，其余的都是李敬的朋友，或者是他父亲官场上的朋友，春霞都不认识。可是，她好像看见文健也坐在台下的人群里。她揉了揉眼睛，再看看那个位置，文健又不见了。她又揉了揉眼睛，眼泪都揉出来了，泪眼模糊里，她又看见了文健。她哭了，李敬轻轻地拍着春霞，亲着她的脸。他以为春霞还小，这么仓促的婚礼，这么豪华的场面，让年轻的新娘激动得哭了。

文健看着新郎给春霞擦眼泪，看着新郎亲吻春霞的脸。文健安静地接受眼前的一切，他只有带泪的祝福。

文健一直等到婚礼散场。他一定要知道，春霞妹妹嫁到了哪幢房子，以后想念她的时候，也好来偷偷望她一眼。

终于，宴席结束了，车队护送新人朝江堤边上一幢漂亮的三层小洋房缓缓驶去，一路上撒下了七色的纸花。天黑了，没有星星和月亮，只有那幢洋房灯火辉煌，锣鼓喧天，在静谧的小镇之夜，那栋望江的洋房显得如此气派堂皇，以致让贫困的文健望而却步。他明白爱情之于现实生活，是那样轻如鸿毛。

是啊，春霞说过，爱情有什么用呢？饥不可食，寒不可衣。

夜幕中，文健像个孤魂野鬼，走向北江，他坐在能够望见春霞新房灯光的江堤上，他准备在那里遥望着他心爱的妹妹，陪她一起度过她与别人的新婚之夜。

他的心在那个大红"囍"字下、在他绝望的嘶喊中已经死了。他只是在经历人生，在成长，在走自己必须走的路。远处的灯光慢慢地暗淡下去，最后春霞妹妹的房子漆黑了，小镇漆黑了，全世界都漆黑了。

文健又一次撕心裂肺，他在夜空下朝着北江嘶喊，直到他的嗓子哑了，泪流干了。

这是一个怎样漫长的黑夜啊！从此之后，一段纯洁的爱情故事在这个江边小镇结束了。滔滔江水，卷去了文健对春霞一生难以割舍的深情。

恍惚里，文健看见一个被人爱着的快乐小伙子，在夕阳里畅游北江。岸上坐着他心爱的妹妹，他喊妹妹，她喊哥哥。一声一声地呼唤，把夕阳喊下山了，哥哥和妹妹手牵手朝小屋走去……

他听见妹妹说："哥哥，我想到对面的青山去，山上一定有石榴花。你给我修一座桥，好吗？"

他看见一个姑娘，穿着有蝴蝶结的白色连衣裙，在假日的阳光里，躺在草地上读自己的情书。她读了一遍又一遍，在等远方的哥哥早日学成归来。是的，那个姑娘在等自己，她将等自己一辈子的，芳华似水长。

文健没有责怪过春霞，他认为春霞是对的。如果自己变成春霞，也会做出今天的选择。可是，他仍然深爱着春霞妹妹，不管她怎么样了，不管她贫穷还是富有，不管她年轻还是年老，也不管她是谁的妻子。

文健明白他输在了贫穷上，输在了一无所有的穷书生身份上。他决定用知识来改变命运。

文健望着北江水，望着对面苍茫的群山，发誓要摆脱贫穷。

黑夜终于过去了，晨曦里，文健再次深情地遥望春霞妹妹的高楼。

他知道自己要走了，也许永远不再回来，也许会因为思念春霞而回来。他会躲在小镇的某个街角，偷偷看春霞一眼。

他朝春霞的高楼跪拜，为她祈福。

文健一遍又一遍地说道："妹妹，我走了啊，你保重，保重。这回我不带你走了，可是哥哥把心留给你了，只要你幸福，哥哥就心满意足了！"

他朝高楼挥挥手，又转过身来，朝北江挥挥手，又朝青山挥挥手，然后毅然地走下江堤，朝小镇的车站走去。

文健长大了，他知道自己是个男子汉，经历了人生的磨难，他应像一个战士一样去奋斗。

只是文健和春霞都还不明白一句话：初恋时不懂爱情。要是他们都长大一些，这份爱情也许就是另一番结局了。春霞误会了李文娟，文健误会了叶峰。这两个无辜的局外人，竟成了这一对相爱的年轻人忍痛割爱、成全对方的因由。唉，悠悠北江水，只有你可以做证；巍巍青山，只有你可以做证。那一对相爱的年轻人是如何爱着，又如何痛着失去了所爱。

十

新婚之夜，李敬倍感幸福，可是他不明白为什么春霞不愿睡觉，她总是在窗口眺望远处的江堤。

李敬也陪她一起看江堤，他什么也没有看到。可是春霞看到了，她看到有个年轻人，穿着白色的衬衣，很像文健，坐在草地上，坐了一整夜。

春霞悄悄地流泪了。她知道文健不会回来，还不到放假的时候，他在千里之外的北京，他怎么会在自己的新婚之夜坐在江堤上呢？他怎么知道自己五一结婚呢？

婚礼酒席上看到了一个文健，夜晚的江堤上，怎么也有一个文健呢？难道是自己思念文健而两眼昏花吗？文健，你真的来过小镇吗？

春霞哭得很伤心。李敬安慰着春霞，要哭就哭吧，只是这大喜事，哭多了不吉利。可是春霞哭了一整夜。

清早，春霞还在窗口眺望北江。晨曦中，春霞又看见一个人跪在草地上，他跪了很久很久。春霞揉了揉眼睛，她又看见了文健，他在朝她挥手，她甚至听见了文健在喊自己妹妹。

春霞的眼睛已经哭肿了，眼泪像珠子一样，打湿了新娘的嫁衣，打湿了春霞的心。自己还是爱着文健啊！咋就这么糊涂赌气嫁给别人了？赌什么气不行，偏要在婚姻上赌气？

再回过神来，春霞再也看不到那个身影了。

天亮了，草地上一层轻轻的雾霭。雾霭散去了，只见一片空空的江堤。沉默的青山，不言不语的北江，你们是否看见了我的文健哥哥？他是否曾回来过？他是否看见了他的妹妹变成了别人的新娘？他的心是否碎了？

春霞有空的时候总是躲在学校宿舍的房间里，把门反锁了。在那个和文健一起住过的小屋里，春霞学会了织毛衣。去年冬天，她就为了文健开始学织毛衣。现在学会了，还是按原来的想法织一件毛衣给文健吧。织好了，以同学的身份寄给他。

新婚的春霞，只有待在这个小屋里，只有手上为文健做着事，心里才是踏实的。那个黄昏里披着婚纱的姑娘，那场豪华的婚礼，那个镇长的儿媳妇，李敬主任的夫人，都是一场突如其来、毫无准备的梦。那不是真的，那是自己赌气闹着玩的。

春霞天真地想，自己还小，不就生了文健的一场气吗？这

·109·

个小屋,还回荡着文健的笑语,还留着文健的气息。这一切才是真实的,才是春霞想要的。

可是老天一点儿也不幽默,不给人开玩笑的机会。结婚的第一个月,春霞就怀孕了。李敬带春霞去小镇的医院检查,当知道自己快要做爸爸的时候,他陷入了沉思。李敬一连串的表情变化,使春霞以为他不想要孩子,却听到李敬含着泪说:"我早就盼着这一天了。"

春霞心里纳闷,刚结婚怎么会早就盼着了?她这才想起李敬是个有过妻子的人。春霞忽然想,要是跟文健也有孩子的话……为了掩饰自己又在想文健,她问李敬:"这里有个习俗,刚怀孕不能给别人说的,是吗?"李敬突然冷冷地回答:"说不说都一样。"

日子好像没什么变化,从五月开始,春霞再也没有收到文健的信了。她对自己说道:"没错,文健不爱我了,他跟李文娟好上了,他再也不会给我写信了。"

肚子里的孩子一天一天在长大,孩子的到来,让春霞踏踏实实地过眼前的日子。住着俯瞰北江的小洋房,再也不会过到了月末就没米下锅的日子了。

待到初秋,春霞把给文健的毛衣织好的时候,她肚里的孩子已经五个月了。

春霞总喜欢看新闻联播,她特别留意北京的天气。走到学校门卫室,她也会轻描淡写问一句:"老伯,有我的信吗?"当然,她再也没有收到文健的信了。

在一个艳阳天,春霞挺着大肚子去小镇的邮局,把一针一线织成的毛衣，用白纸包了一层又一层寄给了文健。春霞寄去的还有自己瞒着李敬偷偷节省下来的三百块钱。做了班主任补贴多了，这个奖那个奖，也收了几百元的奖金。以后不方便再给文健寄钱了，一则自己已为人妻，二则也没有闲钱了。自结婚后，她的工资就由李敬代为领取了。

春霞平静地一笔一画填写好地址和收件人，写完这个地址和"张文健"三个字以后，就了结了一段人生和爱情。她没有在留言栏写一个字，她从心底里祝愿文健和李文娟早日结婚，开创他们应有的大世界。

做完这些，春霞心里特别安稳，渐渐就放下文健了。眼前要准备做当妈妈该做的事了。

日子像北江水，不紧不慢地过着。有一晚，春霞半夜醒来不见李敬，心里纳闷：这么晚了，他会去哪里？

自结婚踏入李家家门以来，春霞对四楼的阁楼很感兴趣，因为那门一直上着锁。有一次，春霞想让李敬打开看看里面放了什么，李敬严肃地说：你以后别到那个房间去。

难道李敬在那阁楼里……春霞轻手轻脚往阁楼走去。阁楼里果然亮着微弱的灯光，还有声响。春霞屏住呼吸，走近那个平日紧锁的房间。透过门的缝隙，春霞看见李敬盘腿坐在地上，嘴里低声说着话，像是在跟人谈心。再往上看，墙上挂着李敬和一个女人的婚纱照，李敬正在对着那个女人说话。

春霞明白了，他在跟天堂的妻子谈心。春霞听到李敬说："莉，我们的孩子又回来了，她怀上了我们的孩子，一定是我们的孩子。你要保佑孩子,让他平安出世。"说着说着,李敬就哽咽了,春霞清楚地听到李敬继续说道:"你走之后,我的心也去了。快六年了,我不曾有过笑容,可是生活还要继续。她是个外乡人,很单纯。乍一看,很像你。连阿爹和阿妈也这么说,所以我娶了她。是我太思念你的缘故,我常常以为你回来了。可是她毕竟不是你,她不懂我的心。她把她的心给了别人。莉,我全错了,她前几天还去邮局给她心上人寄钱和毛衣……"

门外的春霞早已泪流满面,原来这场一半赌气一半报恩的婚姻里,根本没有爱情。一个爱着活人,一个爱着死人。

昏黄灯光下坐着的男人是那么陌生,那么遥远,他跟自己毫无关系。这洋楼,这孩子,都不是自己的。那么自己在哪里?春霞不寒而栗。她后悔这个没头脑的决定,后悔这段没有真情的婚姻,望着漆黑的窗外,春霞黯然离去。

从此,又一个梦破灭,春霞以为自己不爱李敬,等结婚以后会慢慢爱上他。她天真地以为李敬是因为爱她才娶她的,原来李敬只是在她身上寄托对亡妻的思念。他说了,她不懂他的心,他还知道她给文健寄东西了。

过了几天,学校要求春霞换房间,要把那个她与文健相处过的小屋让出来给别人。春霞要李敬去说情,保留那个房间给自己午休用。谁知李敬直接就说:"这是我的决定,叫你换房的原因你心里清楚,那房间留着你心上人的影子。"

李敬说出的这些话,如一把利剑,瞬间刺透了春霞的心。

从此,两人之间的冷漠与日俱增。春霞变得郁悒了,她经常一个人对着江堤发呆。在外人看来是恩爱的夫妻，关起门来却陌如路人。

春霞彻底失望了，对自己，对这个世界，失望透顶。她知道自己错了，这桩赌气的婚姻，埋葬了自己一生的幸福。

人这一生，会遇到很多人。有的人走到一个点就应该停住，保持距离就是最美好的；有的人只能是很好的同事；有的人只能是掏心掏肺的知己；有的人只能是一生梦里牵挂的幻影。不是任何男女都适合成为夫妻。春霞和李敬就是这样，本来他们是很好的同事，很好的领导与下属关系。

李敬也感到很茫然，春霞站在远处的时候，如鬼魅一般吸引着自己，可是当春霞一旦跨过了这个距离，来到自己身边，却一点感觉都没有了。他原来以为自己是爱春霞的，可是结婚以后才发现根本不爱她。原来以为春霞代替了去世的妻子，可是当春霞真的躺在自己身边的时候，他根本无法忘怀死去的前妻。

因为成长背景、生活习惯、饮食和年龄的诸多差异，李敬和春霞的相处越来越别扭。

李敬变得烦躁不安，冷漠苛刻，他甚至厌恶春霞了。特别是当春霞看着江堤发呆的时候，李敬就知道她在思念那个在北京读大学的心上人。

春霞心里明白，这段婚姻不会长久，目前的任务是把孩子生下来。

屋漏偏逢连夜雨。一直疼爱春霞的家婆，还没有等到孙子出生，就因心脏病突发溘然长逝了。不久，家翁在镇长连任选举中被淘汰出局。做了八年镇长的家翁,在小镇呼风唤雨惯了,一朝丢了这个芝麻大的乌纱帽就想不开了,天天喝闷酒度日。

家婆的突然离世,家翁的官场失意,迷信的李家人把这一切都归罪于刚过门的新媳妇春霞。娶春霞是家翁的主意,现在煽动挑拨说春霞是李家丧门星的也全是家翁。

春霞笨嘴拙舌,不会讨好李家人。不到半年工夫,春霞成了李家的眼中钉,人见人恨。

春霞承担了家里家外的农活,扫地煮饭,喂鸡养猪,还要去地里种菜。她一向没有干过农活,当然干不好。李敬冷言道:"娶你来做皇太后不成?谁还不是上班忙工作,下班耕田种地?"

李敬也不给春霞钱用了,他说:"你吃我的,住我的,还要钱做什么?要供别人读书不成?你是什么身份?我都替你害臊。"

春霞那颗千疮百孔的心在懊悔里一天一天死去。

一个初秋的傍晚,在厨房干活的春霞突然腹痛难忍,血流满地,春霞一心一意想跟肚子里的孩子一起死去,所以她不求救,不呼喊,静静地忍着腹痛等死。

李敬已经三个晚上没有回家,家翁照例喝酒骂大街。

碰巧邻居大娘去李敬家借东西,看见春霞倒在地板上,赶紧叫人把她送到医院。孩子没有保住,春霞捡回了一条命。她睁开眼睛的第一句话就是:"为什么要救我?为什么不让我死去?"医生以为春霞心疼孩子才说这样的过头话,便安慰春霞：“先把身体调养好，你还这么年轻，还会怀上的。”

一连串的遭遇，从喜到悲，呼啦啦如北江的寒风，席卷了春霞刚刚起步的人生。

没能保住李家的根苗，这个外乡媳妇更是毫无价值了。小产后，没有人照顾春霞，春霞元气大伤，一病不起。

春霞不能去学校上课了。一个优秀的英语老师，一个朝露般水灵灵的姑娘，一个对人生充满了希望的年轻人，就这样在这一场赌气的婚姻里"死"去了。

小镇上再也看不到那个剪着齐眉短发的春霞姑娘，羞羞答答提着菜篮子去市场买青菜了；学校的讲台上，再也看不到春霞老师声情并茂地讲课了。

日子一天一天地流逝，冬季的北江一片沉寂。江堤上的青草被寒风摧残得一片枯黄，毫无生机。不久，小镇上多了一个神志不清的疯婆子，她见到穿白衬衣的年轻人，就傻笑，唤人家哥啊哥啊，文啊健啊，没有人能听懂她究竟在喊什么；她看见小孩就追赶，说那是自己丢在菜地里的娃娃；她经常停留在小镇的车站里，像是等什么人似的，抻长了脖子朝开过来的客车张望，嘿嘿地笑；有时哇哇大哭爬上就要开走的客车，指向小镇之外的柏油马路。

李敬会装出很心疼的样子，追着那个疯婆子大喊："春霞，回家去。"

冬去春来，小镇恢复了往日的平静。人生哀怨，如江水滚滚而逝。人们再也看不到疯婆子了，李敬说春霞因为小产受了刺激，送到省城亲戚家治病去了。

大家都相信了李敬的话。有谁会怀疑他呢？有谁会不心疼花那么多钱、摆那么排场的婚礼娶来的媳妇呢？

只有北江上飘荡的白云看见了，在小镇最漂亮的楼房顶上，铁链锁着一个女人，她乱发如草，衣衫褴褛。白云也为她流泪，而她已经没有眼泪了。

十一

自收到春霞寄来的毛衣和三百元钱之后，文健就再也没有收到来自塘头镇的音讯了。文健算着时间，春霞做了人家妻子和媳妇，又为人母了，理所当然是幸福的，也理所当然将那场年少的爱恋忘却了。

要是早知道人生会来这么一场变故，文健愿意用他的一生去守卫那份爱情。可是，如今一切都过去了。

文健记着一笔账，春霞自工作以后，总共寄来六百元，也幸亏有了这六百元，文健得以顺利读完大学。这钱一定要还给春霞。

文健终于毕业了，他还是按照原来的方案，选择了离塘头镇最近的城市工作，在城市建设局成了一名桥梁建筑师。

他设想着春霞幸福的生活：风景如画的江边小镇，在那幢气派的洋房里，怀抱孩子，过着不知愁滋味的少奶奶生活。

他埋头工作，没日没夜加班，目的是多拿些奖金，早日去小镇还春霞的钱。最重要的是早点去看看春霞，只要看到她平安幸福，自己就满足了。

文健设想了很多次去小镇与春霞相见的情景：她一定长胖了，怀里抱着一个胖乎乎的娃娃。春霞喜欢孩子，她以前说过要跟自己生三个男孩三个女孩呢。文健笑了，对了，现在那娃娃要叫我舅舅。

转眼之间，中秋节快到了。放假之前，文健就计划好了，他要去小镇看春霞。

文健整夜未眠，他激动又喜悦，设想着见到春霞的情景。

一大早，文健特意穿上了新的白色衬衣，理了头发，看上去更加清瘦。他用红包袋子包好了六百元装在口袋里，坐上了开往三水县城的客车。今天的车子特别颠簸，文健还没有到县城就剧烈呕吐，连胆汁都吐出来了，满嘴的苦味，让他极其难受。

当汽车越过第二道堤坝，文健终于看到了北江。恍惚间，他看见了长发飘飘、一袭白裙的春霞，她正笑盈盈朝自己走来。

他想起第一次跟春霞踏上这片土地的情景，他又想起上一次在黄昏里披着婚纱的春霞。文健止不住地流泪，他心里千遍万遍地呼唤着春霞妹妹。

春霞已经为人妻了，别人会介意自己来找她吗？到了这里，文健才知道自己来找春霞是多么唐突的事。

"妹妹，哥哥来看你了。你还好吗？只要你幸福，我就安心，不要担心我来打扰你的生活，我只想看你一眼啊。"

文健还是按照自己心里盘算过的步骤：先到学校去，门卫问自己的身份，就说是春霞的哥哥。文健忐忑不安地跟门卫说，他找春霞老师。门卫是个五十岁上下的老头子，打量了这个穿白衬衣的年轻人大半天，然后问："你找她干什么？"

"我是她家乡来的，捎点东西给她就走，能否让我进去？"

阴险掠过老头布满血丝的眼，他瓮声瓮气道："黄春霞吗？她早就调到县城去了。"

文健吃了一惊：春霞不在小镇了？调到县城了？年轻人总是轻信任何人的话。一个门卫老头，与自己无冤无仇，又何必怀疑他的话？

文健默默地离开了，他回头望了望塘头镇中学，四顾茫然，不知所措。春霞妹妹，你在哪里？

那个看门的老头，不是别人，正是李敬的亲叔叔。他知道春霞被锁在楼顶上，李家人早就不把她当人看了，并且对外一律保守这个秘密。全镇的人都说春霞去了省城治病。

文健，你怎么还能找到春霞呢？你的春霞妹妹被折磨得只剩下一口气了。

文健想起了那栋洋楼。对了，既然都来了，就去春霞家看看，或许会遇见她家的人，问到春霞新的工作地址。

文健来到独占江景的洋楼，却见大门上挂着一把锈迹斑斑的铁锁，门前是满地黄叶。这栋房子好像没有人住了。

春霞举家搬走了吗？是的，春霞跟她丈夫离开了小镇，到县城谋生去了，家里老人也跟着去城里带孙子了，文健心想。他看着紧锁的大铁门，心里那个魂牵梦萦的人恍如隔世：春霞妹妹真的不在这里了吗？

他正要转身离去，却隐约传来铁链拖地的声音。文健驻足，抬头观望凝听，又无声无息了。

难道在楼上还拴着看家的狗儿？有狗就有人。文健又把耳朵贴在门缝里，他听到有个微弱嘶哑的声音传来，好像在喊"哥啊……哥啊。"

文健一惊，难道上面收留了无家可归的流浪人？他侧耳，屏住呼吸，只听到了微风吹落树叶的声音。铁链声、嘶喊声又远去了。

四顾无人，这座独家独院的建筑占着最美的江景，前无邻舍，后无遮挡。要走过田埂五百米，才是高低不齐的村庄。从房子坐落的位置就可以看出建房者必定在这一方地盘上有特权。

春霞嫁到这富贵人家是享福了。在那么排场体面的婚礼上当了新娘，该是万千宠爱集一身，不应该与铁链声联系在一起。

人间的一切悲剧都会远离春霞妹妹，远离那个夕阳里坐上红色小轿车的新娘。文健想着，他再次侧耳倾听，却再听不到异样的声音了。他举起双手，在大门上一边拍一边喊："春霞妹妹——春霞妹妹——"

楼顶上那个女人，听到文健的声音怔住了。她睁大了眼睛，这是真的，是文健哥哥，他来了！他一定会来找自己的！这是她活到今天的唯一支撑。

女人满是污垢的脸上露出了笑容。

不知多少天了，没有吃的，没有喝的。她张开焦渴的嘴巴，接住天上落下的雨水。她要等文健来。

119

今天，文健哥哥终于来了，来找她了。

春霞用尽所有的力气，拖着铁链，爬上了墙头。她看见如诗如画的秋日夕阳中，身穿白色衬衣的文健哥哥，正一步一步朝小镇走去。

他越走越远了。她张大了嘴巴，拼命地呼喊。可是她无论如何也她喊不出声音。文健哥哥在夕阳里消失了。

春霞慢慢地倒在墙角，她心满意足地闭上了双眼。

恍惚中，文健用双臂温暖地环抱着自己。他眉清目秀，儒雅帅气，妹妹长妹妹短，说着趣事逗乐儿。她睡着了，永远地睡在这个让文健一生牵挂的小镇上……

这一年冬末，丢了镇长头衔的老头儿，喝了过量的酒，摔死在水沟里；李敬因为贪污扩建校园的巨额公款，锒铛入狱。

五年后，文健作为北江大桥的总设计师再次来到小镇，他将要在这里建设北江上第一座跨江大桥。

这座彩虹般的大桥，将倾注文健一生的爱恋。他盼望着，总有一天，他会在桥上遇见美丽的春霞妹妹。

南腔北调

一

赵丽青的人生没有四季，只有上课季和放假季，两季轮换，二十年不变。

这里讲的故事都发生在上课季，发生在南方的一座小城。赵丽青是来自哈尔滨的地道东北妹子。她早就学会了粤语，却总是带着北方的腔调。

她每天早上五点四十分起床，以最简单的动作完成梳洗，胡乱将前一晚的剩饭剩菜倒进胃里，用纸巾抹了嘴角。脚在穿鞋，手在戴手套。踩单车上下班，她每年至少磨坏四副手套。

她今年照例带了初三毕业班，忙得像个陀螺。别人都害怕带毕业班，赵丽青却是毕业班的常青树。一则可以让自己忙着，二则带毕业班补贴多。何乐而不为呢？因为忙碌，活得扁平而简单，像一部机器，没有女人常有的喜怒哀乐，没有成年人的七情六欲。赵丽青活得像个孩子。

她咚咚从八楼朝一楼跑下来。这房子还是二十年前教委分的，没有电梯。当初分房的时候，她资历浅，轮不到自己挑选楼层和朝向。赵丽青只分到了八层顶楼朝北的这套单元房。在这冬天一开门就呼呼灌进北风的福利房里，她生了儿子，过了自己大半的人生。儿子今年九月份就上大学了。

现在住这里的大部分都是退休老教师。楼道里传来此起彼伏的开门和关门的声音，老教师们起得早，出门晨练去了。

赵丽青身材瘦长，像根竹竿，一辈子没有为减肥操过心。她从外表上看，不像来自北方的人，但性格处事，倒还是地道的北方风格。她麻利地踏着步子下楼，背顺口溜似的跟人打招呼："张老师早，李主任早。"不用看人也不会叫错。人家的回答还响在楼道里，她已经到下一层楼去了。

单车是破旧的，像锁着的一只小狗。虽则不值钱，仍然上着铁锁。赵丽青扶着车把，先蹬两步，然后一溜烟消失在还打着瞌睡的路灯下。街道，静悄悄。一路畅通无阻，中间不用下车就骑到学校大门口。

丈夫阿伟昨晚回家没有？赵丽青突然想起这个问题。很久没有正眼看丈夫一眼了，只是粗略地知道，他的脑门越来越亮了。昨晚他回来了吗？几点回到家？还是他根本就没有回来呢？赵丽青脑海里再次出现这几个问号的时候，特别心烦意乱。

唉，多年来，阿伟都只是家里蹭饭吃的陌生人！

校园新绿的树叶唰唰地长，湿润的空气中弥漫着生命蓬勃的气息。可怜的妹夫阿贵，还能熬过这个春天吗？赵丽青又悲又恼：是妹妹赵丽琼将老实忠厚的阿贵往死里逼。

今天见鬼了，尽想些烦心的事。时间尚早，校园出奇地安静。应该在家多睡一会儿，但是赵丽青宁可在办公室的桌子上趴着闭目养神几分钟，弥补早起的困倦，也不愿意赖在家里的床上。床上没有什么值得留恋的，枕单被寒。

四十岁刚出头，赵丽青就出现了更年期的症状。上个月学校体检，医生直接就给她建议：延缓更年期最有效的药方是过和谐的有规律的夫妻生活。

难道医生检查出我没有性生活吗？赵丽青非常恼火，认为医生侵犯了她的隐私。她出医院大门的时候小声咒骂了那个给她建议的医生。

自那次体检后，赵丽青越发失眠多梦，心悸盗汗。她想到了离婚，后悔自己年轻时的选择。从哈尔滨来到南方，千里南漂，为找不一样的人生而放弃了一段美好的恋情。

如今，半生过去了，也不见有什么丰功伟绩，现在的人生当然不是她原本想要的。作为南漂一族的一员，她拼尽全力，仍然生活在这座城市的最底层。

说来也怪，南方毒辣的太阳，二十年晒不黑皮白肉嫩的妹妹丽琼，她们姐妹俩长得硬是毫无相似之处。丽琼身材高挑，肤色白皙，虽是东北妹子，却说着一口纯正的粤语。丽琼白长了一副好皮囊，前几年不择手段往上爬，把妹夫阿贵都气病了，付出了应有的代价，如今还是回到原来的位置。

唉，假如当年没有离开哈尔滨的话，也不会跟初恋情人张华分开！都是妹妹丽琼的错，说什么南方不下雪，树木常年不掉叶子。"好不容易南方的单位都联系好了，姐姐你为了一个男人放弃值得吗？南方有很多北边去的优秀男人。不是猛龙不过江。走,趁年轻闯世界去!"妹妹满腔热血地劝她。

就这样,年轻气盛的姐妹俩,雄赳赳气昂昂扔掉了国营单位的铁饭碗,抛弃了青春岁月里的美好爱情,头也不回,远走天涯。

中国城乡都在飞速发展,不是只有广东在前进。留在故乡哈尔滨的同学,也是鸟枪换大炮了,混得一点儿不比自己差。初恋情人张华身居要职,是哈尔滨市教育局的高层领导了。近来,想到这些旧事的时候越来越多,她也越来越懊悔自己的人生。

赵丽青头昏眼花,放好单车,朝办公室走去。她的脚步很慢,像在数地上的砖块,摇晃着身子,一步一顿。

今天办公室的门却开不了,钥匙插进一半就堵住了,她拔出钥匙看了又看,确定没用错钥匙,但还是插不进去:有人把门反锁了?

惹得赵丽青心焦气急,她退回两步,这才发现窗帘拉得紧。这么早,是谁呢?她猛地拍门,大声叫道:"开门!开门!"

"老赵。"传出语文老师何红的声音,嘶哑而疲惫。原来这对新婚的小夫妻又揭竿闹革命了。

赵丽青是办公室的老大姐,口舌不多,从不加油添醋倒卖别人隐私来赚取地位,谁家有困难,都愿意跟她倾诉。门开了,何红脸色苍白,双眼无神,披头散发,像个鬼似的。

赵丽青看不得年轻人这样子,心软了,把自己的一堆烦心事放在一边。

"老赵,我没地方住,在办公室躲几天,房子还未租到。"

不要跟别人说啊，给我留点面子。"何红有气无力地说。

"孩子呢？"赵丽青问。何红的女儿刚出生几个月。

"寄养在乡下娘家了。"何红说。

唉，如今婚姻纸一样薄，风一吹就破了。年轻人这样，中年人这样，都煎熬着过生活。赵丽青没搭话，手脚麻利地收拾好地上的被褥。

何红木然地坐在凳子上，两眼发呆，像遭受了重大惊吓似的。赵丽青把席子和被褥都藏在柜子里，何红还像一尊雕塑，没有动静。

赵丽青便走到何红的身边，拍拍她的肩："你还不快把头发扎好，等下别的老师和学生要进来了。"

"老赵，我不想活了。"何红哑着嗓子说。

"平平安安过日子，别瞎想。"赵丽青继续说，"来，我帮你梳头，快把梳子和橡皮筋给我。别被人看见笑话，要生要死是自个儿的事，这里是学校，人多口杂。"

"都是那个狗娘养的！"何红又咒天咒地、骂爹骂娘了，"难道我这一生都要让他毁了不成？"

赵丽青只顾给何红扎头发，她知道说啥也没用。

二

以前的何红，秀发如云，才华横溢，外号"李清照"。她总爱穿古装衣裙，衣袂飘飘，如踩浮云，加上她五官秀丽，有一对黑宝石一样的眸子，让人想起古代仕女画中的某个人物。

何红毕业于某重点大学汉语言文学专业，她内外兼修，写得一手好文章，弹得一手好琵琶。这么优秀的何红，曾是学校的形象代言人。有些家长慕名把孩子送到这所学校读书，指名道姓要安排在何红老师的班里。曾几何时，何红迷倒了大批官二代和富二代，追求她的人，开着豪车来，在放学时段造成学校门口交通拥堵。

然而，何红却谁都看不上，不是嫌人家胖就是嫌人家瘦；不是嫌人家官太大了，就是嫌人家太有钱了。她顾自活得逍遥自在，不想高攀人家。

她错过一春又一春，一溜烟工夫就年过三十了。何红这才开始心急。"千拣万拣得了个烂灯盏"说的是等嫁姑娘昏了头，上等好男人不要，偏偏选择了个下流孬种。何红这个红颜薄命的才女，正是应了这句话。

三十岁的大姑娘，恨嫁心切了，听人家说歌舞厅里常有机会碰到单身男士，于是她成了市里豪华歌舞厅的常客。

一个初春的周末，歌舞厅里流光溢彩，灯光忽明忽暗，何红喝了一杯啤酒，跟着人群摇摇晃晃。这时有位风度翩翩的中年男士朝她走过来，递名片给何红。何红一看——何辉，那名字跟自己还挺配。头衔不小，某某上市公司董事长。抬头看他，平头寸发，浓眉大眼，高大威武，全身上下全是名牌。何红心里顿时有阵春风吹过。这回，她太相信自己文学上的感觉了。

何辉邀请何红跳舞，他粗壮有力的手，紧紧贴在何红青春的腰部。透过薄薄的衣服，他感觉到了她充满活力的身体。何辉游离的眼神，沧桑而深沉的嗓音，加上他欲言又止的表情，诙谐而有趣。何红不由得越来越贴近何辉的胸口，她闻到他身上有香烟、啤酒和口香糖的混合味道,这味道很有魔力,像有毒的香水。何红着迷了。

一曲未了,何红告诉自己,皇天不负有心人,机会终于来了,要等的人就是他了。何红对这个男人一见钟情。风月老手何辉一眼就看穿了这个小女子的心思。他欲擒故纵,有意冷落何红,跳下一支舞曲的时候,他搂着别的舞伴亲了又亲。

被人追捧惯了的何红醋意大发,她决定主动出击。等他跳完那支舞曲,何红便主动上前说:"嗨!"何辉得逞地一笑,挽起何红的手,往舞厅外走去。

何辉是潮汕人,比何红大十二岁,他们俩都属狗。"忙于事业,疏忽了婚姻。"一句话便换取了何红对男人天真的信任。何红被何辉真真假假的话迷住了,像被灌了迷魂汤。何红跟着何辉上了一辆黑色的奥迪轿车,转过几个路口,车子朝郊区飞奔而去,停在一栋豪华大别墅前。

有一则商业广告说绝了世事:"一切皆有可能!"这一切来得太突然了,一夜之间什么都有了:爱情、豪车、大别墅。

何红沉醉了,她从不怀疑从天而降的好运气。她陷入了一场风险系数极高的游戏里。还没来得及对全世界公布这个好消息,她就怀上了孩子。

"我们必须结婚了。"何红说。

"结婚?弄张纸还不简单?只要你给我生个儿子。"何辉爽快地回答。

于是,"李清照"姑娘在同事们惊讶的目光里,突然挺起大肚子,做起了阔太太。何红庆幸自己终于嫁入豪门。这结局引来不少忌妒的目光,何红着实得意了一回。

然而，不幸的是，何红的噩梦开始了。未等腹中的孩子坠地，何辉突然就对自己冷淡了，好像变了一个人，经常夜不归宿。何红傻了眼，又哭又闹。后来，何红才知道，做 B 超医生收了何辉的红包，暗地里向他透露信息，说何红肚子里怀的是个女孩。原来何辉有"多子多福"的心理，生了女孩不算数，男孩才算。何红还是寄希望于腹中的胎儿是个男孩，以此来稳定大局，偏偏肚子不争气，生了个女孩。

"还不知这是谁的种！"何辉这句歹毒的话，戗得何红吐血。

生活里再没有了诗词歌赋，没有了不食人间烟火的仙女。怨恨将何红秀气的脸变得臃肿而丑陋。心高气傲的何红，断了胳膊往袖子里藏。

起初，何红在学校里还硬装是个阔太太。可是，由于脸上经常挂彩，施再厚的脂粉都掩饰不了何辉的家暴。到后来，何红常在办公室歇斯底里痛哭。忌妒何红美貌的女同事，幸灾乐祸：想靠那张脸吃饭？可惜没那个命哟！追求过何红而碰了一鼻子灰的男士，更是落井下石：当初嫌我穷啊，去傍大款，却傍了个大流氓。活该！

到底天下只有父母是疼自己女儿的，当初何红父母就坚决反对这桩婚事。不谙世事的何红年轻气盛，对父母说："都什么年代了，大一轮算什么，我嫁鸡随鸡，嫁狗随狗，是好是歹，不回娘家要饭就是了。"没有得到父母同意和祝福的婚姻，注定是不美满的。

何辉手机关机，打电话到他的公司，说出差了。何红天真地想，何辉是看到自己生了个女孩不高兴，等过段时间，再给他怀上个男孩就会好起来的。

然而,何红又错了。自女儿出生后,何辉彻底失踪了。不见人影,也不给奶粉钱。何红开始知道男人的险恶,生活的艰辛。自己咋就瞎了眼?不听老人言,吃亏在眼前。

三

赵丽青耐着性子梳好何红的头发,给她盘了个发髻,绾在后脑勺上。她找不到合适的话语来安慰往日的"李清照"。这个老大姐看着何红一步一步走下仙女神坛,变成今天这个"祥林嫂"。

"不甘心,不罢休。"何红从抽屉里掏出一张纸,递给赵丽青,愤愤地说:"老赵,替我交给校长,我杀人去了!"

还没等赵丽青反应过来,何红已经离开办公室了。噔噔噔的高跟鞋愤怒撞击地板的声音,久久回荡在走廊里。

赵丽青一看那张纸,居然是辞职信。现在的年轻人,真能折腾。

善良的赵丽青想了想,何红递交辞职信是一时冲动,如今中学老师的工作很热门,一旦交了辞职信就没有退路,马上会有人来填补空缺。

赵丽青低头写了一张请假条,署了何红的名字,又把辞职信藏了起来,把请假条放在级长的办公桌上。

处理完这一大摊事,陆续有学生和老师来了。赵丽青今天看什么都不顺眼,听什么都不顺耳。

喝了一杯温开水,查看繁忙的教学工作表,她顿觉头痛欲裂：上午有三堂课，下午还有班会和年级会议。

赵丽青很少请假推掉工作，她是连生病都不离开工作岗位的模范老师。今天没心情上课，她猛地敲了敲自己的脑门，企图把脑子里面乱糟糟的情绪敲掉。

放在桌子抽屉里的手机猛然振动起来，是妹妹丽琼，她又哭又喊道："姐姐，姐姐！快来医院，阿贵——阿贵他——不行了……"

开公交车的妹夫阿贵，在半年前诊断出得了晚期食道癌。他还没有孩子。做护士的妹妹，把费尽手段弄来的房子卖掉了，换了六十多万元，还是没能挽回妹夫的性命。

这恼人的早春，不让人活命。

赵丽青向级长请了一天的假，踩着单车朝医院奔去。人满为患的都市里，车多人多。昏昏沉沉的赵丽青，几次都差点被卷到车轮底下去了。她苍白着脸，上气不接下气，赶到熙熙攘攘的医院。

四

那一年，丽琼说服姐姐一起南漂，勇闯广东。在这座城市里，姐姐大学毕业，有响当当的大学文凭，做了正式的教师。丽琼只有卫校毕业的中专学历，只能在医院做合同制的护士。为了转为正式编制的医院员工，丽琼勤奋工作，抢着加夜班。

加夜班多了，赶夜班公交车也多了。这个身材高挑、神情孤独的外乡姑娘引起了年轻的公交车司机阿贵的注意。为了能够接到乘坐夜晚最后一班车的丽琼，阿贵颇费心机地摸索出丽琼上夜班的规律，特意跟人调值晚班。

隆冬季节，十一点的末班车乘客很少，经常就丽琼一个人。

车厢里两个年轻人默默前行。偶尔，他们会在昏暗的车厢里对望一眼，微微一笑。渐渐地，两个年轻人有了简单的交谈。在只有丽琼的时候，阿贵就把车速放慢了。这样就能跟这个漂亮的姑娘多待一会儿。阿贵知道，车子到站，姑娘就下车走了，又要等第二天或者第三天才能接到她。为了这二十多分钟的相处，阿贵喜欢上了开最后一班夜车。

丽琼朱唇皓齿，袅娜多姿，让阿贵着迷不已。有时丽琼会临时调班，一旦没接着丽琼，阿贵会莫名地烦躁，莫名地担忧，郁闷的心情会持续到丽琼下一次出现才能消除。

有一次晚班归来的途中，丽琼睡着了，到站了还在睡，所有乘客都下车了。阿贵就将车停在路边，关了车灯，远远地看着歪在靠椅上沉睡的丽琼，幻想着丽琼睡在自己的木板床上。

憨厚的阿贵，如痴如醉看了丽琼一整夜。待丽琼醒来，已经是凌晨四点了。阿贵因为这晚没能把车子按点开回公司去，差点儿丢了饭碗。自那次以后，阿贵追求丽琼的胆子就大起来了。再笨拙的年轻人，面对自己心仪的姑娘都会变得机灵起来。又一晚丽琼到站的时候，阿贵就对丽琼说，去吃消夜吧。又饿又冷的丽琼点点头。

吃完了，两个人还是呆坐着，都不想走了。阿贵自然是不想走的，他恨不得就这样一直看着丽琼。

丽琼也在想，要是在这座南方小城，有个土生土长的亲人该有多好。不交房租就有房子住，多好啊！晚班回来，有碗热气腾腾的面条吃,这人生也就无所求了。

年轻人,要求不高。阿贵有间单位的宿舍,虽然是个破烂的小平房,没有厨房也没有厕所,但不用交租金。阿贵是做菜能手,他做三毛钱的麻婆豆腐,麻辣够味;五毛钱的番茄炒蛋,做得像一朵盛开的花。丽琼值晚班的时候,阿贵总在医院大门外等着丽琼。回到宿舍,阿贵捧出大海碗,热腾腾的面条里藏着两个又香又嫩的鸡蛋。

丽琼心满意足了。两个年轻人,去民政局领了通红的结婚证。对望着,傻傻地笑了,开始了幸福的人生。

阿贵领着漂亮的媳妇,转了一遍公交大厦的宿舍。瘦小不起眼的阿贵,以前总是被人欺负,如今突然变得高大起来。司机老大哥们再不敢大声吆喝这个小后生了:人家本事大着呢,娶个老婆秀色可餐。

阿贵打心眼里得意,结了这桩了不起的婚,是这一生惊天动地的大事业。

东北姑娘白嫩得如同剥壳鸡蛋,身材又撩人,比起喝珠江水长大的本土女孩来说,丽琼实在太抢眼了。她的出现,让公交大厦破旧逼仄的宿舍安静了很多。打架吵架、泼水倒茶叶渣的事件,明显少了。

阿贵老婆前老婆后地疼着,丽琼这朵花儿越发娇美了。虽然一穷二白,夫妻俩却踏踏实实地幸福了几年。

丽琼骨子里不是个坏姑娘。要怪就怪医院里人多事杂,让人目不暇接;要怪也要怪阿贵一成不变,总是开公交车,并且仿佛要开一辈子似的。到处都起高楼了,同事们接二连三搬进花园小区了，丽琼却好像这一辈子就只能住在那间破宿舍里了。

人家的丈夫要比自己的丈夫高贵体面得多，而别的女人，要身段没身段，要脸蛋没脸蛋。我这身皮肉，可不是白长了吗？丽琼开始变化了，并且变得很快，很狠。

那次医院开年终晚会，可以带家属去唱时髦的卡拉OK，阿贵特意跟人换了班，早早在家洗干净，穿好新西装等媳妇，可是丽琼自个儿去了，丢下一句话给阿贵：带你去K歌，丢人！

丽琼喝醉了，凌晨才回到家。阿贵问她怎么回来的，丽琼满嘴酒气，对阿贵大喝一声：滚！

打那以后，夫妻俩就不像从前了。丽琼的美貌，曾经让阿贵感到无比自豪，如今却成了阿贵的沉重负担，他多么希望丽琼丑些、平凡些。可是，这个东北女人越发妖艳起来。

日子在阿贵的郁闷里，在丽琼不断高涨的怨气里，像病驴拖石磨，煎熬着过。

丽琼的科室主任是个四十多岁的大胖子，浑身是肉，吃了猪饲料似的，人又长得矮，穿的白大褂差不多拖到地板上了，大家就背地里叫他"球主任"。这个"球"，对妩媚的丽琼早已垂涎三尺了。

丽琼爱逛街，经常去商场里买衣服，有时误了交接班时间，迟到早退都是"球主任"替丽琼担待着。丽琼干的活最轻松，奖金还拿得多。丽琼也不是傻子，心知肚明"球"的意图。科主任，虽然不是什么大官，可也实权在握。丽琼心里盘算着跟"球"的交易。

· 133 ·

一天中午干完活,"球"过来拉丽琼。他们一前一后,走过一排排的病房,丽琼以为要去搬医疗器具,走到尽头的储物室"球"停住了,丽琼知道这是科主任午休的单人间。丽琼在门口做了个迟疑的动作,被"球"一扯就进去了。

闷热的夏天,烦躁至极。他们在地板上,赤裸着出了一身汗。一个愿打,一个愿挨,心照不宣,都不吃亏。有了第一次,就有第二次,就有无数次。说不上喜欢不喜欢,更跟爱情毫无关联。"球主任"免去了丽琼的夜班,提拔丽琼做了护士长。

从此丽琼悟出道来了:老公不中用,只有靠自己了。过了不久,丽琼觉得科主任的权限太小了,不够用。比如,单位还有最后一批福利房,"球"根本使不上劲。按资历来说,丽琼不够格。为了得到福利房,丽琼瞄准了医院专管这事的林副院长。

林副院长六十岁,满头竖着尖锐的白发,连胡子也是又粗又白,像一只年老精瘦的刺猬。他素来作风正派,公正严明,从不拈花惹草,看样子还不好下手。

丽琼暗自思量,男人表面上再怎么正人君子,但总归还是个男人。只要抓住男人的本性,就是突破口。丽琼开始谋划接近林副院长的方案。

这世上的事也还真是无巧不成书,林副院长这段时间因为分福利房的事累着了,咳嗽不断,要注射一个疗程的卡介菌。得知这一消息,丽琼窃喜。人要是苦心孤诣去寻找机会,就一定会有机会的。女人要是决定变坏了,就无药可救,歹毒而不露痕迹。

丽琼手头紧,钱都要花在点子上,做护士的,整天罩着制服,只露出一双脚,所以得在气味和鞋子上下功夫。于是,她花了一个月工资,买了一瓶法国原装进口的香奈儿香水和一双高档皮鞋。

丽琼留意到注射室有个窗口直对院长大楼的走廊通道,可以窥视林副院长来注射室的一举一动。因为与"球"的关系不一般,丽琼在注射室的权力也就不一般了。她整天呼风唤雨,把平日里拉着窗帘的窗子敞开,时刻守着。这天早晨,林副院长终于出现在通往注射室的水泥路上。

丽琼赶紧把别的护士支走了。有的去病房拿药,有的去跟医生核对处方。她把口罩摘掉,对着镜子快速搽上胭脂,涂抹口红,描眉毛,又从包里拿出香水喷在身上。不到两分钟,一个又香又俏的姑娘羞答答地出现在林副院长面前。

林副院长根本不认识丽琼,偌大的医院,光护士就有上千人,穿上护士制服,都一个样子。

"林副院长好!"丽琼双手握在胸前,像舞台上唱歌的演员,娉婷地站在注射室门口。也许是香水味儿的作用,林副院长看了看丽琼,又看了一眼,觉得还要再看一眼。

丽琼微笑着,柔情地说:"副院长,您要多保重贵体才是。"老院长顿觉如沐春风,神清气爽,嘿嘿笑了,问:"你叫什么名字?来医院多久了?"

丽琼一一作答。她半羞半笑,凤眼含情。本来林副院长是屁股上的肌肉注射,坐着就可以了,可是,丽琼劝说:"请副院长进来,躺着会好些,怕您痛着了。"

林副院长不知是计,心想打个针还能打出问题来?况且医

· 135 ·

院分房子的事，也确实累着这把老骨头了。于是，林副院长就乖乖地躺在隔着布帘的诊疗床上。

丽琼帮着副院长解皮带，脱了他的整条裤子。经不起丽琼的轻揉慢捏，加上她美若春桃，香气迷人。林副院长竟迷醉了，不知道是屁股吹凉风了，还是药水起错反应了。总之，这位老干部被丽琼一针打下去，动摇了坚守一生的为人处世的原则。

六十岁是禁不住诱惑的，退休前的官最难保节，林副院长也栽在这个咒语里头。老院长主动约丽琼当晚下班到办公室相见。临走的时候，他要了丽琼的手机号码。

只一回合，丽琼就得手了，果真道貌岸然都是假象。丽琼暗自得意，心里盘算着这笔交易：把房子的事情办妥了，才能让这"老刺猬"尝到自己的鲜。

五点半下班，丽琼有意停留在办公室里，一则让人走完再去，免得人多口杂；二则吊着"老刺猬"的胃口。手机唱起歌来，是林副院长打来的。丽琼看着一闪一闪的手机，满意地扬了扬嘴角笑了。她有意不接电话，走到镜子前，照了又照，觉得自己这张脸还挺管用。她补了脸上的胭脂，又加深了口红，描了描眉，又喷了一遍香水。

手机再次响起歌声，丽琼知道打电话的人火烧火燎了，她才慢悠悠换上黑色连衣裙，配上那双昂贵的皮鞋，轻迈小步，咯噔咯噔走在通往院长大楼的小道上。

那边的林副院长，早就等得不耐烦了。这会儿看见美人终于袅娜地朝这边走来，喜得浑身燥热。

丽琼轻敲虚掩的门，老院长一声咳嗽算是回应。他坐在办公椅上，装作在看一份文件，毫不在意，头也不抬起来看丽琼，只是用手指了指旁边的沙发，示意丽琼进来坐。

丽琼斜坐在沙发上，低着头，像是犯了错的下属来检讨工作。良久不见林副院长有动静，丽琼心里没了主张。女人嘛，淌几滴眼泪对付男人最有效。丽琼确实也觉得自己委屈了，当初来到这千里之外的地方谋生，这么俊俏的姑娘，稀里糊涂就嫁给了一个公交车司机。没有钱，没有房子，日子可怎么挨下去呢？丽琼这么一想，顷刻就泪流满面，雨打梨花似的，看着让人心疼。

这一招果然灵验，林副院长立刻走了过来。他把门关上，还扣紧了暗锁，然后挨着丽琼坐下。

"别哭，宝贝，有话好好说。我能帮你吗？"林副院长越说越靠近丽琼，浓烈的香水味像催情剂，让老院长难以自拔，他伸手去拉丽琼。

"呜呜呜，我没房子，结婚多年，孩子也不敢生。老公没权没地位，这日子也忒窝囊，还不知要熬到什么时候。"丽琼哭倒在老院长怀里。

这时候的林副院长也不管什么原则了，他说："房子事小，分给谁还不一样？我给你落实就是了。"

房子的事，就这样神不知鬼不觉落实了。丽琼得到了一套七十多平方米的单元房，有电梯，花园式小区。

从公交运输公司的破旧宿舍，搬到这个崭新的住宅楼，丽琼像农奴翻身得到解放，得意至极。

医院里到处谣传丽琼在市政府里有裙带关系，所以能够破格分房。丽琼不屑于去回答有关分房的问题，反正房子分到手就是赢家，别人爱怎么说是别人的权利，就让他们猜疑个够。

自从有了林副院长这座靠山，丽琼在单位里更是目中无人，飞扬跋扈。她当然早就不搭理"球主任"了。林副院长把丽琼调到医院的病历管理科，工作轻松，补贴又高，当然也更有时间来伺候林副院长了。

回到家里，丽琼更是女皇一般，觉得阿贵坐着碍眼，站着也碍眼。丽琼嫌阿贵身上有汽油味，呛鼻难闻。"以前就不难闻吗？"阿贵赔着笑脸讨好媳妇说，"你身上不是也有消毒水的气味？"

"反正跟你躺一起我睡不着。你再馋我，我就不回家睡了。"丽琼横眉冷对这个老实的丈夫。阿贵只好睡客房。

结婚多年，她们一直没有孩子。前几年是穷，不敢生孩子，分了房子之后，媳妇就不是自个儿的媳妇了。阿贵也知道，丽琼说去上夜班是在糊弄自己。

起初，阿贵是骂过丽琼的，还动手打过她一耳光。丽琼性子刚烈，冲进厨房拿起菜刀要跟阿贵同归于尽。她声嘶力竭，质问阿贵："你能给我什么？什么事你办得成？你这个窝囊废，我早就不想跟你过了！"闹得整个小区的人都知道他们夫妻要离婚了。

打那以后，阿贵更是没法管自己的女人了。丽琼越发妖艳起来，涂脂抹粉，穿金戴银，搽着三米之外就能嗅到的香水。这个女人像一朵云，离阿贵越来越远。阿贵一天天蔫了下去，终于得了不治之症。

五

然而，世上没有不透风的墙，耳头耳尾就有人议论起林副院长和丽琼的非正常关系了。林副院长是管分房子这件事的第一把手，人们自然而然就联想到丽琼那套破格分到的房子。

加上丽琼实在过于张扬，太招人妒恨了。清白一世的林副院长，无法面对残局。市检察院接到群众举报，在通知林副院长"双规"的前一个晚上，他从自家的十五层楼阳台一跃而下，结束了生命。

林副院长心肝宝贝的喊声还回荡在耳际，丽琼身上还有他的体温，还有他的气息。他没有任何异常的言行，怎么就舍得离开自己，离开这个世界？林副院长跳楼，把丽琼这个小孽障吓得六神无主。

林副院长的突然死亡，让丽琼心惊了好几天。伤心倒也不至于，这本来就是交易。买卖已成，事情就这样过去了。丽琼的房子也没有人再去追查，归她的就是她的了。经过一场人命关天的变故，大家都以为丽琼该收敛些，老老实实跟自己的老公过日子算了。

可是，丽琼愈发觉得世事无常，须及时行乐，她更加大胆了，开始勾引看病的男人，有钱的、有权的，逐一击破。

当然，丽琼从来不相信爱情。她要的只是交换，以她的肉体和美貌，换取男人手中的金钱和好处。

丽琼照样尽情吃喝玩乐，花着不同男人的钱。她想找个有钱的男人，哪怕年纪大些也无妨，安定下来，最好能够跟自己结婚。

然而，男人光溜着身子的时候，说得天花乱坠，一旦系紧裤腰带就不认人。一个两个，三个四个……八个十个统统如此，没有一个对自己是真情实意的。

这个春天，丽琼玩累了，也想明白了，男人没一个好东西。她厌倦了漂泊在男人肉体上的生活，终于想平平淡淡跟阿贵过日子，给阿贵生个白白胖胖的娃娃，可是老天不给她机会了。

春节刚过，阿贵突然哑了嗓子，起初以为是上火燥热，喝了很多剂凉茶都无济于事。接着全身倦怠无力，连饭也难以下咽了。

阿贵被检查出食道癌晚期。丽琼这回真的心痛了，她伏在阿贵的病床上呼天抢地，捶胸顿足。她明白自己错用了上天赐予的美貌，深知自己的罪孽无法原谅。阿贵用多年的积怨和无奈，换来重疴。

"老天，惩罚我吧！让我来替阿贵去死！"她震天动地地大哭。病床上的阿贵冷若冰霜，毫无表情。

丽琼剪掉一头乌黑的长发，收起色彩鲜艳的衣裙，把瓶瓶罐罐的化妆品统统丢进垃圾桶。身为护士，她知道丈夫来日无多。高昂的医疗费用从哪儿来？丽琼咬了咬牙，唯有卖房子了。她瞒着阿贵，贱卖了那套福利房。

阿贵不曾指望丽琼会夜以继日地伺候着自己，更加不指望她卖房子来给自己治病。阿贵一心想死，早日摆脱病痛的折磨，摆脱丽琼对他的折磨。

是大姐赵丽青告诉阿贵丽琼把房子卖了来给他治病的。病入膏肓的阿贵这回着实感动了,他又想活了了。可是,他活不了,苍白的脸上,露出久违的笑容。

阿贵开始久久地呆看床前给他喂药喂水的媳妇。她真美。她还是自己的媳妇。他仿佛又看见了那个斜靠在公交车座椅上睡着的姑娘。

"如果还能回到那趟冬夜的末班车……该有多好!多好!"

诚然,生活是一趟高速前行的列车,不是随时都可以调头的巴士。

六

赵丽青三步并作两步冲进重症病房,只见阿贵双目紧闭,尚有微弱的呼吸,鼻孔还插着氧气管。

丽琼哭哑了嗓子,扑倒在姐姐的怀里。阿贵有气出没气进了,丽琼在阿贵耳边嘶喊:"阿贵,我是你媳妇,我是丽琼,你如果原谅我,就再看我一眼,最后看我一眼。"

阿贵的眼皮真的在微微颤动着,这个心地善良的男人,用自己最后的一点力气,艰难地睁开眼睛,用一颗宽容之心,在生命的弥留之际,看了一眼自己爱恨交织的女人,然后停止了呼吸。

"阿贵!我的阿贵!"丽琼声嘶力竭地呼喊着,昏厥了。

阿贵活着的时候,从来没有听过这么深情的呼唤。如今人都死了,再也听不到了。倒是旁人听到这呼唤,看到一对如此恩爱的夫妻,生离死别,教人潸然泪下。

这场面,让赵丽青慌了神,她失声痛哭。除了哭,她不知道该做什么。直到阿贵盖上白布被推了出去,昏倒在地的丽琼也被抬出去输液,谁也没空去理会赵丽青这个还会哭的大活人。待活人和死人都撤场了,偌大的白色空间,吞噬了赵丽青。

没人干涉赵丽青的痛哭。她不知哭了多久,跌跌撞撞走出那间恐怖的白屋子。生死墙之外的喧闹世界,依旧车水马龙。死了一个人,好像什么都没有改变。该吃香喝辣的还是吃香喝辣,该爱的爱,该恨的恨,苍生如刍狗。三月的阳光照耀着大地。

七

赵丽青想到了那个脑门儿溜光的男人,名字叫阿伟。她突然记起自己还有一个丈夫。如果,刚才盖着白布的人是阿伟呢?

赵丽青一阵眩晕。她一屁股坐在草地上,摸出手机,想找阿伟的电话。这该死的阳光,照得手机屏幕一片空白。

赵丽青又无助地大哭,没人过来问话。她翻了一遍又一遍通信录,没有找到阿伟的号码。为什么连丈夫的手机号码都记不住?心里记不住,手机上也没有记录。

"去找他。"赵丽青当机立断。她走在人声鼎沸的街道,分不清东南西北。阿伟下岗之后,在城南市场开过小杂货铺,卖些干货。阿伟是踩三轮车去的,满车子都是香菇木耳。因为没本钱,生意做得很小。赵丽青只去看过一次,远远地瞄了一眼就走了。

在学校，赵丽青从不提丈夫的事。女人们在一起爱攀比谁的男人有钱，谁的男人官大。赵丽青在这方面没有话题可说，只有在自己的教学中卖劲，以年年优秀的成绩来遮掩自己男人的平庸。

费了不少力气，赵丽青到了城南市场。这里尽是杂乱无章的摊档，小商小贩的叫卖声此起彼伏。赵丽青转七弯拐八角，来到阿伟曾经摆摊的角落，却不见阿伟。赵丽青去问旁边陕西面包店的掌柜，掌柜说，阿伟半年前就没有来做干货买卖了。

赵丽青一个踉跄，跌倒在面包店的玻璃橱窗前。店里的小伙子，伸出粗壮的胳膊，扶起赵丽青，善意地把早上没卖完的温豆浆递过来。

赵丽青喝了两口豆浆，抬起眼睛问道："阿伟呢？我是他老婆。"小伙子认识阿伟，得知这个女人是阿伟老婆，便拨通了阿伟的手机，告诉他媳妇来找他。赵丽青接过手机，贴近耳朵，却听到嘟嘟嘟的声音。

"再拨一次。"小伙子热情地重拨了刚才的号码，还是无法接通，再拨，关机了。

"信号明明是通畅的，奇了怪了。"小伙子说。

"嫂子您别急，去城西蔬菜市场找吧，阿伟去那里做批发青菜的生意了。"小伙子善意地说。

赵丽青喝完豆浆，又呆坐了一会儿。她想明白了，阿伟拒绝接听自己的电话。

她走出市场，扬手拦了一辆的士，她再也没有力气走路了。不知道下一出戏会是什么样的？赵丽青心里吊着十五个木桶似的，七上八下。

赵丽青走进又脏又湿的城西蔬菜批发市场，现在是午饭时间，早市已过，人很少，到处都是踩烂变黑的菜叶子。空气里夹杂着米饭味儿，赵丽青木然地走过一排又一排水泥柱子，没有看见阿伟。

难道他不在这里吗？正想去问问旁边档口上的人，拐角处一个秃顶出现了，即使是侧身，赵丽青也能断定，那人就是阿伟。

赵丽青放慢脚步，朝自己的丈夫走去。阿伟端着碗在吃饭，侧面对着她，同桌吃饭的还有一个女人。赵丽青止住了脚步，站在柱子背后，远远地看着他们吃饭。那两人没有说话，只顾着吃饭，看来他们已经在一起很久了。

赵丽青的脑海一片空白。此时，有个刚学走路的娃娃，蹒跚地走到阿伟腿边唤他"爸爸"。阿伟立刻放下饭碗，伸手把孩子抱起来，转身朝里面去了。女人也放下碗筷。她又矮又胖，是个典型的农村妇女。她三下两下收拾干净饭桌，端着碗碟也朝阿伟消失的地方去了。

阿伟跟卖菜的女人生了个娃？这场景，还用得着去质问谁吗？

赵丽青默默垂泪，站在小山似的大白菜堆旁。阿伟有多长时间没有回家了？自己再优秀，对下岗工人阿伟有什么意义？还不如这个农村妇女，给阿伟踏踏实实的日子。

八

阿伟是三角洲本地居民，世世代代喝珠江水长大。他精瘦，矮小，黝黑。难得一笑，就算笑了，也笑得极其谨慎，仿佛不敢让人看到牙齿。说起普通话来就口吃，"吃饭"永远都说成"七饭"。这样的南方男子，跟大大咧咧、说起话来叽里呱啦、笑起来地动山摇的东北妹子怎么在同一个屋檐下相处呢？

改革开放初期，南下的东北姑娘，以找到广东男人结婚为荣。为了在广东站稳脚跟，很多人便凑合这南腔北调的婚姻。这样的夫妻往往话不投机，说不到一块儿，吃不到一块儿，当然也睡不到一块儿。最后只好分了家当，各自走回各自的路。

阿伟从火力发电厂下岗十多年了，一直没有找到稳定的工作。起初刚结婚时，但凡商量个事，阿伟总是同一个回答："只要我老婆喜欢，就这么定了。"

下岗之后，赵丽青没有再过问阿伟的事情。既然钱是赵丽青赚的，也确实没必要跟阿伟商量什么，渐渐地就免去商量这一程序了。家里家外，全是赵丽青一个人操办，她负担了整个家庭的费用。没有经济能力的阿伟，在这个家庭里被边缘化了。

有一次，实在没办法，阿伟就去找了个看门的活。自干了这个活，里里外外都被赵丽青和儿子瞧不起。从那时起，因为要值晚班，阿伟回不回家，赵丽青都不过问。赵丽青争着要年年带毕业班，习惯了早出晚归的忙碌生活，以此来忽略阿伟的存在。"你吃饱了撑的，瞎了眼啊？"赵丽青除了这句顺口溜，再难得开口对阿伟说话。

赵丽青跌跌撞撞走出那一排水泥柱子，天昏地暗。妹夫阿贵刚刚死了，自己的丈夫阿伟跟别的女人生了娃娃，也是生死相隔一般的遥远与陌生。

阿伟连电话也没有打过来。儿子周末回家，赵丽青就一句老话："你爸爸到外省做长工去了。"

等儿子高考完，就去办离婚手续。放过他，也放过自己。没有爱过，也不应该有恨。赵丽青不知道是成熟还是麻木，对这桩因为生活需要而产生的婚姻总是过分冷静。

赵丽青还是每天早起，是第一个开办公室门的人，只是再没有出现打不开门的情况了。

何红一直不见踪影，办公室多出一个空位，也不知道何红怎么样了。年轻人也忒没心没肺，走了一周，连个音讯也没有。

九

毕业班的工作随着时间的推进而日趋紧张，进入倒计时的冲刺阶段。可是，今年赵丽青却怎么也进入不了带毕业班的状态。带完这一届，要退居二线了。

看报纸的时候，赵丽青有意无意把目光停留在红彤彤的婚姻介绍栏。她清楚自己的渴望。这人生，本该床暖被热的日子，却一直冰冷地煎熬。自上次看到阿伟跟别人过活了，她心里倒是彻底放下了。

赵丽青越发怀念家乡的雪，南方要是能够下一场雪就好了。这段时间，赵丽青心里总是一片白茫茫。她梦见张华的次数越来越多，梦中的张华总是清晰的。梦醒了，他的容貌还在眼前。张华是和赵丽青同一年大学毕业分配到学校的数学老师。他身材高瘦，性格温顺。赵丽青看他皮肤黝黑，叫他"非洲人"。青春年华的两个青年，一个教数学，一个教英语，一个高一个矮，一个黑一个白。在松花江畔上，在落日余晖里，这对璧人，形影不离，成了学校的一道风景线。赵丽青回想着，一生这么漫长，就那两年称得上幸福。当年跟张华都到谈婚论嫁的阶段了，却错听了妹妹的话，赌气南下闯广东。

张华是个独子，父亲早逝，他不愿远离年迈的母亲。赵丽青丢下一句话给张华："你娘比我重要，你就跟你娘过一生。"她以为张华会千里追爱而来。结果，张华在赵丽青走后的第二年就娶了别人为妻。赵丽青远在广东，得知这一消息，心凉透了：什么叫爱情？不过是忽悠人的玩笑罢了。

既然张华结婚了，她也不再等了。经媒人介绍，赵丽青认识了发电厂的技术工人阿伟。赵丽青对阿伟，从看第一眼起就没有什么感觉。只是一个女人到了该结婚的年纪，需要婚姻了。"我再也不回东北了，嫁给广东人，世世代代都在南方，子子孙孙再也不用闯广东了。"这就是赵丽青嫁给阿伟的理由。

她恨张华，甚至也恨妹妹丽琼，但是赵丽青没有恨过阿伟，从来没有。去恨一个陌生人，有必要吗？她真心希望阿伟跟那个卖菜的女人生活得舒心快活。这样的婚姻关系，彼此都受够了。

张华是一个日益清晰的梦境，虽然十几年没有联系了，都已各自结婚生子。唉，人哪，真是复杂的物种！赵丽青叹息道。她想起张华的次数远远多于想起阿伟。

十

　　白天还容易过,在学校忙忙碌碌,不知不觉就到点放学了。可是回到家里,赵丽青一个人煮饭,一个人吃饭,一个人睡觉。夜,不分季节,总是漫长得让人发疯。

　　赵丽青的晚餐,简单得不能再简单了,从年头到年尾,都是玉米粥和几片青菜。没有亲戚来往,妹妹丽琼难得来串门走动,惦记了就打个电话。儿子住校,多年来赵丽青家的年节都省略了,过年的对联和灯笼也没有必要。一切红彤彤、喜洋洋的东西都跟赵丽青无关。这个家确实是过于冷清了。

　　赵丽青每晚吃完饭就坐在阳台上,看楼下的车水马龙,看对面楼房窗口的灯光。时间长了,她能准确知道每一户的灯光是几点熄灭的。她一直坐到深夜,像个守夜人,等所有的灯光都灭了,整座城市都睡着了,赵丽青还是无法入睡。

　　她很渴望有一件东北的棉袄,蓝花布做的,里面是扎扎实实的土里长出的棉花,而不是化学尼龙丝做的填充物。那样的棉袄,可以穿几代人,温暖而厚实。

　　年末的时候,赵丽青怀疑自己得了严重的疾病,总是觉得不舒坦。她去医院做了个全面体检,可是医生看着赵丽青说:"你确实没有病。"

　　赵丽青张大嘴巴,她并没有如释重负,仍然忧心忡忡,要求医生开药。

　　"药物治不好你。"医生语重心长。

　　"谁治得好我?"赵丽青疑惑地问。

"你自己。"这位医生真是难得的良医。赵丽青还是要求医生开药,医生只好开了健胃消食片给她。

说来也巧,这段时间,张华刚好要来赵丽青所在的这座城市开会。

他找到了赵丽青的手机号码。张华给赵丽青发了个热情洋溢的短信:青青,甚念!我是华华,近日将出差贵地,可否一见?候复。

这条短信,让赵丽青热泪奔涌。他还像以往一样,用了热恋时候双方的昵称:青青和华华。这个可恨的人,二十年前我错失了他,二十年后的今天,我和他还能够从头再来吗?

他做领导,不会来南方。我等儿子高考完,就完成任务了。"我愿意回冬天飘雪的地方。"赵丽青对自己说。她生锈了二十年的头脑忽然就灵光了,思路清晰。自来到南方,她还没有这么兴奋过呢。赵丽青特意烫了个菊花头,还把头发颜色染成了板栗色。这朵快要枯竭的花,忽然生机盎然。

同事们都开玩笑:"老赵,有艳遇啊?"从来不开玩笑的赵丽青,一反常态,打趣说:"有呢!"

这天,张华终于来了。开会,考察,忙个不停。直到第三天晚上,赵丽青才应约前往张华下榻的酒店。

赵丽青心热脸红,连新睡衣都带去了,装在包里,准备晚上就留在酒店过夜了。她准备要告别广东,打道回府,从哪里来,还回哪里去,下半辈子要换种活法了。

找到张华的房间,赵丽青在门前的走廊里来回走了几次,突然不好意思了。她终于举起手来,敲响了房门。良久,才听到里面有动静。赵丽青的心突突乱跳：阔别多年，张华会嫌我苍老吗？还是……

门开了，却是个满脸堆笑的胖女人。赵丽青傻了眼，连忙收起内心的激动。

"是赵大姐吧？您好！快进来。我是老张家的，他突然接到通知，去机场接人了。本来定好我们一起吃晚饭，叙叙旧的。"

赵丽青觉得自己好可怜。看着这个珠圆玉润的女人沏茶倒水，姐姐长姐姐短地说着话，赵丽青恨自己的幼稚和荒唐。

"大姐，您那年闯广东离开东北，我就分来咱们的学校了。我教物理的，刚好住到你退出的那间宿舍。老张说习惯了去那个房间，习惯了走那条长廊。他天天来，来了就发呆，一待就不肯走。你还记得学校那张木板床吗？用两条长板凳支撑的一扇门板，特稳当呢！

"姐，也不怕您笑话了。我很快就怀孕了，怀上去领证的。孩子现在澳大利亚留学，大学二年级了。姐，您来广东多年了，都忘了乡音了吧？我说话快，口音重，您都没听明白我的话吧？我们女人爱唠嗑，听不明白也没事，总不能闷坐着，您说呢？老张说他很晚才能回来，不陪咱们姐妹吃饭了。

"姐，老张都告诉我了，你们曾经很相爱，你们是初恋情人。只是姐有事业心，来南边闯了。姐，老张是个好男人，温厚老实，人又上进。我呢，比较愚笨，没姐姐您有魄力去闯世界，这一生没啥本事，就是嫁对了一个男人。"

赵丽青看着面前这个女人，想到他们在自己曾经住过的那个房间里，在那张木板床上有了孩子。

· 150 ·

赵丽青再好的脾气，也坐不下去了。再待下去，自己就会失态了。再待下去，张华回来该有多难堪？

于是赵丽青带着僵硬的笑容，找了个别扭的借口，起身告辞。张华的老婆像是取得了彻底的胜利，欢笑着把赵丽青送出门外。

赵丽青不记得自己是怎么离开那个灯火辉煌的五星级酒店的。她惭愧，要不是来见张华，她还从来不曾踏入这种高档酒店。

回到黑灯瞎火的家，赵丽青哭了一整晚。她绝望了，把二十年积攒的泪都流尽了。

自那晚之后，赵丽青再也没有梦见过张华。二十年沧海桑田，一切皆如云烟，旧梦消逝得无影无踪。日子又恢复了往日的节奏，木头一般的沉静。赵丽青发现自己两鬓的发根有些泛白了。

十

何红离开学校的那一天，她在大街上扬手拦了一辆的士，直奔何辉在郊区的别墅。何红发了毒誓要把何辉搞得身败名裂，哪怕跟他同归于尽也在所不惜。

别墅的四周是农民的菜田，前后左右的别墅，还没有装修好，无人居住。何红来这里住的时候，正是生孩子那段时间，很少出来看周围的环境。接着是闹离婚。她总觉得这里的一切都很空洞，没有一点踏实感。

何红呆坐在空空的客厅，像是进入了墓室，阴森而诡异。草地上老鼠四窜，吱吱声听起来特别刺耳。

咚咚，突然传来一阵敲门声。何红心里一惊：谁呢？从来没有熟人来过这里。她探出头往下一看，是个农民装扮的中年男人，他一边拍门一边叫："有人吗？要交租了。再不交租就停水断电。"

交什么租？难道这别墅是租来的？何红倒吸一口冷气，不由得打了个寒战。

女儿都出生了，还没有见过何辉的父母，没有去过他乡下老家，没有去过他的公司。何辉说父母都在香港居住，说等孩子出生以后再去香港见父母，到时候请全公司的人来喝满月酒。当然何辉还说了几大箩筐天花乱坠的话，就是没有一句话兑现。

何红越想越蹊跷，难道何辉里里外外都欺骗了自己？诗词歌赋里的爱情太缠绵悱恻了，跟现实相差何止十万八千里。

这场梦，情是假的也就算了，连这个人也是假的。何红找到一个私家侦探公司，只一天时间就把何辉查了个水落石出。何辉：真名何明辉，男，初中文化，汕头澄海县人，已婚，还有犯罪前科，曾服刑五年。摆在何红面前的现实居然这么残忍。

何红傻了眼。刚起步的人生被糟蹋成这个样子。她对琴棋书画样样精通，可是偏偏不通人情世故。

何红按照何辉给的名片去找他的公司，可是前台接待员说这个叫何辉的人早在半年前就离职了。他不是老板，只是一个给老板开车的司机。

何红回想起来，连结婚证也是何辉一个人去领的。他说："你大着肚子去，好意思吗？我跟村里的人熟，给一条香烟就办妥了，保证写着你的名字。"何红想，结婚证也能弄假吗？加上行动不便，路途遥远，就没有坚持一同去领结婚证。

何红把结婚证拿去民政局鉴别真假。"假的，没有钢印。"何红咋舌，不相信发生的这一切。

既然结婚证是假的，那么自己跟何辉就不存在婚姻关系，可是女儿确确实实是何辉的，这可怎么办呢？自己未婚就带着个孩子……更重要的是，父母知道了怎么能接受呢？还有，同事朋友会笑掉大牙，喜糖都发了，女儿也生出来了，怎么办？结了一次假婚？

何红越想越气，简直要疯了。"我要杀了这只狗！"被人愚弄的愤怒和羞耻像一只猛兽，日夜撕咬着何红。

怎么才能引蛇出洞？硬拼是不行的。何红试图用别的手机打何辉的电话，何辉只要一听到何红的声音就挂机，再后来就关机了。何红知道何辉喜欢出入歌舞厅，于是每个晚上都去歌舞厅守着，可是何辉突然人间蒸发了，没了踪影。

何红等了几天，终于想出个办法。她发信息说自己认识了一个山西煤老板，要去山西了，想把女儿交给何辉抚养，先给何辉二十万，以后每月给女儿五千元生活费，要何辉来酒店签个协议。

很快手机就显示了一个陌生号码发来的短信：什么时间？什么地点？何红知道发短信的人就是何辉。人找到了，怎么来

· 153 ·

处置他？真的要去杀人吗？怎么杀？凭力气，自己不是他的对手。

夜幕降临了，何红浓妆艳抹一番，穿着性感透明的黑色长裙，戴上假的铂金项链。一个高贵冷艳的煤老板情妇，在二十楼的酒店套房里，故作镇定地叼着一根薄荷香烟。

到时间了，咚咚咚，何红听到敲门声，手指发凉。她取出包里的氰化钾小玻璃瓶，倒在对面那杯红酒里，然后阴沉着脸朝门口走去。

何红把门打开，何辉像个贼似的，又像是被人追捕的犯人，快速冲进房间，立刻反锁房门，然后又从门上的猫眼向外面瞄了瞄才转身打量着何红。

"漂亮。"他喉咙里冒出两个字，然后压低嗓门说道，"钱呢？死婊子，快点！大爷没时间。"半年不见，这个曾经迷倒自己的"优秀男人"，再也不是夜总会里让人意乱情迷的大老板模样了。

"何老板，别来无恙？好好聊聊嘛！"何红吐了一个烟圈，用手指指那杯酒，"来吧，干了！"

那杯毒酒像凝固的血，发着冷光。何辉警惕地看了看红酒，又斜着眼睛看何红。何红心里一惊，难道这个老奸巨猾的江湖老手看出酒里有毒？如果被他看出酒里下了毒，我就会死在这个房间里了。

"你下毒了？"何辉阴冷地问，"对换酒杯，婊子，如何？"何红后背发凉。自己一个文弱读书人，哪是这个江湖混蛋的对手！

何红此时本能地想到了逃生。她想到了嗷嗷待哺的女儿，还有年迈的双亲。何红毕竟是名牌大学的高才生，在生死关头保持着头脑清晰：我要活着走出这个酒店。

"看在女儿的分儿上，我也不会下毒。你这人就是生性多疑，好，你喝我这杯，我喝你那杯。"何红镇静地说。

何红一直低估了这个男人的阴险和狡猾。她一把端起那杯毒酒，往嘴巴送，装着要喝酒的样子。但是，她心里很清楚，不能喝下去，她还不想死。况且自己死了，何辉没死，这就太便宜他了。

"料你也不敢耍什么花招。嘿嘿，臭婊子，钱呢？又让谁睡了？"何辉那双布满血丝的眼睛，淫猥而卑劣。

何红手里高擎着那杯毒酒，冷眼看了一眼何辉，这当儿，一只狗都比这个男人尊贵。她想，眼前这个丧家犬似的男人不配自己去恨。从今往后，他将在自己的人生里彻底消失。

何红看着何辉，冷笑。"大爷我今天没空喝酒。"何辉说着，就从口袋里抽出一张银行卡，拍在桌子上，命令道："快去转款，大堂有ATM机。快去！"

何红心里发笑：王八蛋，还真以为我会送钱来吗？

这不是上天给我指活路吗？何红也装模作样，从手袋里取出一张银行卡，对着何辉扬一扬："等着。"

"走出这扇门，我就赢了。杀这个狗男人，还嫌脏了自己的手。"

何红拎起包，朝房门走去。桌上留着两杯红酒，无言地看着人间的戏。

打开房门,让何红大吃一惊,门口黑压压站满了身穿制服的警察。他们掏出手枪,冲进房间大喝一声:"抱头!不许动!"警察冲上去,一把摁住如惊弓之鸟的何辉,闪着冷光的手铐铐住了他的双手。

何红听到警察在向上级汇报:"何明辉,M253案一号毒贩在东华酒店落网。"这个歹毒的男人,来不及反抗,就被拖进警车。何红以毒贩嫌疑人的身份也被带走,她跟何辉分别上了不同的警车。

何红协助警察,提供一切有用线索,她带警察到了那栋租来的别墅。原来那栋别墅是何明辉制毒贩毒的窝点。警察在地下室搜出了足以判何明辉死刑的毒品。

经过两天两夜的审讯之后,证明何红没有参与贩毒。她被释放了。何红走出审讯室,出奇地平静。

何红回到学校,在办公室的窗口,偷偷看了看自己那个座位,还空着。正想着怎么去跟校长说情,赵丽青拿着一张纸出来了。她拉着何红到拐角处,关切地问:"家里的事解决好没有?我就知道你会回来的。傻妹子,别声张了,学校里没人知道你写了辞职信,快把这辞职信撕了,我替你写了请假条。"

何红感动得哭了,说道:"好大姐,我一辈子都记着您的恩情。"

"咱不靠男人,咱靠自己,好好活着,懂吗?"赵丽青温暖地说。

十二

九月份,赵丽青的儿子去外地上大学了。这日子像瘸了腿似的,摇晃着,左右不着地。

有一天,赵丽青的微信上有个名为"哈尔滨的雪"的人请求加为好友。这人是张华,他说:你是我一生的眷恋!

赵丽青对着屏幕哑然失笑。她一句话不说,却流着泪,把他拉黑了。

十三

丽琼又回到从前,没有钱,没有房子,孤身一人。她在阿贵单位宿舍旁边租了一间破旧的房子,比以前更加贫穷。因为她连梦想和野心都没有了。

林副院长死了,她又被调回注射室做回一名普通的护士,开始值夜班了,并且谁也不愿搭理这个居心叵测、水性杨花的女人。曾经相好过的"球主任",对她冷眼相待,还处处刁难她。丽琼倒是无所谓了。

冬夜,她还是乘坐公交车回出租屋,屋里当然没有人给她端来热气腾腾的面条了。阿贵死后,丽琼才知道,这个不起眼的男人给过自己沉甸甸的幸福。

人也真是奇怪,现在丽琼可以去跟男人尽情玩乐了,可是,她对金钱和肉体没有了欲望。

医生和护士每天都经历着生和死。东边有新生儿呱呱坠地，喜得人眉开眼笑；西边有个生命在消亡，痛得人撕心裂肺。但是，对人们来说，生老病死是不可改变的。日子虽平淡，也自有值得留恋的人和事，牵着我们将日子过下去。

这个深夜，丽琼下晚班，突然肚子痛，便转身进了电梯。她急着要上厕所，随手按了三楼。三楼是儿科住院部。

上完厕所，丽琼感觉好多了。她心里想：是冻着了，还是吃错东西了？一边想，一边朝洗手盆走去。黑暗处，忽然传来很微弱的声音，像是婴儿的哭声。丽琼怔住了，她停下脚步，侧耳倾听，微弱的声音再度传来。

凭职业的敏感度，丽琼断定有人遗弃了婴儿。她大步向前跨去，在洗手盆旁边的大塑料桶里，找到了发出声音的黑色大袋子。她急忙打开袋子，里面果然是个羸弱的男婴。

丽琼紧紧抱着一息尚存的孩子，女人的母性顷刻就被这个小生命唤醒了。"孩子，要坚强啊！"丽琼一边哭，一边抱着他找医生。

这孩子是三楼儿科的一个重病号，出生二十天，先天性心脏病。孩子父母的电话都无法拨通，只知道他们来自粤北山区的农村。

丽琼认领了这个孩子，给孩子取名"阿贵"。为了医治孩子，丽琼自学儿科、中医和按摩。

因为这个孩子的到来，丽琼的日子紧张和充实起来。在丽琼的精心照顾下，孩子奇迹般康复了，长得圆头圆脑的。

时间在忙碌中飞快地过了一年又一年，阿贵学说话了，阿贵上幼儿园了。丽琼教阿贵唤自己为"阿娘"。"阿娘"是丽琼故乡对亲娘的称呼。

丽琼如今坦坦荡荡,跟儿子阿贵过着平淡的日子,不用被人指着脊梁骨议论,不用费尽心思算计他人。

这座小城,有越来越多来自四面八方的人。在菜市场买菜,你会听到南腔北调。大家都过着各自的生活。

不食人间烟火,不对路子;食得人间烟火,也不对路子。丽琼闲下来,偶尔会粗略地回首自己的前半生。何红一直单身,独自抚养女儿,她常在月光下弹起悠扬的琵琶。

只是这个浮华又混沌的年代,女人该拿什么来拯救自己的爱情呢?

海岛之恋

一

"台风要来了！秀仙！秀仙！"

内陆长大的我，从没有近距离感受过台风。这回台风来得正好。于是，我放下正在闲读的散文集，跑出酒店的客房。

在二楼的转角处忽然听到杨莉唤我的声音，只好停住脚步。大门出不去了，杨莉把守着。

我知道酒店的消防出口，就在走廊右边的尽头，有个楼梯下去，从洗衣房隐蔽的小门通到酒店外面。我三步并作两步往消防出口奔去。

从窗口望出去，木棉树的叶子像粘胶水似的静立着。我就纳闷：台风在哪里？台风能把我怎么样？不就是比城里强劲些的大风罢了。当耳际再度传来杨莉焦急的呼喊声时，我已经从洗衣房逃出去了。

难道杨莉预感到我要制造点乱子给她吗？我可从没跟她谈

起过对台风的向往。这个老板娘就是精明过头了,让我在她面前对诸事守口如瓶。可是,她心里有一本比谁都清楚明了的账。

成功逃脱杨莉对我的监控,我得意极了,迈开大步向海边跑去。时间是下午四点整。

我奔跑在前一排酒店与第二排酒店之间的隐秘通道上。翻过沙丘,往人迹罕至的竹柏林跑去。我从未去过东北角的那个林子。我从小自卑而孤僻,不喜欢热闹的人群。杨莉说过很多次,我什么都不怕,连鬼都不怕,就怕人,尤其害怕熟识的同学和同事,总是防御性地远离他们。是的,我怕被熟悉的人伤害。越熟悉的人,越伤害自己。杨莉,你不是吗?你伤我最深。

我喘着粗气,终于躲过了人群,一步一步翻越沙丘。站在沙丘上,我看见变了颜色的大海。远处的天不再蔚蓝,黑云压顶,海水也变暗了。台风真的要来了。

我仍然一意孤行,越跑越远,朝远处的竹柏林跑去。

没有人知道我究竟在干什么,或者干了什么。我太不起眼了,自己玩失踪的游戏,然后又自讨没趣地出现。跟自己玩,跟完全疏忽了我存在的世界玩,恶作剧般找乐子。

我终于把酒店建筑群远远甩在身后,我可以不奔跑了。每次逃离人群的时候,我都设想有千军万马来追捕自己。事实上,从来没有出现过追捕我的人。如果非要说有人紧张过我的逃离,也就只有杨莉了。

我一边走,一边喘着气,粗硬的沙石卷入鞋子,刺痛了我的双脚。我脱掉鞋袜,赤足走在长着圆叶子小草的沙地里。

杨莉抢走了我的初恋情人。可是,我从来没有恨过杨莉。

她为我爱着的人奉献了一生,我还有什么理由来恨她呢?我的初恋情人孙明,正是杨莉的丈夫。我、杨莉和孙明是高中同班同学。

杨莉聪慧有耐力,辅助孙明白手创业,建立了令人瞩目的商业王国。我怎么能够恨她?要是当年孙明娶我为妻,他今天肯定没有这成就。因为我太爱他了,这种过分的爱恋,足以毁灭一个天才。

我在黏糊糊的海风里走着,回想起那些往事。来他们夫妇的酒店,就是要了断与他们之间二十多年的一些纠葛吧。

起风了。风带着海水苦涩的味道。年过四十,体力总是欠缺。我找了一处圆叶子密集的地方坐下。越刮越紧的海风,扬起了叶子底下的沙子,它们肆无忌惮地撒落在我的脸上。

我应杨莉热忱的邀请,趁暑假的空闲时间,又特地选择了孙明不在海岛的时候来此度个小假。我跟杨莉已经十二年不曾相见了。

我们青春的校园,有着美丽的景致:碧绿的水塘,茵茵青草。教室门前的茉莉花,高雅清纯,正如少男少女们一尘不染的初恋情怀。水塘岸上,有一排姹紫嫣红的紫荆花树,我时常远望着它们,幻想着我做孙明的新娘的那一天,穿上用紫荆花编织的婚纱。更有隆冬时节,缠在古树上的串爆花,橙黄娇艳,开得错落有致。

就是在这美丽的地方、美好的年华,我遇上了孙明。我的课桌在他座位的左边。孙明天资聪颖,英俊秀逸。他是让任何一个怀春的女孩看一眼就联想万千的男孩。

我发奋读书,是为了让孙明关注我。我成绩优异,在全级的排名总是靠前,孙明和我的名字也总是在一块儿,这事让我无比骄傲和自豪。

是的,我爱上了孙明。爱情,多么美好的事物,第一次降临在我的生命里,让我黯淡的生活充满了阳光。我在这片阳光里取暖,这是一场刻骨铭心的爱恋。

爱上他的女孩当然不止我一个人,至少还有杨莉。高一高二可能是我拼尽了全力的缘故,到了高三,我变得没有拼劲了,就像马拉松长跑,一开始奋力抢跑,往往不能跑到最后。

到了高考前的冲刺阶段,杨莉像一匹黑马追上来了,她排在全年级的第一名,并且这个局面我无法改变。杨莉毫不谦让,硬是霸着我原来的排名位置。

杨莉跟我,是性格迥异的两种人。然而杨莉却是我有记忆以来第一个用"朋友"二字来描述的伙伴。

杨莉聪明活泼,长得漂亮而洋气。她父亲是镇上能呼风唤雨的书记,又有八面玲珑、一个人能唱一台戏的母亲,把家庭打理得体面而风光。出生在这样有权有势的家庭里,杨莉霸道而张扬。

我正好相反,家境贫寒,父母体弱多病,姊妹又多,是镇上数一数二的贫困户。因此,我软弱而内敛。

虽然家境和性格迥异,我跟杨莉却成了无话不谈的好姐妹。

呼呼而响的风,占据了四面八方。竹柏树开始摇晃,我躺在草地上,沙子落在我的脸庞上。我毫不畏惧泼辣的台风,等雨下大了，还来得及跑回酒店去。

很久不曾遭遇一场酣畅淋漓的雨了，正好让海岛的雨水冲洗我麻木的灵魂和迟钝的肉体。

杨莉再聪明也不会知道，我此刻躺在离酒店三公里之外的林子里。

她可以在全世界的人面前炫耀她的一切，可是，她不会在我面前炫耀任何东西。是久别多年以后，我在酒店见到微胖的杨莉。她好像变了许多，心事重重，对我格外小心谨慎。

唉，我对她，也够朋友义气了。为了在别人面前证明我不在乎孙明，为了让杨莉心安理得嫁给孙明，我大学刚毕业就嫁人了。我毫不犹豫地嫁给一个没有感情基础的男人，嫁给谁都一样，反正不能嫁给孙明。

蜜月里我就怀上了女儿，并且以怀孕为理由，跟新婚的丈夫分床而睡。这一分，就分了一辈子。

我心不在焉地过日子，深夜呆坐在窗前，对什么都提不起兴趣，这对孩子父亲是不折不扣的折磨。

孙明隐居在我心里，我时常梦见他。独自一人的时候，我会自言自语跟他说话，这状态持续了很多年。我现在回忆起来，是我过早关闭了心灵的缘故。没有新人进来，旧人只好留下。

丈夫放弃了对我的期望，顾自找乐子。灯红酒绿的大都市，要啥有啥。女儿还未出生，他就有了新欢。我不生气，全然接受了。

我倒是偷得安乐，认为两不相欠了。

我把孙明隐藏在虚拟的世界里，在那个世界，我们俩依然年轻，从未老过。我们还在那个望一眼就脸红的青涩年代。我以为这样的日子很好，安静而不孤独，没有现实生活中恋人的争吵、冷战和撕心裂肺。

由此，我远离中学所有同学，断绝了与杨莉的联系。我总是不停地更换电话号码，为的是不让老师和同学找到我。我害怕他们在我面前提起孙明和杨莉的事。

沙子肆无忌惮地吹来，刺激着我的神经。我嘿嘿地笑，在回忆往事。

转眼高考就要到了。莘莘学子，苦战在千军万马过独木桥的高考之路上。一大黄昏，有一封信放在我的语文书里，我清楚地记得那是第四十八页和四十九页之间。

信是孙明写的，他是怎么夹在我的书里，我就无从知晓了。

我紧张得头晕目眩，生命里第一次如此彻头彻尾地幸福过。那种被燃烧的感觉是如此震撼，以致我沉迷了大半生。

他问我复习的事情，最重要的是他问我填报哪座城市的大学。

"我们都填报首都北京的大学吧。祝你成功！北京见！"这是信的最后一句话。

我把信看了无数遍。出于兴奋，还是向杨莉亮出底牌吧。因为我知道，杨莉是对我构成威胁的人，并且她很有力量。第二天，我约了杨莉出来谈心。

在校园的水塘埂上，杨莉陪着我走了一圈又一圈。我不知道该怎么说。

末了，我直接问杨莉："你爱孙明吗？"

我多么希望杨莉有如自己的内敛和含蓄,有如自己的谦让。孙明跟我是一对儿,已经是全校师生皆知的秘密。

我以为杨莉会摇头。

然而,杨莉一字一句地回答:"我很爱他。我为了他才努力考第一名的。"

"孙明写信给你了吗?"我问。

"孙明写信给你了?"杨莉精明地看着我。

我低下头,说:"是的。"

杨莉惊讶地睁大她水灵灵的眼睛,跟我对视了很久。

同窗十几年,我读懂了杨莉的眼神,她向我发起了坚定的挑战。

"他是我的!你听着,孙明是我的!"杨莉一边哭,一边跺脚。

我没想到杨莉的反应这么激烈。

最后,她气势汹汹地冲我大吼:"你不再是我的姐妹了!我就不信赢不了你,等着瞧!"

说完,她跑回教室去了。

我望着她的背影,预感到我一定会失去孙明。我斗不过杨莉,也不想跟她斗。

出于好友之间的义气,还是出于自己天生的善良,抑或是我在杨莉面前的自卑?

站在夜幕中的校园里,我独自痛哭。

天生柔弱的我,不喜欢跟人争斗。凡是碰到要争要抢的事,我都养成了习惯,总是退让,成全他人。

从饥饿难忍时候的一个红薯,到过大年的一件新衣,我都是让给弟弟妹妹们的,从不跟别人争。

我怎么去跟杨莉争呢?就算是换成另一个女同学,我也会本能地退让,何况是杨莉呢?

杨莉比我能干多了,况且她家境富有。而我自己家里徒有四壁,还有望不到边的贫寒。父母的病痛是没有答案的未知数,几个弟弟妹妹还需要照顾。

何必让孙明受到我家庭的拖累呢?他聪慧,前途无量,我怎么能阻碍他的大好前程呢?

都说穷人的孩子早当家,难得我年纪轻轻,在爱情面前这么理性,考虑这么周全。

让杨莉好好爱孙明吧!只要孙明过得幸福,就是自己的幸福。

当晚,在煤油灯下,我一字一泪给孙明写信,写了一封永远没有寄出去的信。

洁白的信纸上,写满了我密密麻麻的倾诉。黎明时分,我把写了一整晚的信,伸向快要燃尽煤油的小灯盏,借豆大的火苗把它化为灰烬。我已经把今生的情话和烦恼,用意念方式说给了孙明。

他一定听到了,我坚信。

晨曦中,我抹干了眼泪,突然就长大了。也是在那个黎明,我开始沉默,开始逃避孙明和杨莉,逃避这个世界。

高考完了,孙明几次来我家找我,我都躲在紧闭的木门后哭泣。等他走了,一个人扶着半开的木门,望着他的背影,在巷子深处远去了,然后消失了。我盯着空荡荡的长巷,发呆半天,心如刀绞。

· 167 ·

孙明没有收到我的回信，三番五次到家里找我，而我不肯见他。高傲的孙明着实生气了。

这时，杨莉主动去孙明家找他，帮他干了整个暑天的农活。

杨莉的热情开朗，跟我完全不同。她一下子就吸引了孙明。

高考放榜了，孙明如愿以偿考上了北京的某所重点大学，我跟杨莉也考上了大学，就读于省城两所不同的师范院校。

孙明跟杨莉光明正大地恋爱了，他们手牵着手在山坡上看夕阳。镇上的人们，绘声绘色地描述着两个年轻人的爱情。

我在被窝里痛哭，哭过了无数个黑夜，眼泪浇灭了我对人生所有的热情。

突然，一个冷冰冰的东西在我左手臂蜿蜒而上，我急忙睁开眼睛。

蛇，一条棍棒粗的蛇爬上了我的手臂。我霍地一跃而起，不分东南西北狂奔而去。

此时乌云翻滚，狂风大作。风中夹着雨，雨中夹着沙，远处传来海浪撞击岩石的呼啸声。我张开嘴巴呼吸，满嘴是沙子。

沙砾和劲草已经划破了我的肌肤，我在流血，两腿开始发软。

走不出的荒野，走不出的台风。

孙明，难道我死也要与你有关吗？死在你酒店所在的海岛上？

难道我守候了半生的爱,是一种致命的错误吗?

我倒下了,倒在毒蛇满地的树林里。我失去知觉,昏死过去……

二

从来没有害怕过什么的杨莉,这时恐惧得浑身发抖。她绝望地望着窗外,歇斯底里地一边哭一边喊:"秀仙,我知道你恨我,可是你怎么能够这样报复我?台风里,我上哪儿去找你?要是有个闪失,我怎么向你女儿交代?怎么向孙明交代?"

两个小时过去了,秀仙没回来。晚上十点了,秀仙还是没回来。

杨莉坐在秀仙的客房里,守着秀仙故意留下的手机,希望有电话进来。然而,手机一直没反应。

秀仙的钱包和钥匙都放在枕边,桌子上有杨莉特意泡好的海岛云雾茶,还有打开的散文集《瓦尔登湖》。

看来率性的秀仙是在刮风的时候想去看台风,没有任何准备就从酒店后门跑出去的。

杨莉打遍了岛上所有酒店的电话,没有发现秀仙的踪影。

窗外狂风大作,豪雨如注。

秀仙,你在哪里?

结婚的那一天,阳光分外明媚,山川如画。杨莉做了幸福的新娘,她如愿以偿嫁给了心爱的孙明。

孙明抱起新娘，跳过火盆，踏进孙家大门，杨莉就是孙家的人了。

宾客散去，孙明喝得酩酊大醉，太有做新郎的兴头了。可是，让杨莉心寒的是孙明在梦中深情地呼喊"秀仙，秀仙"。

杨莉独自坐在新婚的床上，看着大醉的新郎，百感交集。她心里明白，孙明和秀仙最初是一对儿，要说有什么不对，倒是自己不对了。要不是自己半路主动去追求孙明，今夜的新娘肯定就是秀仙。

幸好那时的秀仙早已结了婚，连女儿也生出来了。

或许是孙明梦见所有的同学来喝喜酒了吧，喊了两声同学的名字，也不足为怪。这事虽是一个阴影，开朗的杨莉倒也不放在心上，也从不责问孙明。

这一对年轻人，大学毕业后离开故乡，赤手空拳，在一座陌生的城市里摸爬滚打。

自小娇生惯养的杨莉像变了个人，起早贪黑操劳着，再苦再累，从没有说过孙明一句不是。孙明很纳闷，这个在富裕家庭中长大的傻女人，为什么在交不起房租、没米下锅的日子里，还是乐呵呵呢？

杨莉只要看到孙明，就笑；孙明骂她，她还是笑。

杨莉继承了她母亲精明能干的本领，经过十年的打拼，终于成就了孙明的一番事业。

可是，杨莉的噩梦这才开始。孙明开始寻欢作乐，包养二奶，夜不归宿。

心高气傲的杨莉割脉寻死，幸好被人救起。

生意越做越大，孙明像放出去的鸽子，越来越难以驯服了。

杨莉一忍再忍，一熬再熬，从青春少妇熬成了中年妇女。

后来她信佛了。飞扬跋扈的杨莉，终于在佛祖面前求得了内心的安宁和释怀。她相信滚滚红尘中的因果轮回，向诸神倾诉和反省，千不该万不该，不该当年不惜一切手段，抢走好姐妹秀仙的恋人。杨莉在佛前许了愿，要把孙明还给秀仙。

经商的这些年，杨莉跟着孙明几经沉浮，有过债务缠身、借钱度日的艰难，也有过富甲一方、腰缠万贯的奢华。

如今一切都平和了。年过四十，杨莉渴望安安静静的日子。

于是，她千方百计说服秀仙，务必要到酒店来一趟。

人算不如天算，这场意外的台风让秀仙失踪了。万一她有个三长两短，杨莉也不想活了。

杨莉绝望地喃喃自语：秀仙，好姐姐，你知道我为什么这次千叮咛万嘱咐你一定要来酒店吗？我有很多话要跟你说。等你适应了海岛的环境，等你喜欢上了海岛，我再慢慢跟你说，我决定把孙明还给你。

我知道你跟你先生过得不好，是我害了你。幸好你女儿已经上大学了，我们来日无多，青春更是有限。

我再不能忍受孙明对我的冷漠和指责，二十年来，我受够了。

秀仙，在他眼里我做什么事情都是错的。他当面呵斥我，背后呵斥我；家人面前数落我，外人面前数落我。

秀仙，当初我嫁给他的时候，他身无分文。如今熬过了风霜雨雪，他身家过亿了。

可是，我并不快乐，这不是我想要的。

从新婚之夜起，我就是对着冷漠过日子。十七八岁，懂什么叫爱情？为此遭受了半辈子的冷漠和指责。

秀仙，我不堪重负，实在是累了。孙明一直爱着你，他尊敬你。我知道你也爱着孙明，这不很好吗？爱情是不能伪装的。

他在任何地方都会想到你，你知道我的女儿叫什么名字吗？叫"秀霞"，因为你的名字有个"秀"字；酒店名字叫"仙岛酒店"，因为你的名字有个"仙"字。我统统都接受了，接受了他对你难以释怀的牵挂和爱恋。

秀仙，我决定离开他了。我没有看上他的钱，这一点，他很清楚，你也很清楚。从今以后，你就是这里的老板娘了。孙明过几天就从美国回来。你们开始下半生的新生活吧。我跟孙明谈过此事，他同意的。

说实在的，与其把这个家交给外面的野女人，还不如交给你合适。要不是你天生善良，你当初就不会忍痛退让。你心里想什么，你的意图是什么，我跟你一起长大，怎么会不知道呢？好姐妹，我亏欠了你一辈子。

秀仙，我罪有应得。我也应该退出来了。礼尚往来，以礼还礼，还你当初的相让。秀仙，世人不会理解我们之间的一切，只有我们三人明白。我们不是活给别人看的，我们要忠于自己的内心。

秀仙，回来吧！孙明的身边，本来就应该是你。在孙明心里，你是女神，无人能比得上你。

杨莉跪地痛哭，呼天抢地。天快亮的时候，哭了整夜的杨莉昏厥过去。

三

当我醒来的时候,我发现自己躺在没有风雨的屋子里。我在哪里呢?是谁救了我?我定了定神,坐了起来,原来这是一处还没有装修好的酒店。

我检查自己的身体,还是原来的衣服。除了脚上有沙砾划破的伤口,没有别的痛处,没有人伤害我。

这时,我听到屋子里有人走动的声音。

"醒来了?"人随声而至。我惊恐地往后缩,用床单裹紧自己。我打量着他,这个男人显然是岛外人。幸运的是,他看上去像个好人,慈眉善目,面容可亲。

"我可以端碗生姜红糖水给你喝吗?"男人谨慎地问。他中等个头,戴着眼镜,穿戴整齐,一副儒雅的知识分子模样。

"你是谁?"我问。

"你的救命恩人啊。"男人微笑着。

"我怎么会在这里?"

"你后悔被我救回来了?"

"你在哪里看到我?"

"算你好运气,你刚好倒在我的望远镜里。"他停了一停又说道,"我冒着生命危险,从毒蛇林里把你背回来。"

我惊恐地望着他。

"你现在需要喝糖水。"他命令道。脚上的疼痛提醒我这是真实的场景。中年男人在我惊魂未定的目光中转身而去。

我再次检查自己的身体,光着脚,破损的地方搽有土褐色的碘酒。环顾四周,放在身边的是一盏橘色的小台灯,我躺在放在地板上的床垫上。

大厅另一边还没有贴好瓷砖。他是装修工人吗?看样子又不像是干体力活的人。这时,中年男人已经端来了一海碗的生姜红糖水。

"快喝吧。"他轻声道。我看见他端碗的双手,皮肤细腻而白净。

我望着他,四方脸,镜片后坦诚而清澈的双眼。我再次确认他不是个坏人。我迟疑了一会儿,才从裹着身体的毯子里伸出手来接碗。

他站着,等着拿碗回去。我又饥又渴,仰起脖子,一口气喝完。

此时,猛雨敲窗,狂风呼啸,远处海浪隆隆,惊涛拍岸。

"你第一次来海岛吧?"

"嗯,内地来的。"我回答。

"城里的台风不叫台风,海岛才有真正的台风。你在刮风的时候离开酒店是非常危险的。我在楼顶用望远镜看海,发现你躺在草地上一动不动,我还以为你没救了呢,那里常有毒蛇出没。"

想到不停吐着芯子的毒蛇,我脑海一片空白。

"幸好爬上你手臂的不是毒蛇,而是蟒蛇。"他说,"还是条刚吃饱牛蛙的母蟒。"

我落泪了。我这是怎么了?从来没有珍惜过自己的身体和生命。

"你想吃点东西吗?"男人说完朝大厅的后面走去。我收回目光,重又环视我的四周。我确认这是个正在装修的小型酒店,或许是私人别墅。偌大的一楼客厅,角落的地面上堆放着水泥、沙子和瓷砖。

狂风中的海岛之夜,雨珠砸落在玻璃窗上,噼啪作响。我有了一连串的记忆:起风的时候逃出酒店,沙地里的狂奔,蟒蛇,晕倒在草地里。

中年男人已经端着一个托盘,从屏风的后面朝我走来。他弯下腰,把托盘放在我面前,说:"来,补充点能量。"

盘子上有鸡蛋、番薯,还有切片菠萝。他看着我,像慈祥的父亲看着饥饿的女儿。

他补充道:"抱歉,没有更好的食物来招待你了。"

我感动得泪湿双眼,说了声:"谢谢您!"

"吃吧。"他说道。

我接过盘子,狼吞虎咽,把所有东西吃完。整个吃的过程,一个看,一个吃,没有说一句话。

暖暖的食物到达我肠胃的时候,我一直空空落落的心灵深处,似乎添加了什么新的东西。柴米油盐,人间烟火,简单而有力量。

就这样,两个陌生人,因莫名其妙的举动相遇了。一个拿着望远镜欣赏台风,一个不知危险要亲身经历台风,不偏不倚,我倒在他的视线里。

他仍然无语,看着眼前这个从台风里背回来的女人,心里奇怪得很,好像一个穷疯了的人突然在大街上捡到装满了钞票的大钱包。他忍不住笑自己,怎么会想到钱?

他去二楼拿下来一条热乎乎的毛巾,然后说:"你睡吧,等天亮了,台风过后我送你回你住的酒店,岛上所有酒店我都很熟。这里安全,至少没有毒蛇。"

他走了两步,停住了,又说道:"你安心睡吧,不用提防我。我叫程思远,是生物学教授。"走到一半的时候,他又回头说:"楼梯拐角处有个洗手间,有热水可用。"

看着他上二楼去了,我站起来,双脚疼痛,一瘸一拐走进洗手间。我把热水器的温度调得很高,让这烫人的热水洗去身上的沙尘,洗去心有余悸的恐慌。回到放在地板上的床垫上,我独自坐着。我知道我叫李秀仙,现在应该是深夜了,台风登陆的海岛上,是一个陌生男人救了我。

暴风雨仍然挟持着海岛,好像要扫荡已经存在的一切,不留痕迹。还要多少小时,台风才能撒够它的淫威扬长而去?我不得而知。

杨莉,一定会为我担心的,她以为我被台风卷走了。如果我真的回不去了,她会怎么办呢?幸灾乐祸吗?我摇摇头,杨莉对我一直没有歹毒心肠。

让李秀仙在台风中消失得无影无踪吧!望着窗外摇晃着的黑夜,我觉得这是个不错的主意。反正,有我没我这世界都将照常运行,也没有人会来找我。按照以往惯例,我这个无聊的人,在他们要找我之前会自动出现的。

让台风来得再猛烈些吧!引起一场海啸吧!让我消失在这个世界。让他们连寻找我的念头也没有了。

女儿不重要了吗?养育她到大学,不算亏欠女儿的债了。父母已经相继离世,还有什么角色对于我来说是不可或缺的呢？那份我恨了一辈子的小学语文老师之职早就不想干了。没有人要我负责任，也没有什么事情非我不行。

我知道自己是个毫无用处之人。活了四十年，活够了。剩下的生命，我还能干点什么？孙明呢？他究竟给了我什么？

他荒废了我青春岁月里本该享有的激情，毁灭了我对天下男人本该付出的热情。为了他这份虚拟的爱情，我再没有对谁付出过，当然也没有收获过。我突然恨孙明了，我被自己的这种情绪震惊了。在此之前，我从未这么清晰地剖析过这段感情。

风中夹着树枝被折断的声音，雨更猛了。滚滚的海浪好像原野里的猛兽在寻找猎物，越来越近，就要卷到自己身后的时候，又狂啸着转身而去。

为何会在台风中的海岛之夜，在死里逃生之后的清醒中，否定了自己一直认为是正确的事情呢？否定了这份坚持了半生的感情？人总是在刹那之间长大的，就像我在那个燃烧回信的黎明，从少年到成人。我现在才明白，人的一生是由很多的刹那之间组成的。

我现在头脑格外清晰、思维敏捷，好像电脑里删除了垃圾程序，多出了很大的空间，让系统快速运行一样。

我傻笑着反省：世间有从不相见、从不通音讯的爱情吗？

还是十多年前的同学会上，隔着热闹的人群，跟孙明远远地对望了一眼，他朝我点点头，然后挤过人群来到我跟前，问了声："秀仙，你还好吗？可不要忘记我这个老同学啊。"我当时五味杂陈，语无伦次，待我清醒过来，孙明已经走了。他是商界精英，被同学们像明星一般簇拥着。可是，他的杰出跟我有什么关系？他从来没有找过我，没有来看过我，任我自生自灭。他光芒四射，而我早已是残枝败叶。

这算哪门子爱情呢？我连孙明的手都没有拉过呢。唉，世间的爱情，存在的形式千奇百怪。像我跟孙明这样，纯属虚幻。我早该忘掉孙明了，去过我实实在在的日子。就算没有爱情，也不应该一辈子活在梦幻之中。我的肉体在台风里重生，我的心智也在台风里重生。明天我就离开海岛，去过我崭新的人生。我要热情洋溢地活着。

突然，我渴望荡气回肠地去爱一回，缠缠绵绵去爱一回才不枉此一生。

浪涛声终于远去。此刻，如此安静，台风仿佛把大海吹到别处去了，台风前的世界如此遥远。

我环视四周，躺在床垫上，裹好毛毯，沉沉睡去。

四

程思远睡不踏实。他躺在床上，听浪涛声由远及近，又由近及远。人到中年，都爱回忆过去。他总结这辈子干得最漂亮的一件事就是考试，逢考必胜。经过不停地参加考试，从一个农民的孩子考成了知名大学的教授。程思远像很多农村的穷娃娃一样，沿着考试这一根命运线，找到了人生的出口。

近几年，程思远对自己的人生不置可否，得过且过，特别是苏芳芳走后，他更加懒于科研、拙于论著了。

如果一定还要找出另一件让自己满意的事，那就是在岛上修建这座临海别墅。他在这里虚度光阴，在这里反刍过去的爱与痛。

　　他需要远离人群，需要一个静静思考、尽情哭尽情笑的空间。因为资金不够，这座两层望海楼房从动工到现在已经三年了，目前进入最后的装修阶段。他不着急，对于中年人来说，有事可干，益于健康。人一旦无所事事，就会突然老去。装修工程接近尾声了，程思远反而发愁：忙完这件事以后，怎么办呢？肩上没有重担压着，反而难以适应。

　　这个隐蔽的海岛工程，他没有告诉身边的任何一个人，包括他的妻子和儿子。这里除了装修工人之外，只有仙岛大酒店的老板孙明来过。对了，还有昨晚在台风里救回来的女人。

　　在苏芳芳突然离去的那段时间，程思远经常一个人开车往城外去，不分东南西北，走到哪算哪。有一次他来到了海边的码头，想着反正时间富余，既来了，就去海对面的岛上看看。于是跟着人群上了渡船，抵达了这个不知名的小岛。他上岛入住在仙岛大酒店。程思远本想第二天就走，没想到这里的海浪声把他留下了。

　　岛上没有人认识他，游客稀少，他感到前所未有的解脱。可是，他身上没有现金，付不起房费，连吃饭的钱也不够了。那时还没有手机支付，海岛上也没有取款机。

　　他只好厚着脸皮找酒店的老板了。程思远想，能做老板的人，一定有识别好人和坏人的能力，老板会相信自己是个好人，不是有意骗取房费；他可以把工作证押给老板，等下次来把房费补上再拿回证件。

　　程思远记得，那天去找酒店老板孙明的时候，孙明正在鱼池喂鱼。

"老板，鱼都吃饱了，可我没钱吃你家的早餐了。"程思远说。

孙明转头看了看程思远，停住手中的捞网说道："你只管吃就是了。"说完，又一心一意伺候鱼池的老虎斑了。

"可是，老板，我的押金也不够房费了，我还想再住三天。"

孙明又回过头看程思远，还是那句话："你只管吃住就是了。"

"我说我没带够现金来，岛上又取不了钱。我把工作证给你，过段时间再来把钱补上，取回证件。"程思远诚恳地说。

孙明放下手中的捞网，说道："我不要你的证件。你想住多久就住多久，反正客房是住不满的，空着也浪费；吃什么只管来餐厅，你也吃不了多少，吃不穷我。"

"谢谢老板！我下次一定把房费和餐费补上。"

"读书人，坏不到哪去。"老板看着鱼池的鱼说道。

就这样，程思远跟孙明成了好朋友，也是在孙明的帮助下，程思远在岛上买了这块地。

程思远逃到这个小岛，选定望海的地方，用去半辈子的积蓄修建这处世外桃源，是为了让自己能安安静静地望着海。大海的遥远处，是太平洋的彼岸，那里有今生唯一真心爱过的女人：苏芳芳。

虽然那段短暂的爱情，因为十六岁的儿子以愤然离家出走来抗议，家庭分裂戛然而止了。那却是千真万确的爱情，搞科研的程思远，从来没有浪漫过，到了该结婚的年龄就结婚，然后生孩子，这都是老祖宗设定好的人生程序。

遇见苏芳芳之前,他不知道什么是爱情,什么是痛苦。他不知道自己的眼窝里居然藏着那么多的眼泪。

苏芳芳,苏州人,是另一位老教授带的博士生。因为老教授脑溢血突然离世,系里安排程思远教授当苏芳芳的导师。

带苏芳芳的程思远却把自己带进去了。那一年,他已经四十二岁,苏芳芳才二十八岁。

他迷上了她的青春活力,迷上了她灵魂里的风雅。程思远只有和苏芳芳在一起,他才是完整的。她的任性和刁蛮,聪慧和细致,以及对生物学天生的敏感,都让程思远着迷而且无法自拔。

一个中年博士生导师,一个风华正茂的漂亮女学生,这种爱恋模式,在大学里是常有的事,像五月下过太阳雨的山坡上,冒出成片的蘑菇一样寻常。

他们明目张胆,爱得死去活来。这件事弄得整个生物系人尽皆知,在那个个性张扬的年代,留给爱情的活路还是有的。

程思远回到家,严肃地跟结发之妻谈话,他第一次这么认真地跟这个女人说话:"我不想跟你过下去了。房子、孩子、存折上的钱都归你,我只要自由之身。我已经决定了,你成全我,我会感谢你;你不成全我,我也不会再回来了。"

他还无情地加上一句:"对不起,我从来没有爱过你,请你原谅。"

程思远妻子一脸惊讶:"我们结婚十六年了,一次架都没有吵过。五好家庭的奖状还贴在墙上,你是个模范丈夫呀,怎么突然决定和我离婚?"

她撕心裂肺,因为在她看来,程思远没有任何征兆就突然抛弃她、抛弃这个家。

"你不爱我，没一点儿关系。只要不离婚，你要爱谁就爱谁去。我也不阻拦你，只要你不离婚！"妻子无奈地说。

程思远厌恶地看了她一眼，装了自己的衣服，把钥匙放在桌上离开了家，奔他的幸福去了。这个连续多年被评为模范夫妻的家庭，连离婚这事也没有吵起架来。他们的屋子一如往日地安静。

可是，家庭确实有它存在的分量。程思远不回家的第二周，读初中二年级的儿子，愤然离家出走。程思远的妻子忍无可忍，提着一瓶农药，在校长办公室喝了下去。

这事可就闹大了，领导只好找来苏芳芳，以学院在美国旧金山有个空缺职位为理由，将这个招惹是非的漂亮女博士送到太平洋彼岸去了。

苏芳芳走了，程思远只好回归家庭。妻子得救了，儿子回来了。

程思远的心，却比遇见苏芳芳之前更加空茫，像下过鹅毛大雪的荒野，苍茫一片。

苏芳芳很快就嫁给了一个美国白种人，发来一张跟美国丈夫的亲密合影之后，Email（电子邮件）地址就永远失效了。

苏芳芳来到程思远的生命里，就像一场强台风，来的时候，地动山摇；去的时候，满地狼藉。

他恨过她，却又仍然爱着她。程思远哭了无数次，他一想起苏芳芳就止不住地流泪。他走在校园的白桦树下，总是看见苏芳芳穿着白裙子，躲在树干后面朝他笑。他夜晚进入他们一起工作过的实验室，居然听到苏芳芳说话的声音。

他终于病倒了,连课都上不了。苏芳芳走后不到半年,他原来的黑头发变得灰白。他深沉了,也丰富了,可是他从来没有后悔过这一场劫难,他习惯了心绞痛的感觉。

于是,他开始寻找可以寄存这一场记忆的僻静处。他找到了这个海岛,挺合意的,这里远离都市,交通不便,从省城开车过来三个小时,把车子寄存在码头,乘船一个小时,再坐岛上的中巴汽车半个小时,才能抵达。

这里隐蔽得好,安静得好,而且还能望海,望见的是南海,南海连着的是太平洋,太平洋的彼岸住着苏芳芳。这样的联想多少有点孩子气。

海岛上,生活原始简单,民风淳朴。程思远买了地,修建这处海边别墅。有这么一件耗费时间、金钱和精力的事让自己折腾着,正好减轻对苏芳芳的思念之苦。

这一场爱情,让他心力交瘁。他认为两人相爱之后又分手的最好结局,是做还能相见的朋友,还能到家里来吃饭的亲人。他接受不了爱过之后就成了老死不相往来的仇人,而苏芳芳正是这样的仇人,今生都不能再相见了。程思远是苏芳芳的第一个男人,就从这点来看,她有足够的权利,以这种残暴的方式来惩罚他。

台风终于过去了,雨还在下着。程思远下楼去,查看一楼有没有进水。

昏黄的灯光里,一个熟睡的女人。他很久没有看过睡着的女人了。

程思远驻足,又看了一眼睡着的秀仙。他忽然一惊:她很像苏芳芳。长久对一个人专注的思念,会让人产生幻觉吗?程思远揉了揉眼睛,再看看裹在睡毯里的李秀仙,这么看,她还是很像熟睡中的苏芳芳:一样洁白的脸蛋,秀丽而安静。长头发散在前额,一只手半握拳头,放在枕头上。程思远总是笑话苏芳芳这个睡姿,像是在梦里宣誓,宣誓入党吗?苏芳芳总爱穿粉红色的绣花睡衣,她会咯咯笑着,把手伸长,勾住程思远的脖子梦呓几句,继续睡去。

程思远有意咳嗽起来。可是,床垫上的女人睡得很安稳,好像在梦中,嘴角还有微笑。

看样子,这是一个有故事的女人。敢于独自去陌生地方旅游的女人都是心窝子里藏满了事的女人。唉,活了半辈子,谁脑海里没有一两出戏呢?看样子,她不是个热爱生活的人。活成那样子,多半都是因为心中有爱而不得的郁闷。生物学教授看着熟睡的李秀仙,像在做物种分析。

五

不知睡了多久,我梦见自己坐着小舟在碧波荡漾的海面上,有个男人在划船。突然,船儿晃动起来。

我猛然醒来,看见我的救命恩人在放着瓷砖的那边查看什么。床头亮着的台灯依然亮着,发出一束橘黄色的柔光。我坐起来,他听到我翻身的声音转身朝我点点头,然后走了过来。

他问道:"睡得好吗?我来一楼看是不是进水了。"停了一停,他又问道,"还睡吗?狂风暴雨中,也睡不安稳。天快亮了。"

他朝我的床垫走过来，穿着蓝色的格子睡衣。

"谢谢您！教授，我睡得很安稳。我叫李秀仙，家里人都叫我仙子，小学语文老师。"我说道。

走近了，他久久凝视着我的脸，好像我的脸上停了只蝴蝶。我也仰起脸，看着他。

在大自然的威力面前，人最容易表现出动物抱团取暖的本能，哪怕是陌生人之间亦是如此。何况是在狂风呼啸的荒岛之夜，一个男人和一个女人，机缘巧合，共守如此风雨之夜。

突然，窗外划过极强的闪电，照亮了树枝。紧接着，一声巨雷，震天动地。屋里断电了，刹那之间，整个宇宙沦陷在漆黑之中。

这是无可救药的漆黑，连一丝光线都没有。超强雷电，摧毁了海岛的供电系统。窗外又一次狂风大作，暴雨如注。

程思远轻轻地说道："不要害怕，我在这里。"

他试探着朝床垫的方向伸出手去，摸一下床垫的边沿，以便他可以坐在床垫上，而不是坐在地上。

可是，他的手触摸到了一只温暖的女人的手。

然而，他没有把手缩回来。黑暗里，他紧紧握住了它。直到窗外再次划过一道闪电，照亮了这两只紧握的手，他才松开了。

然后是久久的沉默。海浪在远处呼啸。

"仙子，多好听的名字。"他像在自言自语。

"谢谢您救了我的命。"

接着，又是一段黑暗里的沉默。我们静坐无语，听风，听雨，听远处的海浪声。

"说说话吧!"他在黑暗里说。

"你说吧,我喜欢听。"我说,"我没有故事。"

我们彼此都听到了对方的呼吸。然后,我听到他说:"我给你讲一段爱情故事好吗?"

"好,我听着。"我回答。

程思远叹了一口气。然后,他慢慢叙述他跟苏芳芳之间甜美而浪漫的往事。

这是个漫长的故事。我没有插一句话。

讲完了,他问道:"好听吗?"

我把话题岔开了,问道:"你的老婆和孩子呢?"

他只说了一句话:"嗯,对的,家里有老婆有儿子。"他像在陈述家里的一套木头沙发。

程思远突然问我:"你是怎么过得前半生呢?"

我沉默了良久,这苍白的前半生……

我说:"其实,婚姻和爱情是八辈子碰不到一块儿的事。"

他久久接不上话来,似乎在论证什么,然后下了个结论,说:"完全正确。"

"我先生是个公务员,我们有个读大学二年级的女儿。"我慢条斯理地陈述着我那形同虚设的婚姻生活。在这个男人面前,我不怕丑了,决定把生活的真相展现出来。反正黑灯瞎火的,他也看不清我的脸。

我继续说道:"我和他分床睡,蜜月没过完就分床了。我月经不准时,经常痛经、失眠。我没有生理欲望,脾气不好,提早更年期了。我吃得很少,任性,我不怕死。"我有些语无伦次了。

他屏住呼吸,听得很认真,好像我在讲惊险故事。

"你不快乐。"程思远补充说道。好像我过那样的生活是他的错。

"我习惯了灰色的生活。他有别的女人,我不生气,我从不跟他吵,任何事都吵不起来。"

他再次补充:"对,吵不起架的生活,我懂得。"

我继续说:"只要他平安就好,他是我女儿的爸爸,对女儿很重要。"

我的四十年讲完了,是用同一种语气来讲述的。像讲别人的事情,而听的人还在倾听。

我只好俗气地说到了钱和房子:"他把工资卡交给我作为家用,他说那是他所有的收入。不过有人说他在市区还有别的房子,不同的女人在那里住过。我没有去那房子看,虽然我知道准确的地址。我和他各干各的事,不用汇报。回不回家也是绝对自主,特别是女儿上大学以后,我们更像是邻居了。"

"像邻居一样的夫妻?"他问。

漆黑之中,我真实地笑了:"很多人都这样过日子,特别是我们这代人。"

"你爱过谁吗?"他问我。

我无奈地说:"我爱过一个人,但是没有被他爱过。"

他说道:"很多人一辈子都不曾爱过,也不曾被爱过,至少你爱过。那个人是谁?"

我平静地说:"都是少女时代的陈年旧事了。你不认识。"

两个人又陷入了黑暗里的沉默。窗外,风雨依旧,海浪又开始咆哮了。我们随意说话,时而停顿下来什么都不说;时而

187

又说起另一个毫不相关的话题，絮絮叨叨说上很久。

这当儿停电，真是停对了。在黑暗的庇护下，我们卸下了沉重的面具，赤裸着灵魂，拥有了在光天化日下久违的放松和舒适。

我们居然很相似：不喜欢跟人打交道；无法跟人合作，什么事情都是自个儿扛；在家不搓麻将；出门总是迷路；遇到不如意，总是宽慰自己，所以至今没有什么成就；我们都是腼腆内向的人，不相信陌生人，把世人当成假想的敌人因而远离人群。

我忘记了我是怎么把头靠在他宽厚的肩膀上，他用温暖的手抚摸我的脸。

我流泪了。他拥抱我，用双臂紧紧地拥着我。他呼出的气，暖暖地吹在我脸上。我们拥抱了很久很久，直到我们都不再有陌生感了，他才开始轻轻地吻我。他从我的额头吻到我饱含泪水的双眼，吻我的嘴唇、我的脖子，他细致地吻遍了我的全身。

在黑暗里，我看见了他闪光的眸子。我们在闪电里久久对视。

这是我这辈子以来最长久的亲吻。

然后，他把我抱起来，在闪电的照耀下，一步一步走上二楼卧室。

闪电切断了外部环境的光明，却把我们荒芜的心灵点亮了。

我们像久别重逢的恋人，撕咬在一起，两个人仿佛要把对方捏碎，碎成一堆泥，再黏合在一起；又像是债主讨债似的，把积压的陈年旧账都要对方补偿个够。

晨曦终于跨越海面,把光明送到风平浪静的人间。我睁开眼睛的时候,仍然枕着他的胳膊。

他温柔地用另一只手抚摸我的脸,轻声说道:"你还好吗?"

我无从回答他的话。我心里清楚,这一场台风给我带来的东西太多了。"台风走了,你还能留下吗?"他看着我,问道。

他再次拥我贴近他的胸膛,用嘴唇轻吻我的额头。他好像在考虑很多事情。我第一次仔细地看着这个男人。他长得非常英俊儒雅。

我几乎忘记了,他是我的救命恩人。显然,他也忘记了这回事。

他望着我,又一次忧伤地问:"你还愿意留下来吗?"

六

二楼是一个大卧室和别致的书房。

开窗,望见无边无际的大海。

我吃得很多,睡得很熟。他打开了我身体和心灵上沉睡多年的生锈开关。我又对这个人生、这个世界充满了热情和好奇。我什么都想吃,对油盐酱醋有兴致了。

我像变了一个人似的,准确地说,我变回了一个正常的四十岁女人该有的样子。

他是个烹饪高手,每天精心烹饪鱼虾,"饲养"饥饿的我。

感谢这场意外的台风,把我吹到另一个崭新的世界。我从不曾期望过的世界,我爱着,也被人爱着。

我承认我爱上他了,请允许我直呼他的名字吧。思远,多么优雅的名字。

我明白了爱情的样子,正大光明,无忧无惧。爱情有它确定存在的内容:说不完的温暖话语,吃不完的美味佳肴,看不完的晨夕风光,当然也有温暖的拥抱和全心全意的亲吻。爱情是看得见、摸得着的实实在在之物,而不是空气里虚幻的海市蜃楼。

"我给你什么了?"他问。

"被爱的感觉。这是我一生都在渴望的。你说什么样子的感情才是爱情?"

思远低头思考了一会儿,说道:"爱情是一个人对另一个人的全部接纳,而不是一个人对另一个人的矫情掩饰和不断修正。爱情是平静的、自然的,不应该是精疲力竭的。"

我接着说道:"两个相爱的人,一定愿意日夜相见,寒暑相处;愿意一起吃饭,一起过平淡的日子。"

老天可怜我,让我在年过四十的今天,在一场台风里起死回生,在台风里经历一场真实的爱情来填补我半生的空白。

我穿着思远的套头衫、沙滩短裤,在书房里看书、看海,也会趁他不注意的时候,偷偷看他。他博学而温厚。

前半生,我一无所有;如今,我亦无所求了。过一天就是一天,明天的生活明天再做决定。我快乐了许多,从心灵深处生长出来的快乐。我不问他的过去,也不看他的未来。

镜子里,我两颊红润,双眼有神,仿佛年轻了十岁。

我们不谈明天,因为明天会涉及分离。我们每天都只有今天。

我任性地躲在这座别墅里,已经第五天了,没有人来找我。

"今晚,请你带我去看海上的明月好吗?"我对他说。

"好啊,我的新娘。"他说,"你得答应我,不许逃跑。"

我哈哈大笑。这个傻男人,我逃去哪里还能过上这么好的生活呢?

"我带你去沙滩骑马。"他兴致勃勃道。

"草原才有骏马,沙滩上哪来的骏马呢?"

"月亮出来的时候,你就知道了。"

那顿晚餐,思远准备了丰盛的菜肴。有蒜蓉蒸虾、香煎白昌鱼、沙白冬瓜汤、白灼大海贝、油菜,再加上芋头煮南瓜,还斟上了他用葡萄酿的红酒。

盛夏的太阳,在山坳上洒着余晖。天空是油抹过的、淡蓝色的一块画布,俄而挥就了橙色的粉底。星星一个接一个蹦跳着出来了,圆圆的一轮鹅黄月,像披着婚纱的新娘,盈盈地在墨绿的海水上升起。

天空幽蓝而深邃,月光洒在微波轻漾的海面上。远处是一片静止的光亮,近处是流动着的光芒。朝着明月的方向,一个大"V"字形光影波光粼粼。此时,海上的明月,像害羞的新娘,拿大海做镜子,照了又照她那动人的脸庞。

我和思远手牵着手,走过竹柏林,越过沙丘,漫步在沙滩上。台风过后,我第一次踏足真实的人间。幸好是晚上,看不清景物的夜幕之中,反而让我感到一切踏实可信。

走过很长一段路，快到挂着彩灯处，便听见生意人在风里吆喝道："骑马嗨！快来骑马！"

我们选好一匹大白马，思远扶我坐在马鞍上，我拉紧缰绳，他一跃而上坐在我的身后。

牧马人在马跟前吩咐道："大白，走，去九龙洞。"

于是，大白马轻迈马蹄奔跑在沙滩上。此时，蓝宝石一般静谧的夜空，明月洒下清辉。沙滩如棉，浪花如雪。马儿驮着我们，朝着月光深处走去。我愿马儿飞奔起来，飞到月亮上。我不去计算，还能跟思远在一起共享多少个日出月落。我只需铭刻生命里有过这样的温存。

自这个夜晚我出了门，思远就在白天也带我去兜风了。

他有一辆蓝色的二手越野车，生锈了，开起来，隆隆地响。没有冷气，开车的时候，得把车窗全都摇下来。我带着宽边草帽遮挡阳光，身上穿的是思远的沙滩短裤，还有长到盖住屁股的针织衫。我像刚学会飞翔的鸟儿，喜悦地在蓝天下翱翔。我享受着海岛原生态的自然风光，享受这份迟来的爱情。

碧绿的田野，绵延的青山。路旁有熟透了的野木瓜，跳下车去，踮着脚，伸手就能摘到。轻轻用力一掰就开了，用手刮去黑黑的籽儿，咬一口鲜黄的果肉，软甜如蜜，解渴又充饥。吃完了，拿衣袖抹抹嘴，或者在溪里掬一捧清水洗一洗，又跳上车，继续前行在绿叶婆婆的乡间小路上。

路边的草地里，不时有吃草的黄牛，不怕人，忠厚老实地望着我们，好像在问：兄弟，有什么我能帮你吗？望着我们许久，直到我们都走远了，才又低下头来，悠闲地品味着青草。

峰回路转，常有一望无际的海域豁然出现在眼前，极目远眺，碧波无痕，烟霞弥漫，海天相连。

我们每天都兴致勃勃，活得有滋有味，好像从来没有这么精细地生活过。有一天早晨，我们驱车来到岛上最高的山峰，那里有风力发电的旋转风车。

"我害怕这一切都不会再有了，所有美好，顷刻就不复存在似的。"居高临下，面对辽阔的大海，我突然感伤起来。

"你要相信生命的强大，它有足够的力量来珍藏一切美好。"思远回答。

蓝色的大海，静静的山岗。我突然想到了孙明，这些天，我几乎把他遗忘了。

诚然，孙明将永远退出我的生命了。他仅仅是我的初恋情人，而不是我一生的情人，更不是我一生的爱人。他被台风吹到深海龙宫去了，当然，最好能吹回到杨莉的怀里。

我忽然想和思远说说孙明的事。毕竟，那一场隐秘的恋情曾经是我生命中最重要的事。

令我诧异不已的是，还未等我开口，思远便提到"孙明"二字。

我起初以为是同名同姓的人，听着听着我就目瞪口呆了。思远提到的孙明，正是我的同学，杨莉的丈夫，仙岛大酒店的老板。

思远慢慢悠悠地说道："孙明是个性情中人，超级痴情。仙子，你知道吗？我这朋友已经有亿万家产了，有过数不清的女人。可是他说他只有一个爱人——他高中的一位女同学。"

我把头转向大海，不让思远看到我的脸。他说话的时候，我习惯了静静倾听。

· 193 ·

"孙明心高气傲，曾经放下身段给那位女同学写了一封信，问她高考去哪座城市。可是那个女同学一直没有给他回信，这可刺激了他。他发愤学习，考上重点大学，然后白手起家，经商做生意。所有这一切，这个男人都只有一个目的，就是想让这位女同学后悔。他报复地娶了这位女同学的好朋友做老婆。可是，他心里真正爱着的女神只有那个不回信的女生。"

我心里一惊，把头深深埋进思远的怀里。我不想听，更不想让思远看到我的表情。

思远以为我深受感动，一边抚摸着我的头，一边继续说道："男人就是犯贱的动物，没有得手的才是最美的。正所谓妻不如妾，妾不如偷，偷不如偷不着。我劝这位老兄说，以他现在的威名，去召那位女同学来睡一宿，便可解去半生相思之苦。"

我心里已经阴云密布了，思远还在叙述："可是，孙明宁可心里有难熬的渴望，也不愿意把这种爱变为现实而毁灭了半辈子的美好。孙明不打听那位女同学的联络方式，不见她的面。所以，在他的脑海里，他的女神永远年轻。他需要在这份虚拟的爱恋里汲取力量，去抵抗人生的无奈，抵抗商海沉浮的疲惫。仙子，你看啊，男人其实很孩子气，比女人幼稚多了。就像我在这里，可以望见太平洋对岸的苏芳芳一样。"

"那女同学也爱你这位朋友吗？"我问。

"孙明说，她爱着他半辈子了。他的心感知到了。你说可笑不可笑？"思远说。

我喉咙冒烟。

我剧烈地咳嗽，思远拍着我的背。

孙明，原来我的感应是真的？我半生的守候，没有白费？至少你心里有我的位置。

我还能说什么？一切都过去了。从此，我的生命将不再有你的存在。

"车上有酒吗？风景这么好，我们对着大海喝酒吧！"我对思远说道。

他跑到车上，拿着一瓶酒过来了。

我接过酒瓶，咕噜咕噜像喝矿泉水一样，上气不接下气喝完了整瓶酒。

"你挺能喝的，在家不喝是装的呀！"他笑了，看着我把自己灌醉了。

此情此景，我是需要一醉方休了。

在晌午的山坡上，我用尽所有的力气，把自己撕碎，把记忆里模糊的孙明撕碎，把眼前沉甸甸的男人撕碎。

我不要一切记忆，我不要过去和未来，我只要现在。

我和思远在车上做爱，只有现在是真实的，他温暖的躯体，融化我半生冷漠的守候。

思远说，他这位朋友、仙岛大酒店的老板孙明，晚上要来喝酒，所以要下山去准备晚餐了。

回来的路上，我昏睡了。思远把车子停在房子门口，然后，背我到我们厮守了一周的美丽城堡里。

"来吧，来吧，我的宝贝，就像那天在台风里背你回来。"捡来一个女人，捡来一场爱情。思远吹着口哨，一步一摇，背我到了卧室，把我放在床上，又帮我盖好被子。然后，我听到他关门的声音,听到他开着汽车隆隆而去了。

我头脑清醒得很。我必须走了。

趁思远去市场买菜的时候,我匆匆换好原来的衣服,朝仙岛大酒店奔去。

我不想见到孙明。

我又任性了,我不想跟思远道别。江山易改,本性难移。我决定不留任何联系方式。

我不记他的电话号码和微信。我不需要一组阿拉伯数字和符号代码去联络他,去维系爱情。地球没多大,他要是想找我,比去大海里找一只虾容易一万倍。我始终相信,造物主早已安排好世间一切有形的和无形的物资分配。是你的,兜兜转转丢不了;不是你的,纵然机关算尽,步步为营,最终仍是竹篮打水一场空。

我又恢复到了原来那个李秀仙。

七

仿佛过去了几世,我回到仙岛大酒店。这个世界跟台风前没两样,我的世界却全然不同了。

杨莉看见我,哭喊着扑过来。这女人对我总是克制的,她没有半句话责怪我。

"我知道你平安无事,你一定躲在不愿让我找到的安全地方。如果你有什么意外,早就有人报告了。没有消息就是好消息。这小岛就巴掌大,台风过后,我就知道你安然无恙到别处玩去了。"这位老板娘自有她干练的风格,率直而不露痕迹。

我不搭她的话，急匆匆奔上三楼。我知道我要干什么。我的房间，还是我离开时的样子。看得出来，杨莉一直在等我。

杨莉跟来我的房间。看着我收拾衣物，她拉着我坐下。"秀仙，你听我说。等下午五点，孙明的船就到了。要走的是我，你留下来吧，秀仙。"杨莉哽咽着说，"他一直爱着你，我受够了。秀仙，很多话咱姐妹俩以后再说。"她抹抹眼泪，接着说，"该走的人是我。二十五年前，我就不该爱上他。"她伤心欲绝。

我本来就没有什么东西，三下两下收拾好了，拎起包往门外冲去。杨莉把着门，大声哀求，"站住！这回我说了算。你不许离开这里！"

我冷笑一声："你是女王吗？你以为你爱的人谁都要？你要的时候你就抢去，你不要的时候就扔给我？我又不是收破烂的。"一番话，把杨莉哙住了。

我匆匆地夺门而去。身后是杨莉声嘶力竭的哭诉："要说他是破烂货，他也是亿万身家的破烂货，而且他爱着你。这有什么不妥？你已经错过前半生了，后半生还来得及。我本来就不该夺你所爱，这是报应，上天对我的报应啊！秀仙——秀仙——"

长长的走廊，回音很大。杨莉追上我。

"秀仙，你停下脚步，听我把话说完。你可不是在台风中艳遇什么大学的什么教授吧？就在小山的背后，有座破楼，每次刮台风都有耳根子软的女孩被教授相救的艳遇故事，这些都是男人的低级智力游戏，在海岛上每天都上演着英雄救美的剧情。演过你就要忘，千万别当真。你没有经历过什么男人，别遇到一个就以为是命中天子……"

"什么大学的什么教授"这几个字眼,像狂风暴雨中的雷电给我毁灭性的一击。

我不由得停住脚步,回转身,望见走廊中间胖成水桶似的仙岛大酒店的老板娘。她伏在门框上,一把鼻涕一把眼泪,继续说:"这块'风凉水冷'的宝地,每年都有画家、作家、科学家、搞音乐的、搞艺术的来台风中寻找见鬼的灵感。他们制造随处可见的艳遇剧情,骗取女人的肉体和感情,你不信,我今晚都可以在那座破别墅里过夜……"

我被这一席话击得天旋地转,又一次十三级强台风席卷过我的心海。我停下脚步,回头再一次看了看背着光影、在长廊深处的杨莉。我从来没有觉得杨莉是这么丑陋,她面目可憎、披头散发,像地狱游荡的鬼魂。

难道我又错了?又是一场梦?难道我这辈子都逃不过杨莉的手掌?她非得毁灭我一生的爱情不可?

那么,杨莉怎么会说那样的话呢?难道她说的"什么大学的什么教授"专门在那里制造艳遇的事?

我后背冒冷汗,定了定神,转身,又一次狂奔而去,冲出仙岛大酒店。

我拦了一辆摩托车,朝码头疾驰而去,如坠入五里云雾。

唉,这是什么世道呢?不管是真是假,反正我该走了,眼泪挂满了我的脸庞。像往常的逃亡一样,没有人追赶我。

渡船靠岸了,黑压压的一片人头。我手里握着一张船票,沉重如铁。漂过这片海洋,海的那一边就是踏踏实实的陆地,再也没有扫荡一切的台风了，虽然那里了无生趣。

有个身材高大、略微驼背的中年男人朝我走来。这人有点眼熟，待走近了一看，他正是刚下渡船的孙明。

许多年不曾见他了，显然他也苍老多了，再不是当年意气风发、清秀飘逸的斯文书生，而是大腹便便、满身赘肉、秃了顶的驼背老头儿。

我故意把草帽摘下来，把墨镜摘下来，毫不掩饰，仰着素脸，淡定地站在人行道上。我倒是希望孙明能够认出我来。我会跟他打一声招呼，然后云淡风轻，登船而去。

但是，孙明跟我擦肩而过。他没有留意人群里有个人在注视他，他压根儿不认得站在他面前的李秀仙了。孙明消失在熙熙攘攘的人群里，消失在空无一物的虚构故事里。

我哑然失笑，跨上了摇摇晃晃的渡船。

别了，海岛。海岛越来越缥缈，终于被距离湮没在一片迷茫的沧海中。

当我踏上陆地，心如针刺般疼痛。再痛，再茫然，路还是要继续走的。我登上了回省城的大巴。

无疑，这一场意外的海岛之恋，将滋养我可长可短的后半生。我将在繁华的都市里，在喧闹的人群里，再度隐藏自己。

或许，程思远将乘风破浪来找我；或许，如杨莉所说，他继续在台风里制造下一场艳遇。

我打了个寒战。我究竟是谁，是人还是仙？

我活着还是死了？我不知道。

八

美丽的人间，我回来了。

暑假里，我安静地宅在家里。我的家像人间的地洞，阴凉、隐秘、安静。

没有陌生电话打进我的手机，没有陌生人加我的微信。我忘记了那一场意外的台风，忘记了台风里的一切。我变得越发沉默，眼神游离。

女儿看着我，问我去岛上度假遇到了鬼神还是遇到了大仙，怎么回来变了个人呢？我恼怒地盯着女儿，第一次这么沉闷地、愤怒地盯着她。她只好躲去了学校，再不敢提我去海岛度假之事。

九月一号，开学了。我庆幸我还能正常走向讲台。我变得爱教书了。

第一节下课铃声响起，有个同事站在窗口，示意我出来去那边。走出教室，我目瞪口呆，不远处站着两个人，准确地说是站着两个男人，一个是程思远，另一个是孙明。

三个人，对望着，谁都不愿意开口。两个男人站在那里，表情轻松，瞄着手中猎物，大有看你还能往哪飞的挑逗意味。我低下头，一言不发，拿着我的教科书回办公室去了。

回到办公室，拉开抽屉，看见手机上有一条信息。

> 美丽的仙子，我是思远。
> 一个公的和一个母的，只有物理反应，这就是兽类；物理反应之后，还有化学反应，合成了昂贵的思

念和爱情，这就是人类。

　　以上实验结果，导出正向结论：程思远，男性；李秀仙，女性。适合继续发生物理和化学反应，才能存活。

眼泪瞬间滂沱，我选择相信人世间的一切美好。

窗外，两个男人特别显眼，他们高大的身影占据了整个操场。

经年长事

一

从太平洋的彼岸折腾到此岸,高丽娜每一刻都清醒着。回到粤北故乡,过久别的中国农历年,她兴奋得像个孩子。

对过年的渴望,像一道魔咒,在美国的每一个圣诞节都折磨着高丽娜。今天,她又回到了童年岁月,像山坑里的娃们那样,一门心思等着过年。这样纯粹而热切的期盼,在异国他乡沉睡了整整三十个年头。这事听起来夸张了些,却是千真万确的。

当初赤手空拳来到美国,除了逐渐破灭的美国梦,剩下的就是难民一样的日子,没有工作,没有住房,只有一件事摆在日程上:为"绿卡"而奋斗。

最初十年,那最是思乡心切的艰难人生:一则来回机票的钱腾不出来,二则再签证的时间有可能得等个三年五载,哪还敢奢望回故乡过个年?十年苦战,"绿卡"终于到手,第二件要紧的事又摆在日程上了，那就是得生个娃娃。幸运的是，女儿没有让人等多久就来了，高丽娜在三十五岁那年，顺利生了个美国公民。

高龄得女，半点不敢疏忽，于是就把回家过年的事搁一边去了。这一搁就搁了二十年。人生经得起悠闲，却经不起忙碌。一忙就把女儿忙进了大学，这回总算可以松口气了。去年，高丽娜下定决心，囤了一年的假期得以实现这次回故乡过农历年的心愿。

高丽娜被炸猪油的香味勾醒了。她披衣起床，时刻提醒自己，每一种气味，每一种声音，都要牢牢记在心坎上，以便在远离故土的时候，用这些记忆温暖漂泊异乡的心。

两年前，父亲去世后，她犯上了失眠。起初失眠，是思念父亲，后来是回放人生，重温走过的路，就像看一张考过的试卷，她竟发现错误越来越多了。于是，失眠成瘾，安眠药逐渐失效。提前到来的更年期，偏又撞上女儿的青春叛逆期，折磨得高丽娜只剩一把骨头了。有些事就爱凑在一起，把人生颠簸得快要散架了。

好日子和坏日子每天都只有二十四个小时，经过两年的煎熬，慢慢适应了无法入眠的生活。一向脾气温和的高丽娜，仗着更年期的到来，脾气越来越差，闹得与丈夫不能同床共枕了，只好各睡各的。这人就一下子垮了下来，像经年失修的围龙屋，很有沧桑之气。

高丽娜近来总是责怪自己没出息，自己的人生自己做不了主。年轻时，时间是属于丈夫的，一切以丈夫为主。他们在北京读书的时候相识、恋爱、结婚。结婚后，高丽娜一心一意向往美利坚合众国，跟丈夫一起出国留学。女儿出生后，时间又是女儿的。陪女儿读书，从幼儿园陪到大学。走进家门，时间属于丈夫和女儿；出了家门，时间又属于老板。她从来没有享受过说干就干、说不干就不干的洒脱，也从来没有实现过自己的心愿。说到心愿，她才发现半辈子压根儿就没有属于自己个人的心愿。

她做梦都不曾想到，在美国会过上这么艰难的人生；做梦都不曾想到，中国如此突飞猛进，一路凯歌。

现在从美国回到故乡，寨子里早已没有人认为她这个美国公民是个有钱人，她也确实比弟妹们都穷酸，远没有他们活得阔绰。

上次回国是五年前的夏天，高丽娜说要带中国窗帘布去美国，把写好尺寸的字条交给做外贸生意的妹妹高丽娇，妹妹眼泪都流出来了，说道："姐姐，回来吧，还是中国好！"害得高丽娜解释了半天，说中国窗帘的花样有中国味，挂在家里就像一个中国人的家。

可是高丽娇不听解释，理直气壮地说："在美国，什么好货买不到呢？我们中国人就是穷惯了，把最好的东西都卖到美国去了。姐，你就是缺钱。"

三十年前，高丽娜去美国攻读博士学位，是寨子里面最威风的。她在美国买了一辆二手汽车，拍了彩色照片寄回家，父亲把高丽娜站在汽车旁边的照片过了塑，贴在客厅的墙壁上，像是三好学生的奖状一样，夸耀自己的女儿女婿有出息。二十世纪八十年代的中国家庭，能有一辆凤凰牌自行车就是大富翁的标志了。

两个轮子的自行车怎么能赶上四个轮子的小汽车呢？出乎全世界人民的意料，中国人还真的铆足了劲儿，城乡大变样，踩着自行车追上去了。如今，城里乡下，汽车成了中国人的主要交通工具。

"早知道中国发展得这么快、这么好，我们根本用不着背井离乡投奔美国。"高丽娜私下里跟丈夫抱怨了无数次，直到有一次丈夫发火了："你忘记当年怎样千方百计说服我来美国了？我说在中国做大学老师，日子也还凑合，你偏要我考托福，节衣缩食考了三次才过关，让你如愿来到美国，在美国安家落户，国籍也改成了美国的。现在中国好了，你倒埋怨起来。你后悔还来得及，回国投奔你的富婆妹妹去。或者，你有本事回国做生意当老板去，还免税，你是外国商人了。"

一顿抢白让高丽娜再不敢说"早知道……"。

这次回故乡过年，是高丽娜一个人回来的。在美国土生土长的女儿对中国年不感兴趣；当教授的丈夫以诸多理由不想回来过年，说："既来之则安之。回了一年，第二年还想回。故地不必重游，故人不必相见。人和景，必定是改变了，皆是相见不如怀念。"

一个人回国倒也是来去自由了，高丽娜安慰自己，若不这样过人生，也会那样过人生。过了年，就五十五岁了，哪里还来这么多的"早知道"呢？

二

高丽娜走进厨房，母亲在土灶大铁锅前用勺子捞起油渣，给这油渣撒上盐霜,这曾是何等珍贵的食物啊。

二十世纪七十年代初的山区农村,物质生活还是相当贫乏。饥饿像一条路上的野狗,高丽娜每天都遭遇它的伏击。一年到头,除了过年那三五天,肚子是饱饱实实的,其余的日子都饥肠辘辘。除夕团圆饭开始的大荤菜,给饥荒了一整年的肠胃带来了严重的不适。往往是到了大年初二早上,全村人都开始滑肠子了。在生产队的茅坑前,排成了长队,男女老少,急不可待要蹲坑。

高丽娜也就是在那样的环境下,向往起太平洋彼岸富裕的美国。书上说,美国有吃不完的汉堡,面包里夹着一大块扎实的牛肉。那片土地遍地黄金。

越活越硬朗的母亲听到脚步声,知道是高丽娜,头也没回,还是一门心思在捞油渣,嘴里却说道:"乡下安静,怎么不多睡会儿?看你好像比丽娇老二十岁。"

实际上,高丽娜只比高丽娇大两岁。高丽娜不出声。母亲也是势利眼,妹妹如今是整个家庭的经济支柱,在故乡建楼房,在城市置业,把父母接到城里安度晚年,全是妹妹出的钱。

高丽娜对家庭做出的贡献不大,老大的地位已经名存实亡了。

同父同母的姐妹,秉性却完全不同。妹妹高丽娇天生不是读书的料,坐板凳读书不到三分钟就屁股发痒。高中读了半年就跑到深圳,成了城市的拓荒者,同时也成了一个未婚先育、孩子他爸不知去向的十八岁单亲妈妈。

母亲见高丽娜安静地站着,扭头笑着问道:"还想吃油渣吗?"然后又补上一句,"全留给你吃。"

母女俩看着油锅都笑了。

高丽娜说道:"我来烧火。"一边说就一边坐到土灶前的矮木墩上。

"待我炸完油渣把油剩下,再烧火炒青菜。你妹妹要吃乡下青菜。"母亲现在心里只有财神妹妹,也没有客套问一声从万里之外飞回来的大女儿想吃点什么。

高丽娜看着炉膛里一闪一闪的草灰,想起了已经去世两年的工程师父亲。听母亲说,父亲走的时候,一直喊着高丽娜的名字,而自己远在美国,没时间回来伺候父亲,也没有见父亲最后一面。这事之后,让高丽娜给自己的人生下了个定论,去美国定居绝对是极其错误的。

父亲是老一辈的知识分子,他只认读书好的女儿高丽娜,一直到他去世,这份疼爱都没有动摇过。父亲念得出高丽娜读过的一连串学校名字,从中国的到美国的,从本科到硕士再到博士,读什么专业,说起来都神采飞扬,连高丽娜本人也说不了这么详细。

父亲的去世,让高丽娜陷入了循环往复的内疚和懊悔中。只有在父亲心里,有自己全是一百分的成绩单,那是属于自己的辉煌青春。如今,父亲走了,他带走了高丽娜的热情和睡眠。她在失眠的夜里,倒是心安理得地找到了苍老下来的理由。

母亲是风吹竹、墙头草,没个主心骨,见妹妹腰包鼓了,眼里就只有高丽娇了。

"丽娇这么早就出去了?"高丽娜问母亲。

"她去镇上采购了，想吃什么打电话给她说。你弟弟上午才放假回来。"母亲一勺一勺舀猪油。年近八十岁的老人，忙里忙外也不糊涂。一家人的日子，能够过成这样的恬淡安康，要啥有啥，根本不愁钱，高丽娜这个做姐姐的也打心眼里佩服越拼越勇的妹妹。

母亲又说了："多亏了你妹妹，要不是她有点本事，家里能依靠谁？依靠你和高兴明，高家早就完了。"

高丽娜自然接不上话头，看着炉膛的草灰，知道母亲还会接着上面的话继续说下去。

"你就是读书读傻了，猪油蒙了心，脸皮薄，嘴巴笨。你看丽娇她人在中国，却把生意做到了美国。你人在美国，咋不帮她一把，多拉几个客户？多出几个柜子的货？"

这样的话，母亲重复了多遍，见面说，电话里说，声讨高丽娜假清高，拉不下脸面。做生意明买明卖，不偷不抢，帮妹妹又不是帮别人，怎么就是脑子不开窍。

脑子不开窍，这种说话的腔调，跟小时候母亲教训高丽娇考试不及格的时候一模一样，现在反过来教训高丽娜，读书读多了，做生意脑子不开窍了。高丽娜心里嘀咕，想当年，我考去美国读博士，也没少给高家增光添彩，虽然没钱，荣誉倒是货真价实的。

高丽娜没心情烧柴火了，她走出了大门。

三

池塘边一群鸡鸭悠然觅食，看家狗嬉闹追逐。乡下的家畜过着原生态的生活，不像城市里，人和动物都被有形的或者无形的笼子罩着。

幽静的乡村，除了春节人多热闹些，平时都是一座空寨子。曾经有两百多人生息繁衍的村庄，如今只剩五六个老人常住。全国农民几乎都进城去了，他们说城里百般的好，人多、车多、楼房高。眼前山清水秀的农村，广阔天地，又咋不好了？

高丽娜决定重游故地，去看看自己上过的小学。她对学校的记忆永远是清晰的，古朴的校园，琅琅的读书声，三好学生的奖状，记忆温馨而生动。那时的小学是五年制，现在改成六年制了。多读一年小学，实在是人生极大的浪费。

沿着山路，要转五个弯才到狮村小学。高丽娜记得学校大门挂着木质匾额"狮村小学"，这四个大字的一撇一捺都清晰地刻在她脑海里。

高丽娜曾是这个寨子的风云人物呢。恢复高考制度后，她是狮村小学毕业的第一个考上重点大学的女学生。

如今，妹妹高丽娇的声誉早就以其金钱上的富有，盖过高丽娜当年金榜题名的威风了。寨子里的人几乎都忘了高家还有个留美博士。

镇上通往小学的水泥路是妹妹出资修建的。水泥路开通的时候，大路边竖着一块水泥板，上面赫然刻着"丽娇大道"。父亲看到一掌推倒在地，叫人用土埋了那块水泥板，严厉训斥了高丽娇一顿："有几毛钱就不知自家祖宗姓什么了，小心老子揭了你的皮！"

高丽娇做生意赚了钱，被父亲认为是雕虫小技。"你没本

· 209 ·

事读好书,也只能学一学赚钱糊口的小把戏。"但高丽娇不单只糊了她一个小家的口,也糊了高家一大家的口,还糊了几百工人的口。

高丽娜走在水泥路上,咯噔咯噔地响,忒是别扭。须是泥沙路,才吻合遥远的记忆。于是,高丽娜走下斜坡,拐进了菜地。一湾溪流,水清如镜。重重叠叠的冬季干草,淹没了田间阡陌。有小块零星的菜地,留守山寨的老人种了过冬的萝卜和青菜。

高丽娜高一脚低一脚,朝狮村小学走去。

手机响了,是女儿的电话。

"Hello, Mom. (你好,妈妈。)"

高丽娜说:"请跟我说中国话。"

电话那边沉寂了几秒,传来女儿标准的美国式招呼:"你好,妈妈,晚上好。"高丽娜看看时间,早上八点,美国是晚上八点了。

高丽娜突然想到女儿跟这块土地毫无关系,于是正儿八经地生气了。生谁的气呢?想来想去,还是生自己的气。谁叫自己在美国生了个土生土长的美国公民?女儿在电话那头叽里呱啦,她说了几句结结巴巴的汉语普通话,还是换成英语才能表达她的意思。

高丽娜用客家话回答:"阿妹乖。"

那边立刻响起了嘟嘟嘟的声音,高丽娜知道是女儿主动挂断的。美国人就这样,说完就挂电话,彼此活得小心翼翼,唯恐侵犯了别人的隐私,连夫妻和母女之间,也从不多问一句"私人"的事。高丽娜对"It's my business. (这是我的事。)"

深恶痛绝。这句歹毒的礼貌语句,让人与人之间远如太平洋。

高丽娜口干舌燥,蹲下来,拔了一根萝卜,在溪水里洗干净,连皮带肉咬着吃。故乡的萝卜,养大高丽娜的萝卜,一点不记仇,它还是原来的味道,沁人心脾。高丽娜吃得舒心,这才是真正的萝卜,美国吃到的白萝卜,怎么吃都是胡萝卜的味道。

吃完这根白萝卜,高丽娜脚下有劲多了。她在干草上跑起来,然后转身,朝山坑的远处大吼几声,惊起了树上下蛋的山鸟。

路尽头处就是狮村小学,远远可以望见挺拔而苍老的木棉树。小时候天不怕地不怕就怕考试的高丽娇,经常像个男孩,赤脚踩在钉子般的树刺上,三下两下就爬上树顶,扔下火球一般的木棉花,又或者是在四月春末摘下绒球似的棉铃。

高丽娜站在木棉树下,眼前的景象却让她惊呆了。狮村小学一片狼藉,经过严寒摧残的藤蔓,把断壁残垣的校舍整个包裹起来。原来字迹遒劲的学校匾额不见了,门口歪歪地挂着一块木板,上面写着"狮村老人活动中心"。两扇木门已经残损变形了。

想起丈夫说的,对于故地和故人,相见不如怀念。如今相见了,却再也不能怀念了。

高丽娜把头伏在冰凉的木棉树干上,嘤嘤哭泣。她需要一场无拘无束的宣泄,哭完了,就该好好过年了,明天就是除夕了。

树皮上布满了墨绿的青苔,像泪痕。木棉树在冬眠还是枯死了?春天到来的时候,它还能开出火炬般的花朵吗?还会结出白云似的绒球在春风里飞舞吗?只有高丽娜一个人在苦苦思索着,幻想着。全狮村的人,没有谁会关心这棵木棉树是否还会开花。

高丽娜想起了去世的父亲,想起父亲在木棉树下魁梧的身影,慈祥可亲的笑容,等自己从学校大门飞奔出来;想起父亲温暖的大手,握着自己被铅笔弄黑的小手,走在泥沙路上,往家里走去。

父亲已驾鹤西去,只能怀念了。这次看了狮村小学,连怀念也没有了。她不愿意再来到这片荒无人烟的地方,不愿意再看到被野草捆绑着的这片废墟。高丽娜绕着这片废墟,艰难地走了一圈。她一边走,一边哭。

高丽娜哭完了,转身发现妹妹的车子停在不远处,高丽娇站在路边低头看手机,也不知来了多久。

"你怎么知道我在这里?"高丽娜上前问道。

高丽娇抬起头来,回答道:"我自己来的,看这块地。我不知道你在这里。"

"看这块地干什么?"高丽娜不解地问。

"我想买下这块地。"

"买来干什么?"高丽娜问。

"把整片山丘搞个沙田柚基地。"

"要把狮村小学全拆了?"高丽娜再一次望了望枯草深处的狮村小学。

"是,整平了土地,用来种柚子。"

高丽娜的心又像被针尖戳了一下。狮村小学,过不久将连断壁残垣也没有了。

"请保留这棵木棉树,可以吗?"高丽娜问。

高丽娇还在低头看手机。见她久久不回答,高丽娜加了一句:"就算姐姐求你了,把这棵木棉树留下。"

"好啊,我的博士姐姐。"高丽娇抬起头,补充道,"我小时候上过树顶的。"

高丽娜说道:"见到木棉树,就像见到了爸爸。"

说着又哽咽起来,好像高丽娜来狮村小学是凭吊父亲的。

高丽娇为姐姐打开车门,说道:"姐,漂洋过海回来一趟,何必呢。"

高丽娜无语,对于这个读小学二年级就能爬上参天大木棉树的妹妹,她一直不懂。读书时,死活不开窍,像是装了满脑子的泥浆;如今做起生意来,精明过人,脑子里装了算盘似的。

高丽娜说:"你怎么好像没女人的情绪呢?几十年来你都是一个天气:晴天。"

"我的前二十年都是阴天,读书成绩差,被你欺负,被爸妈冷眼,后来又被别人骗。吃亏多了,人就看开了。"高丽娇一边启动车子,一边笑道,"后来心眼里钱放多了,女人的小情绪就没空间搁了。"

姐妹俩你一言我一语,车子摇着,回到家里。

车子还没停稳就听到母亲絮絮叨叨责怪姐妹俩,说要炸油果,磨豆腐,件件都是磨时间的工夫活。家里没有十多岁的青少年,一大堆过年的杂事都等着这对老姐妹去做。

· 213 ·

四

早饭后，开始炸油果，这是耗费体力和耐性的手工活。

高丽娇自小力气大，手脚麻利，和面粉的力气活都是她干。如今，这个流程还是没有改变。

屋檐外的水泥地上，姐妹俩一个在往大瓷盆的面粉里添加调匀的鸡蛋液和猪油，一个卷着衣袖和面团，高丽娇白嫩修长的手指沾满面粉更是好看。

高丽娜说："妹妹，奇怪，你的脸变美了，连手指也变得好看了。"

高丽娇哈哈大笑道："来一勺猪油，半碗清水。"

高丽娜又说了："少女时代你的手又粗又难看，我记得妈说你的手粗是要一辈子捏泥巴。"

"是啊！小时候都被你压迫。弟没出生的时候，爸妈都只疼惜你会读书，家里的油渣全留给你吃。所有田里地里的粗活都归我干，手不粗才怪。"

"后来怎么连手指的形状都变美了？"

"我把十根手指塞进机器里碾过的。"高丽娇正儿八经地说，说得就像真的那样。

高丽娜笑了。高丽娇还没说完，她停下来，歇了口气，看着沾满面粉的双手，叹息道："混世魔王出生后，我的地位更加低下了。家里三个孩子，一个是考了九十九分还哭着要上吊的掌上明珠，一个是高家传递香火的龙种，就剩下我最没用，读书不行，出生又没带'枪'。"

她们的弟弟叫高兴明，过了年三十五岁，生这个弟弟完全是客家人的心愿，家里得有女有丁才安宁。高兴明提升了高家在寨子里的地位。从此，母亲扬眉吐气，在三姑六婆之间吵架音调都高了八度。能够生出儿子，才有资格两手叉腰，指手画脚。

也是因为这个弟弟的出生，让高丽娇过早成为家里的主要劳动力，成为家里最没分量的一员。母亲整日整夜抱着高兴明不干活。父亲在书桌旁给高丽娜讲述居里夫人发现镭元素的故事。

小时候的高丽娇，瘦弱得像根柴棒，身着围裙，灰头土脸，承担了家里的全部家务，挑水、种菜、煮饭、喂猪、打柴，日复一日，年复一年。衣服是高丽娜穿过的，饭是弟弟吃剩的，甚至连一日三餐都不敢跟父母姐弟同坐一桌，即使是一起吃饭也不敢抬头夹菜。

高丽娇多么希望自己是纤弱聪明的姐姐。母亲多次说高丽娇是大路旁垃圾堆里捡回来的，说多了，高丽娇也就相信了自己是被人丢弃的孩子，不是高家的根苗，这也是最好的安慰。若是同父同母来的，咋一个在天上，一个在地下？姐姐考满分，不费吹灰之力。自己呢，倒是越读越糊涂了。

谁能料想到多年后，这个备受冷落的孩子，却成了高家的顶梁柱，成了高家和高寨的骄傲。

高丽娜把一人盆猪油和鸡蛋液都倒完的时候，炸油果用的面皮就和好了。

高丽娇看着瓷盆里的大面团松了一口气道："一滴水都没加呢。上等精面粉、猪油、土鸡蛋，货真价实。"

这时母亲端了一个大海碗，装着白砂糖，里面拌有炒香碾碎的花生碎。把炒过的花生米上的花生衣去干净，只留白白的肉，还加了分量不少的白芝麻。这就是炸油果的馅料。

下一道程序是擀面皮，这是手上功夫，不花大力气。家里没有现成的擀面杖，就用洗干净的啤酒瓶子。面皮不宜擀得像饺子皮那般薄，太薄的皮不经炸，裂开就会把白砂糖漏到油锅里，容易烧焦粘锅。

高丽娇把面皮擀得有三张馄饨皮摞起来的厚度，用一个近似巴掌大小的瓶子盖在面皮上一按，一片圆圆的油果皮就出来了。

拿一条浸过水的大毛巾，搭在和好的面团上，保持面皮湿度，防止面皮失水干燥。还需一小碗清水，黏合面皮之前，要用手指蘸点清水，在上下两片面皮上抹一圈，水会把油果口子粘得结实，下油锅才不漏馅儿。大竹筛上，需撒上面粉，油果要依次放好，不能堆压。

姐妹俩不紧不慢，一个擀皮一个包。一会儿，竹筛上就排了一队小黄鸭似的油果，看着就招人喜欢。

母亲倒是催得紧，口里嚷着："差不多了吗？磨蹭不得，油果要跟糯米煎堆一起炸，不再另起油锅了，萝卜豆腐也不用浪费。"

萝卜豆腐是放在油锅里的辅助材料，萝卜豆腐含水，油锅不容易粘锅，油也经炸，炸出来的东西酥脆可口。这些都来自老母亲的经验。

高丽娜也承认自己读书多了，把脑子读死了。干什么活，首先想到的是用哪个公式哪条原理，找不到理论的支撑根本不敢下手去干。这就是知识分子节奏慢胆子小的原因。

高丽娇像母亲，没多少书本知识，脑子里却全是智慧，什么事都是干了再说。

"妹，你真是好样的。"高丽娜说道。

高丽娇接话道："我没本事读博士，只能这么活了。"

"没本事读博士的人多了去了，活出你这精彩样的没几个。"

"脑子不好使，考不上大学，只能胆子大些了，要不然凉水都喝不上啊。"

"你还有啥大胆子的事想干？"高丽娜问。

高丽娇道："嘘，别声张，搞它个上市公司，还得在主板上市。"

这句话还是把谨小慎微的高丽娜唬住了。她看了一眼漂亮的妹妹，说道："你胆子也真够大的。"

高丽娜想起站在参天木棉树上的妹妹，她大声叫喊："姐姐，看这边。"话音落处，掉下来几朵吐火的木棉花。

高丽娜没有停止手上的活，母亲催得紧，说是粘着油锅了。

母亲在大土灶上炸煎堆。客家煎堆的做法极其简单，用糯米碾成米粉，十斤粉，加入三斤白糖，用井水和匀，捏成小圆团，放进油锅，炸至金黄色，浮上油面捞起即可，装进泥坯瓦瓮，要吃的时候，再蒸十五分钟，这就是软甜可口、驰名中外的客家煎堆。吃一次煎堆和油果就长一岁。炸煎堆和油果的味道就是过年的味道，是幸福的味道。

时隔三十个年头，高丽娜才得以在这个屋檐下再一次过个新年，无限可惜的是少了敬爱的父亲。

五

高丽娇记忆中的春节却是灰色的。时间转入农历十二月，母亲就吩咐她把全家人的床褥蚊帐拆下来，担到大河里清洗。加上冬收农作物，天气又严寒，一双小手冻裂了直流血。待到十二月半，磨米准备年货。大年三十，姐弟都有新衣新鞋，唯独自己，只能穿姐姐穿过的旧衣裳。

读高中一年级时的那个春节，十七岁的高丽娇去同学家串门，同学的哥哥在深圳打工，高丽娇一心想去问问外出打工的事情。她在学校待不住了。

说来也巧，这个同学的哥哥带了个工友小戴一起回寨子过年，说是小戴的家在黑龙江，路途遥远，一去一回都把假期耗在路上了。

高丽娇上的高中叫农业中学，专门学农业知识，虽然也可以参加全国的高考，但是教科书都不一样，考什么大学？况且高丽娇觉得考大学这事根本就没她的份。于是，高丽娇暗下决心，要找机会早日逃离农村。

时间到了二十世纪八十年代中期，农村分田到户已经五六年了，寨子里的人陆续走出大山，去一个叫作深圳的城市。不用下田耕地，不用风吹雨淋。每天坐在屋子里干手上的活，月月领薪水，这是多么诱惑人的事。

小戴高而清瘦，北方人块头长得大些，也比南方人白净，打眼一看，是有点与众不同。

小戴是电子厂的拉长,高丽娇不懂什么是拉长,同学的哥哥解释说,拉长就是领导,可以安排别人工作的领导。这一解释,让高丽娇顿时对小戴心生向往之意。

高丽娇一直低着头,看都不敢看小戴。倒是小戴挺热情的,问长问短。高丽娇憋着一句话在心里,就是想问问"拉长"能不能带自己出去,无奈身边总是有人不方便问,磨磨蹭蹭到了午饭时间还没逮着机会,高丽娇就只好赖在同学家吃午饭了。高丽娇盘算着偷偷写张字条给拉长。

酒足饭饱后,所有人都消失了。年轻人去祠堂看舞狮;老年人不经困,午睡去了。客厅里就剩下小戴和高丽娇。

高丽娇赶紧把心里打了上百次草稿的话麻利地说了:"拉长,你可以带我去厂子里安排工作给我吗?"

小戴笑而不语,看房间只剩他俩,便使坏了,凑过身子说道:"我看看你的手指长不长?干插件活,需要手指长的。"

高丽娇老老实实把一双手伸到小戴面前,小戴便一把捏住了她的手。高丽娇顿时脸红心跳,不知拉长的意思,有事求人,又不敢抽回来。小戴顺势一拉,高丽娇就倚在了他的怀里。

小戴贴着她的耳朵说道:"你真美,我喜欢你。我给你安排工作,咱俩好。"小戴刚刚喝了几大碗客家酿酒,酿酒的气味儿暖暖的,吹到高丽娇的脸上。

高丽娇听到这些话,起初是头晕眼花,后来就地动山摇了。"你真美,我喜欢你。"自她有记忆以来,从来没有人肯定过自己,更加没人说过自己长得美,而且是"真美";也没有人说过喜欢自己。

小戴趁高丽娇没啥反应，趁机亲了她几下。

这一切来得太突然。高丽娇不知所措，她只好哭了，然后挣脱了小戴的怀抱，跑回家去。

这一天是大年初三，谁也没觉察到这一天有什么特殊，然而，对于高丽娇来说，这一天是值得纪念的。因为从这个大年初三起，高丽娇的命运发生了重大改变。

跑过了长长的一段山路，高丽娇回到家。虽然，她十七岁的心里还在翻江倒海。那一个带着酿酒味的滚烫的亲吻，还贴在嘴唇上。小戴吻过的地方总是热乎乎的，高丽娇去水井边，打了一桶凉水洗脸，令她感到无比奇怪的是，再怎么洗，嘴唇也恢复不了原样，还是热乎乎的。是的，人生从此不同了。

她还是低着头，埋藏着一腔心事，在厨房做饭炒菜，扫地，洗碗，喂猪。然而，她心里却有了新的盘算，不读劳什子书了，要到大世界闯荡去。大年初四的傍晚，拉长突然出现在高丽娇担水的路上，跟她叽里咕噜耳语了一会儿就离开了。

大年初五那天早上，高丽娇一声不响，瞒着家人就跟小戴踏上了开往深圳的大巴车。十七岁的高丽娇身无分文，跟着一个陌生男人去了一个陌生的地方。

高丽娇"失踪"了，做父亲的只探听了半天，便查出个水落石出。他说："迟早也读不出个结果来，早点去社会磨炼，或许是好事。"

那一年，高丽娜考上了北京的一所重点大学。

当高丽娇再次出现在狮村时，怀里还抱着个刚满月的男孩。只一年时间，高丽娇成熟了许多，当然也沧桑了。这一年浓缩了女人的一生，从少女变成女人，从女人变成母亲。

小戴骗了她。高丽娇的肚子大起来了，这个拉长却在一夜之间不辞而别。从此，高丽娇再也找不到他。

那段时间，高丽娇想到了死。

热闹繁华的深圳，对于怀着身孕的高丽娇来说，像地狱一般冷酷无情。

偏是同学的哥哥，原来说是初十到厂的，却因为在过年期间火速相成了一门亲事，结完婚就去了女方的厂子打工。

三百多人的电子厂，人来人往，谁也不理会谁，谁也不认识谁。

"厂子里只管生产，不管男女关系，搞大了肚子找医生去。"高丽娇的现任拉长如是说。

高丽娇低着头，垂着泪。她一向受委屈受惯了的。只是这个委屈着实大了些。

胖墩墩的女拉长，知道高丽娇是从山沟里第一次出远门就上了男人的当，动了恻隐之心。眼前的高丽娇也着实可怜，又没有一个亲人给她个主意，于是，她的语气缓和了些，说："小妹，别做傻事，对不起自己，对不起父母。我陪你去趟医院，把肚子里的做了，休息两天就没事了。"

高丽娇点点头，站起来跟着这位领导走出厂门，转七弯拐八角，来到一个私人诊室。

"挨千刀的，太大了，做不得。"穿白大褂的老阿姨摇着头说。

高丽娇躺着，听从命运的审判。

拉长接话道："狗日的，要跑就早点跑也人道些，早跑半个月就做得，既然做不得，我也尽力了。"

然后拉高丽娇起来，帮着穿好裤子。说道："小妹，你自己选路子走，大姐帮不了你了。"

肚子里的小生命顽强地生长，高丽娇不知所措。又过了一段时间，这个小生命就在高丽娇的肚子里快乐地游动了。这个美妙的动作，是鲜活的生命，是不容忽视的存在。恰恰是这个麻烦，给了高丽娇活下去的勇气。她断了死的念头，不哭不闹，安静地离开了栽了第一个跟头的谋生之地。

高丽娇去深圳边检站之外的龙华镇租了一间小屋，那里没人认识高丽娇，房租也低些，她怀着孩子进不了厂。她就去车站附近的小饭馆洗碗打零工，赚钱养活自己和肚子里的孩子。她难过的时候，就摸着肚子里的孩子说话，时间长了，孩子成了高丽娇获取力量和快乐的源泉。

有人问起孩子他爹呢？高丽娇若无其事地说道："在老家耕田呢。"

十月怀胎后，高丽娇在龙华镇一个卫生所里顺利生下了自己的儿子。高丽娇给儿子取名高万里，她希望这个没爹的孩子鹏程万里。

又是一年春节，高丽娇抱着襁褓中的婴儿在车子上颠簸了一整天，到镇上叫了辆摩托车回到狮村。

她看见家门上贴着红彤彤的对联，远处噼噼啪啪传来鞭炮声，大家都吃年夜饭了。高丽娇泪流满面，家的大门是敞开的，可是家里静悄悄。她在门前的菜园里绕来绕去，希望父母或者姐弟听到声响出门来迎接他们母子俩。可是，没有人出来，连看门的狗也被鞭炮声吓得躲到山背后去了。

她看了一眼怀里的孩子，睡得很安稳。高丽娇腾出一只手，胡乱抹了抹满是泪水的脸。自己吃再多的苦，也要把孩子养大成人，这是母亲的天职。

高丽娇迈进高家的大门，首先扑过来的是弟弟高兴明。他大声喊着："二姐姐，二姐姐。"

全家人在饭桌前抱成一团，又是哭又是笑，毕竟血浓于水，手心手背都是肉。

其实高丽娇的父亲曾托熟人带信去电子厂找过女儿，信上告诉她姐姐考上大学的事，可是受托人回话，高丽娇五月份就不在厂里了。

自找不到她了，父母才开始牵挂这个一直备受冷落的女儿，也在不断地检讨身为父母的过失，但凡见到外出打工的人就托信。但是，方圆十里村寨外出打工的人，都不知道高丽娇离开第一家电子厂之后去了哪里。

狗儿猫儿不见了，尚且牵肠挂肚，何况是自己的亲生女儿。

高丽娇不在家的日子，父母才知道年纪轻轻的高丽娇一个人担了多少家务事。她的离家出走，父母才反省到多年来对这个女儿的轻视与不公平。

高丽娇大半年杳无音信，着实让父母忧心忡忡。看着外出的年轻人一个个背着行囊回到寨子，高丽娇的父母眼泪汪汪。每一趟从深圳开回来的大巴车，父母都在盼望车上走下来的有自己的女儿。不管女儿做了什么，只要她能回来就好。可是，一直等到大年三十上午，等到最后一趟从深圳回来的大巴，还是没有接到高丽娇。

谁都没想到，吃年夜饭的时候，高丽娇回来了。

父亲哽咽着说："回来就好，回来就好。"他看着满脸委屈疲惫不堪的高丽娇，看着襁褓中的孩子，一切都明白了。

父亲满脸是泪，伸手抱过高丽娇的孩子，说道："女儿，没事，天塌下来还有你老爹顶着。"

没有一句责备和质问，父母全盘都接受了，接受了这个不明不白的孩子。高丽娇听到这句温暖的话语，删除了大脑里父亲留下的所有冷漠。

父亲比一年前明显苍老了。

一向强势的母亲，只顾抱着高丽娇大哭，还对高丽娇说了些"原谅你老娘没文化"之类的道歉话。

一切委屈、隔阂都在眼泪中化解了。一家人，永远都是拆不散的。

高丽娇问道："姐姐呢？"

"姐姐在北京读大学了，今年没回家过年。"父亲回答。

父亲去房间找到未开封的信，交给高丽娇。

高丽娇百感交集，原来父亲是在意自己的，父亲找过自己的。

再多的恩怨都过去了，女儿如今也长大成人了。父亲高兴地说道："兴儿，再出去放一串鞭炮，要放得响响的，过年了！"

高兴明应声跑出去。父亲又大声嘱咐道："走远点，到菜园那边去点火，别吓着小娃仔了！"

于是，一家人又坐在饭桌前，吃完这一顿被中断了的年夜饭。

过完那个年，高丽娇十八岁。上一个年头无知冲动，命运毫不客气地给了她当头一棒。回家之前，高丽娇以为父母会赶她出门，不接受自己的孩子。然而，一切都比想象的要好得多。

年过完了，该开学的开学，该播种的播种。父亲语重心长地对高丽娇说："这娃仔，我们认了，是你生的，就是我高家的后代，为父向你道歉了，十多年来委屈你了。现在，你是回到学校去还是继续出去闯？孩子我们会带好，你的路你决定。无论做什么，我相信高家的孩子都不会差过别人。记着：用心做事，用德做人。"

高丽娇把孩子留在家里，过完年又出门去了。父亲的谆谆教诲，给了高丽娇无穷的力量和勇气。嗷嗷待哺的高万里是高丽娇不畏艰难、奋力前行的动力。她比所有的员工都吃苦耐劳，都爱动脑筋。

她从一个电子厂流水线的小工做起，积累了一点经验就独立开了一个小加工厂，后来又做起了进出口贸易。

从只有三个人的小作坊发展成现在几百人的大公司。

六

时光像射出去的箭，当年襁褓中的高万里如今在澳大利亚读完博士学位后，留在澳洲发展自己的事业。

当年放鞭炮的弟弟高兴明，而今也是这个县里的知名人士，他因为两次骑单车穿越西藏而出了名。

一阵响亮的歌声从对面竹林里传出，高丽娜知道是弟弟回来了。出现在阳光里是这样的画面：一个戴着头盔、脚穿长筒皮靴的骑士，穿越了时光的阻挡，飞奔在天地间。他高声放歌，挥动着手臂，朝屋子大喊："姐——姐——我——回——来——了！"

这副装扮的高兴明让人眼前一亮，多帅气的单车侠。他身上带着大漠风沙和高原雪山的气势。

高丽娜挥动着手臂，高声回应："老弟——老弟——"

这姐弟俩，就这样隔着门口的一口水塘喊来喊去。家里的黄狗，朝高兴明飞奔而去，它殷切地举起前腿，扑在高兴明的身上。高兴明亲了亲黄狗的脸，又喊着："我——回——来——了！"

这时忙着炸年货的母亲一边用围裙擦着手，一边来到门口，不耐烦地大嚷："早就该回来了，还不快进屋推石磨磨豆子。"

然后还添了一句："光长着力气游山玩水，连个媳妇都没本事娶回来。"

高丽娜听到母亲说要准备磨豆腐了，未等高兴明进屋就赶快到厨房来逗母亲，说道："妈，您可真够伟大，生出的娃儿都是精品。三个孩子，一个是留美博士，一个是企业家，一个是千里走单骑的勇士。"

母亲乐呵呵地笑了。

高兴明一阵风似的跑到高丽娜的身边，出于习惯，跟她比身高。"姐，您缩水了，越长越矮，瞧，缩到我耳垂下了。妈在我的肩膀处，二姐在我的鼻尖处。"

"白白长着一副臭皮囊。过了年还不娶老婆，你就别回高家了。没本事。"母亲见到高兴明，总是拿这句话作为开场白。

气氛顿时就僵住了。高兴明朝高丽娜撇了撇嘴，弯腰提起泡着黄豆的大桶，朝旁屋的石磨走去。高丽娜也拿起准备好的木勺子和大瓷盆，姐弟俩要合作把那一桶黄豆磨成浆，母亲来做客家卤水豆腐。这也是客家人过年必做的年货。

在旁屋的石磨前，高兴明推磨，高丽娜一勺接一勺往石磨眼里倒豆子。除了黄狗时而来凑凑热闹，母亲倒是没工夫来数落高兴明了。

姐弟俩又热乎起来了。

"弟，说说去西藏的事给姐姐听，我这辈子是明摆着没机会去那儿了。"

"姐，不是我说您，谁说您没机会，是您自己不给自己机会。如果您怕，我带您去。叫二姐出资。要不然我们也带上老妈，一家四口，上西藏。"

"你还想上电视？"

"我才不稀罕上什么电视。"

"弟，你最稀罕什么？"

"我最稀罕我的心情。"

这句话让高丽娜感触良多，她这个狮村出来的留美博士，从没有稀罕过自己的心情。她倒是一辈子稀罕了别人的心情。最近老觉得自己的人生一片空白，需重来一遍方能尽兴如愿。

黄狗又来凑热闹。高丽娜转换了话题，说道："弟，你也着实不小了，妈说的话虽难听，也是人之常情。该成家了，听姐的话，过了年就娶媳妇，姐请你们到美国去度蜜月。"

高丽娜用这语气劝高兴明，高兴明一点也不恼。

高兴明说道:"姐,我的媳妇一定在去西藏的路上。"

正在往石磨眼里送豆子的勺子在空中停顿了,高丽娜看着一本正经的弟弟发愁了,传说去了西藏会中毒,回不来了。弟弟难不成也把魂丢在西藏了?

"这话可千万别跟母亲和你二姐说,她们会愁死的。"

"姐,我只跟您说,只有您才懂得。"

"弟,你还要去?"

"当然要去了!六月二十六号出发,有个生产自行车的单位赞助我,只需要在单车上挂着他们公司的商标旗帜。"

"我去带回我的女人。"高兴明补充说。

"有相好的同行?"高丽娜问。

"没有呢。凭感觉,我知道她在路上等着我。"

高丽娜心里咯噔了几下,她知道什么也阻挡不了弟弟进藏的决心。第一次要去,搞得全家沸腾,他还是去了;第二次去,他不再通知就上路了。

"去西藏这么艰苦,你得到啥了?"高丽娜问道。

"得到了自己。"弟弟补充道,"明白了这人生不应该有成败之别,也不应该有对错之分。"

高丽娜接不上话了。

高兴明又说道:"姐,您应该很快乐才对,读书读得好,留美女博士。有一辈子不颠簸的稳固的婚姻,有孩子。您该有的都有了。可是,姐,我总觉得您近乎麻木,老得快。女人一旦活得又老又憔悴,就失去了最大的财富。二姐比您真实,自我,忠于自己,从不糊弄自己,靓丽鲜活,像条水里的金鱼。现在追求这位美女老板的人多了去呢。我们的胡市长也在其中，以招商引资为由，老往二姐的公司跑，去了就赖着不走。嘿嘿，妈妈识时务，跟二姐说，这位市长好。"

高丽娜想，难怪妹妹说要把狮村小学的那块地买下来，投资沙田柚项目。

高丽娜低下头，仔仔细细地用木板刮着石磨上的黄豆浆。心里想，像弟弟妹妹一样活得荡气回肠、热气腾腾，该有多好！

七

除夕是一年中唯一不完整的日子，只有平常日子的一半。在除夕，人们要把一整年的活做个了断。上午了断旧的一年，下午迎接新的一岁。

通常是没有时间做午饭了。该炸的已经炸好，该蒸的也蒸熟了。饭厅和厨房香喷喷的，走到哪都可以随手捏些东西来吃。城里乡下，丰衣足食，国泰民安。

"要是有三两个小孩在屋子里跑跑嚷嚷，这年也过得有声有气些。"母亲自言自语。这当儿谁都不敢搭话，母亲还是在说高兴明该娶媳妇生孩子了。

她坐在宽口大泥瓮前，里面装了刚煮滚的豆浆。用一个吃饭的碗放在豆浆上做筏，一手拿一根筷子撑着碗，这碗在浆水上慢速游转，另一只手一滴一滴匀速倒卤水。这是功夫活，靠经验，没有公式可计算。待豆浆慢慢稠了，倒在铺有粗布的木方格子里，把粗布包裹严实了，再在上面放一块木板，用大石块压着，等水分流失掉，大约一个小时后，卤水豆腐就做成了。

高丽娜和高兴明在贴春联。大门的春联是祖传的"花开富贵""竹报平安"。自父亲手里一直就这么贴着,贴了两代人,还将贴下去。

高丽娜在美国总是怀念故乡红彤彤的春联,怀念放鞭炮的硫黄味。她记得有一款门贴特有意义,红纸上有个金色的"大"字,下面藏着一个"吉"字,意为大吉大利。

关公像,镇邪鬼,贴小门。高丽娜在一大堆门贴里翻来翻去,有新潮的"厨房兴旺""丰衣足食";有直接写得明明白白的"大吉大利",就是没见到记忆中的"大"字下面藏着"吉"字的门贴。

高丽娜不好说什么,时代在变,春联也会与时俱进吧。

高兴明问道:"姐,找啥?"

高丽娜沉思了一会儿,带着落寞的神情说道:"没找啥,有些东西找也找不到的。"

"你找的东西在我这里。"不知道啥时候,高丽娇站在了身后。高丽娇打开一小卷纸,摊开在地上,指着说:"姐,你要的。"

高丽娜一看,地上摊开的红彤彤的纸上,一个金粉"大"字下面藏着一个"吉"字。那颜色和字体,正是记忆中的款式。

"太好了!哪里找到的?"高丽娜问妹妹。

"我上午去街上偶然看到的。这款古旧门贴很久没见过了,今年却又在卖了。我就知道我姐在思念它,所以把摊子上这一款门贴都买下了,给你带着去美国,以后过中国年,你自己在家门上贴着。"

高丽娜突然明白了高丽娇为何能够驰骋商海、笑傲江湖了。妹妹外表看起来傲气十足,但是心细如发,贴心贴肺,她总有本事让人服气,这也就是她能够把公司做大的原因吧。

姐弟三人把整个屋子的大小门窗,粘贴得红彤彤、喜气洋洋。

春联贴好了,年味儿就遮挡不住了。远处噼噼啪啪响起了一阵一阵的鞭炮声。早忙完的人家,从下午三点就吃起了年夜饭。吃饭之前,要放鞭炮。年夜饭一吃,旧的一年就要撤场。吃完年夜饭就是新年了。全家老少,坐一屋里看春节联欢晚会,这也是中国人过年的传统节目。

高家的年夜饭还早着呢。母亲还在不急不躁地做豆腐上的活。

三姐弟一同来厨房这头,洗菜的洗菜,烧火的烧火。人家都放过鞭炮了,自己家搞得太晚就落后了。新年是个远道而来的客人,或者是要跨进家门来过年的新娘,已经站在竹林下,就等年夜饭做好,放了鞭炮才可以迎进家门。

忙到下午五点,高兴明终于点燃了高家迎新年的鞭炮。

过年了!

八

高丽娜吃多了吃杂了,害得她拉肚子。大年初一,卧床不起。

母亲唠叨起来,说去美国把人都给养糊了,土生土长的乡下娃,回到家里反倒水土不服了。

正在这当儿,大年初一的早上十点,第一个上高家来拜年的人来了,他就是追求高丽娇的胡市长。

母亲看见胡市长的车子从竹林小道徐徐驶来,兴奋得像个孩子,大声嚷道:"快放鞭炮!快放鞭炮!"

从二楼的窗口望出去,家里的黄狗兴高采烈地奔到胡市长的黑色奥迪车前。狗儿是最势利的,它懂主人对客人的心情,主人喜欢的客人,它必定热情迎接;主人不喜欢的客人,它必定做出要把人咬死的架势。狗儿也会看人,但凡穿着气派的人,它必定热情迎接;但凡穿着破烂的人,它必定恶狠狠赶人家走。

黄狗在竹林下拼了命地向尊贵的客人献媚,它不只是单纯地摇着尾巴,连整个身子都在左右摇晃。然而,它很懂分寸,不像迎接高兴明那样,把前半个身子趴在人家身上。对待眼前这位客人,它不敢如此放肆地趴到他身上。黄狗只是热烈而规矩地摇着尾巴。

高丽娜看着黄狗对市长的一举一动,就知道妹妹丽娇和他的关系了。

高丽娇早就盛装远迎了,高兴明的鞭炮还没点燃,她就已经到了胡市长的车子前,两人就在车前亲热地说话。客人是要等放了鞭炮才能进门的。偏偏高兴明找不到打火机,这屋找到那屋,也不敢怠慢,跑得气喘吁吁,仍然不见打火机的影子。

母亲站在贴着"花开富贵""竹报平安"门贴的大门前,满脸堆着笑容。

大半天,仍然不见鞭炮响,大家都觉得挺奇怪的,高兴明只好大喊:"报告市长,报告高总,找不到打火机了。请耐心等待。"

胡市长大声说:"来我这里取,我有。"

于是高兴明跑过小溪,跑到竹林下,取了市长的打火机,又跑回到大门口,点燃了一大串通红的鞭炮。

在噼噼啪啪的鞭炮声中,高丽娜也穿好了见客人的衣服,站在母亲的身后,迎接客人。

胡市长上前说道:"伯母过年好!"母亲不停地说:"好好好!"

然后胡市长紧紧握住高丽娜的手,说道:"大姐过年好!久仰久仰。"

高丽娜回答道:"您好!请屋里坐。"

"丽娜姐,您激励了几代山里娃娃的求学之路,我小学的日记本扉页上,写着:向高丽娜姐姐学习!"

高丽娜回答:"惭愧惭愧。"

眼前这个胡市长,身材魁梧,五官端正,一身正气,他穿深蓝色西服,系着粉蓝色领带。

高丽娇端着热茶进来,母亲这当儿最忙了,在厨房张罗,她要准备丰盛的饭菜。

胡市长拿出手机,递到高丽娜的手里,说道:"丽娜姐,您看,我特意拍了照片。有图有真相,小胡不敢骗姐姐。"

高丽娜看见屏幕上一行稚嫩的字:向高丽娜姐姐学习!一撇一捺看得出写字人的决心。

胡市长是邻村胡寨子人,比高丽娜小一岁,也是在刚恢复高考那个年代里,从读书这一条路拼杀出去的山里娃。

"你准备怎么谢我家大姐?"高丽娇一边斟茶一边问。

"我带姐姐去看看我们准备兴建的幸福农村蓝图。"胡市长转头又对高丽娜说:"听听您的意见。您在美国,见多识广,多提宝贵意见,对我的工作一定有帮助。这也是我一大早过来见您的原因。"

"我提不出建议呢。"高丽娜说道。

"还有,姐,我这次来,也想要得到您的支持,我想跟丽娇结婚。"胡市长诚恳地说。

一席话,让高丽娜挺受用的,原来我还是高家的老大呢。

高丽娜打趣道:"原来市长大年初一登门是来求婚的。"

胡市长说:"给伯母和姐姐拜年,顺便求婚。"

高丽娜看见倔强的妹妹一直低着头,转身出去了。这一刻,做姐姐的忽然明白,原来妹妹也有难处,就这件婚事来说,高丽娜觉着挺合适的,也不知妹妹有何难处。自不满十八岁就生下高万里之后,高丽娇似乎不敢触碰感情和男人了。

"丽娇同意就好。"高丽娜说。

这当儿客厅就剩下高丽娜和胡市长。瘦弱的丽娜,说话也是轻声细语,没给人压力。不像体形丰满、说话又快又大声的丽娇,总是咄咄逼人。

于是胡市长就接话了:"姐,丽娇就是不同意。我五年前就离婚了,一直单身,孩子也上大学了。到了这把年纪,我也想安稳过日子。"

"跟丽娇谈过吗?"

"谈了很多次,她就是不同意。她说一结婚就没爱情了,她要的是爱情,不是那张纸。姐,您说,我这身份,没有那张纸还真不像话。害得我不敢跟她一起住，怕人家说闲话。丽娇还担心结婚后我欺骗她，离她而去，她怎么办？还不如相互爱着，这状态就刚刚好，不结婚。姐，您说，我咋办？我要的是踏实的婚姻，安安稳稳的家庭。"

高丽娜一时也不知道说什么好。按理来说，胡市长这条件跟丽娇结婚挺适合的，看他说话的眼神就知道他厚道，还带有山里人的质朴。

胡市长继续说道："高家两姐妹，威名扬四海。我不娶丽娇，进庙的心都有了。再说这官也不是好当的，我倒愿意回到寨子，过些安静的日子，是你妹妹没这份心思。"

"我回头跟丽娇说说看，不过她也不是容易改变主意的人，你也要体谅她的苦。她养着高家一家子，还有她的事业也需要打拼。"高丽娜说道。

胡市长继续说道："我前一段婚姻，奉父母之命，结婚生子，和原来的妻子根本无法对话。后半辈子，我想找一个能说上话的人，过舒坦日子，不必富贵，只要相互懂得就已经足够。姐，我要求不过分吧？"

胡市长又说："我跟丽娇都是喝这条山坑水长大的山里娃娃，赤手空拳打天下，没背景，全靠拼。她经商，我为官，奋斗到今天都不容易。就这成长历程，我们都应该是一对儿。丽娇什么都好，就是不愿意跟我结婚。这事挺折磨人，我为此万念俱灰。姐，您要是前一年见到我，我还经看些。这一年，老了很多，您看我头发都白了好多。一则工作上事多，二则丽娇一直不愿意跟我结婚成家。唉，确实也不年轻了。"

"我回头跟丽娇谈谈。岁月真是不饶人。"

"谢谢姐姐的体谅,这事就拜托您了。"

黄狗又在竹林下汪汪汪叫开了,听这吠声够狠的,像是有个不受欢迎的或者是穿着不体面的客人来了。

高丽娇从旁屋走出去迎接客人,高丽娜一直坐着,她想来的客人一定是来找妹妹的。

高丽娇却大喊了一声:"姐,你有客人。"

高丽娇和胡市长从旁屋出去了,说去看看狮村小学那块地。

待客人到了客厅,高丽娜礼貌而客气地说:"您好,您找我吗?"

对方久久盯着高丽娜,黑褐色的脸上堆满了激动、失望、懊悔,还有些喜悦。

客厅的空间突然显得异常空旷,高丽娜被这个苍老的男人看得心慌意乱。但是她仍然认不出他。

高丽娜只好笑了。

"丽娜!"

对面的人,竟然红了眼圈。他说道:"三十九年了!能够见到你一面就足够了。"

他是教过自己的老师吗?高丽娜心想。

"我是陈鹤。"对面的人说。

高丽娜一惊,陈鹤!

她认真地打量着那张困苦的脸,脸上一双布满血丝的小眼睛,满头灰白,身上穿着不合体的皱巴巴的土褐色西装。

他还在苦苦地望着高丽娜。

"丽娜?不记得我了吗?"他几乎哀求了。

高丽娜的思绪翻过了千山万水,是的,有一个叫陈鹤的少年慢慢浮现。

可是,开什么玩笑呢?

"对不起。"高丽娜轻描淡写地说,就像不小心碰翻了人家的茶杯。

"丽娜,你真的不记得我了?"

那年少的往事,像一片枯萎的树叶,还能说什么呢?过去了,还有什么意义吗?

高丽娜皱起眉头,不想说什么。

对面的人哽咽着说道:"我一生都珍藏着那个名叫丽娜的女孩。我一生不娶,因为别人都不配。而你,竟忘了……"

高丽娜真的生气了。她觉得很累,低下头。她想,这将是一顿没完没了的倾诉。

对面的人沉默了。

良久,他说:"我走了。"他一边抹眼泪,一边说:"今生还能见到你,我知足了。"

待高丽娜回过神来,陈鹤已经走出了客厅的大门。她呆望着那一杯冒着袅袅热气的高山绿茶。

等高丽娜站起来,朝大门外望去,那个模糊的身影已经消失了。

高丽娜一步一步走上二楼的卧室,她有气无力地躺在床上,双目紧闭,眼眶里满是泪水。

那一年,她在县城一中读高中一年级。初夏的夜晚,高丽娜在校园的池塘边散步。柳影婆娑,新月如钩。

"丽娜。"身后传来一声呼唤。

高丽娜转身："班长，你这个周末怎么不回家了？"

"我正想问你这个问题呢，你不回去还有菜吃吗？我家近，明天在家里炒青菜带给你。"陈鹤说。

他们正值青春年华，一个是高级工程师的掌上明珠，一个是县委书记家的大少爷；一个是班长，一个是副班长。他们是好搭档、好朋友，深受老师器重，同学们也很羡慕。他们在班级工作和学习中相互帮助。

月光下，一位少年，身穿洁白衬衣，黑色裤子，他刚毅的国字脸，浓眉大眼，热情而真诚。另一位少女，一袭白色长裙，面容秀丽，身材高挑。青春年华里，哪个没有心如小鹿乱撞的美好情怀？这是多么美好的画面啊！

"我爸爸又去省城开会了，带回来的复习资料我先给你。"陈鹤说。

高丽娜说道："上次你给我的数学卷子，我还有一道不会解。"

陈鹤说道："我们明天去问老师，然后抄在黑板上，让大家都来做做那道难题。"

高丽娜喜欢陈鹤，就是喜欢他的大度和干净，处处为同学和学校着想，不像某些成绩好的男同学，有什么好卷子，遮遮掩掩，生怕同学超过了自己，净是些小肚鸡肠的算盘。

陈鹤走到丽娜身边，轻轻地牵起她的手。

高丽娜头晕目眩，不知身在何处。是的，她已喜欢上了这个朝气蓬勃的少年。

月色朦胧，少年少女眼里却明亮如镜，憧憬着一个美好的世界。

他们紧握着手，没有说话。

陈鹤突然把高丽娜环抱在怀里。在仲夏夜的月光里，他们就这样相拥着。陈鹤亲吻高丽娜的额头、眼睛和鼻子。

然后他们嘴对嘴亲吻了。

这是一次隆重而热烈的初吻，纯粹而高尚。

陈鹤的一生就定格在这个美好的夜晚。这一吻就像一生。夜深了，他们谈了很多人生的梦想，末了，他们相约一起去北京上大学。

然而，一切都改变了。

陈鹤的爸爸这次不是去省城开会，而是锒铛入狱，不久就死在监狱。陈鹤的母亲怕受到牵连，上吊自杀了。

陈鹤，这个心性善良的孩子，从此过上了另一种人生。

他突然消失了。学校封锁了真实的消息，班主任说陈鹤去省城读书了。

陈鹤的突然离去，让高丽娜伤心了好些天。人家是高官家的少爷，去了省城，踏上了金光大道。要走自然是不辞而别了，何必跟我这个乡下姑娘解释什么呢？

于是高丽娜发愤苦读，如愿考上了北京的一所重点大学。在大学里，她认识了自己现在的丈夫。她早已忘记了遗落在池塘边的初吻。

再没有人提起陈鹤，也没有必要提起陈鹤。半世光阴，可以制造出数不清的惊喜，同样也会制造出意料之外的哀伤。当年看起来有锦绣前程的美好少年，怎么会这么落魄呢？如果没有意外，陈鹤应该是今天的胡市长才对。苍天究竟给他安排了怎样的人生？

这时听到高兴明在楼下大声喊道:"吃午饭了。"

高丽娜下楼,看见胡市长和高丽娇手牵手走在竹林里,他们从狮村小学那块地回来了。

这顿午饭,丰盛至极,腊鱼腊肉、蒸的炸的、传统的现代的、能吃的摆看的、硬的软的、干的湿的,把直径两米的大圆桌摆满了。

母亲一边摆菜,一边抱怨道:"桌子太小了。"

高兴明说:"老妈,不是我说您,您老人家就是势利。"

"别打岔子,快去放鞭炮。叫姐姐姐夫吃饭了。"

"姐夫在美国。"高兴明不依不饶地纠正道。

"吃了这顿饭,胡市长就是你姐夫了。"母亲满心欢喜地回应高兴明。

于是,他们开开心心吃了一顿丰盛的大餐。

饭后喝茶的时候,高丽娜郑重地跟胡市长说:"小胡,姐想求你办件事?"

未等胡市长接话,母亲责怪道:"谁是小胡?有嘴不会说人话。"

弄得大家都笑了。

"姐,您吩咐吧,只要不是违反纪律的事,小胡一定照办。"

"那就好。"高丽娜看了一眼母亲,意思是让母亲走开。

母亲是不明白的,倒是高丽娇明白了姐姐的心思。她拉着母亲的手说道:"妈,市长喝杯茶就要回去了,我们去弄些自己做的土特产给他带回去吧。"

母亲一听这话,马上起身,说道:"这么急呢?咋不歇一夜明早再回呢？过年都是有假期的，市长也要过年呢。"

大家都笑了。胡市长接话："明年就来这里过年了。"然后他转向高丽娜："姐，我明年来你们家过年，您和姐夫，还有外甥女也回来过年。"

高丽娜点头说道："当然。当然。"

高兴明也出去了，这当儿的客厅，只有高丽娜和胡市长了。

高丽娜赶紧说道："小胡，姐也不称呼你市长了，叫小胡亲热些。"

"姐，叫我小胡顺耳些，有事请吩咐。"

"上午那个客人，你认识吗？他是我高中同学。姐有事求你，不是别的，就是为了他的事。请你关照他，政府里安排个事给他做，扫地看门的临时工都行。"

胡市长脸上的笑容突然就消失了，表情变得复杂起来。高丽娜看得出他很为难。

他说："姐，能换一件事给我去处理吗？不能随便安排工作，政府也不是我办的。"

"市长，这事很为难你吗？"

"是的，姐。要是换成别的人，这件事，我也能办，去某个机关看个门之类的活儿倒也能安排。但是上午你这同学……"

"你认识他吗？"

"当然认识。我再活十辈子都能认得他。"

"你认识管辖区的所有百姓？"高丽娜问。

"我父母死在他爸爸的手里。我咋能不认识他？"

· 241 ·

高丽娜一脸愕然。

胡市长继续说道:"我还能活到今天的光景,全是父母在天之灵庇佑,我们胡家跟他陈家是仇人。"

"你父亲是胡寨子的农民,他父亲是县城的高官,怎么会有仇?"高丽娜问。

胡市长仰天长叹,看着对面的墙壁说:"姐,我的日记本上其实是两句话,上一句是'向高丽娜姐姐学习!',下一句是'誓死为爹娘报仇!'这个仇就是陈家的仇。"

"我父母本是老实厚道的胡寨子农民,并不认识陈家官老爷。那一年,陈鹤他爸到胡寨子兴修水利,看到我母亲,起了歪念。那时,母亲已经有了两个月的身孕。"

胡市长停了停,接着是一声长长的叹息。

"母亲死活不从那畜生,跳进了胡寨子的水库……"

"怎么不去告他?"高丽娜问道。

"那个年代,消息被封锁,事实被扭曲。大家听到的结果是我母亲不堪家里贫穷,自杀身亡。"

胡市长继续说:"我父亲只是最底层的贫苦农民,告官无门,半年后,在悔恨中去世了。我就成了孤儿。"

他又说:"陈鹤父亲当官时为非作歹的事太多了,几年后锒铛入狱,死在监狱。他母亲也自杀了。恶人自有报应。幸运的是,我有疼爱我的伯父伯娘,他们把我养大。伯父有个儿子,比我大两岁,在市里当警察。当我有了光景之后,哥不怕艰难,找到了陈家的后代,就是上午来看您的客人,我今天才知道他是姐的同学。"

胡市长长叹一声,接着道:"陈鹤他爸入狱那年,陈鹤在县城一中读书,应该是您记忆里的那个县委书记家的少爷。姐,对吧?然后他突然失踪了。因为他父亲犯的事人多了,找他家报仇的人也很多。他母亲自杀身亡后,陈鹤就成了孤儿,被一个远亲带到了泰山脚下的碎石场,在那里躲过寻仇的人。

"听说陈鹤本人心性不似他父亲,本来是可以塑造的一根好苗子,也被他爹害惨了。家庭的突然变故,让陈鹤精神失常,他在精神病院住了十几年。

"后来改革开放,大家都搞经济建设了,时间过去这么久远,再多的恩怨都变得毫无意义。"

高丽娜顾不上大年初一不能哭的规矩,一直在流泪。她怎么都想不到,陈鹤经历了这么悲惨的人生。

"姐,人之初,性本善,陈鹤也不是坏人,按道理说,老一辈的恩怨应该在他们之间结束。但是要我去照顾仇家的后代不合适。我不找他碴儿,就是照顾他了。姐,人各有命,您也别难过了。我答应不了您这个要求,希望您体谅我的苦处。"

"陈鹤现在做什么为生呢?"

"他踩三轮车拉客过日子。"

高丽娜陷入了久久的沉思。

"我哥找到陈鹤,他就在火车站踩三轮车。听说没娶媳妇没成家,孤身一人。我特意去看了他,他当然不知道我是谁。那时正是风雨交加之夜,我走下车,他以为我们是来查非法拉客的,扑通一声跪在我面前。我连踢他一脚的力气都没有了,我想父母一定会理解我的。

"我特别嘱咐我哥哥,不能去找他碴儿。让他自食其力,遵纪守法就好。"

胡市长又说了："听说这个人有个怪毛病,有事没事老去一中校园内的水塘边静坐,一坐就是一宿,不知寒不知暑……"

胡市长午饭后就回去了。高丽娇说要补补觉,一年到头就大年初一可以安稳睡一觉。

母亲接待完胡市长,如释重负,可以空闲下来了。她看着高丽娜,嘟囔道："上午谁来了?值得你这么多泪珠子?大年初一也不忌讳一下。"

高兴明在门前逗大黄狗玩,听到母亲的话,赶紧进来辩解道："姐没哭,姐只是在思考人生。"

母亲也不追究了,然后又说了一句："过个年是应该成长的,经年长事,每过一个年都有长进,没有一个年是白过的。"母亲说完就出去了。

高兴明去遛狗了。真好,活得像狗儿一样无忧无虑。"没有一个年是白过的。"高丽娜自言自语地重复着母亲的话。

客厅里,高丽娜呆坐着,喝着高山绿茶,不停地喝,她总觉得口干。

听了胡市长讲述陈鹤的事情,高丽娜被意想不到的现实打垮了,大脑瘫痪了似的。

正值午后,阳光从屋檐暖暖地移过来,照着疲惫的高丽娜,她头靠着木头沙发,木头靠背虽然硬了些,却是用料扎实,她竟睡着了。

恍惚间,有个身穿白色的确良短袖上衣的少年站在眼前,一弯新月升起,池塘的水涨起来了,一切都是生机勃勃的样子。他冰凉的手紧紧握着她的手,然后他消失了,只剩下那份冰凉。

有些事忘了也就忘了，可是岁月的残酷也在于它偏偏不让你忘记某件事、某个人，在某个时刻某个地点，让你遇见他，并且把事情的真相一览无余地展示在你眼前，让你呕吐、痉挛、痛不欲生。

晚上地方电视台整点新闻，看到风度翩翩的胡市长在慰问敬老院的老人。

此时的姐妹俩，在被窝里说着悄悄话。

"嫁给胡市长吧，他靠谱。"高丽娜说。

"要么我关了公司，要么他不做官。否则，只能是朋友。"高丽娇说。

"这两者有冲突吗？"

"冲突太大了。姐，你不懂的。别为我操心了。"

然后妹妹睡着了，打起了呼噜。

高丽娜回忆起年少的陈鹤，又想起上午坐在客厅的陈鹤。两个天壤之别的陈鹤，这就是人生。高丽娜头痛欲裂，她甚至想去找陈鹤，安慰他，鼓励他好好过日子。

混沌之中，陈鹤不见了，眼前出现的是断壁残垣的狮村小学……高丽娜疲惫至极，迷迷糊糊睡着了。

九

第二天是大年初二，出嫁的闺女回娘家。这是客家人很重要的过年风俗。

天亮得早，露出蓝色的底子。晨曦穿越竹林，鸟雀在树梢歌唱。

　　高丽娜想去田野里寻找一种叫黄花菜的植物，也希望看到寨子里回乡过年的老同学，遇见旧的人和景。高丽娜这一趟回来，就是希望穿越人生的繁忙，回到记忆中的岁月去。以此证明自己也曾年轻过、辉煌过。

　　母亲和妹妹还未起床，今天没有要紧的客人，可以懒散些。高兴明也是难得地待在自己的房间，没有动静。连黄狗也找伴儿去了。

　　高丽娜离开安静祥和的家园，走过竹林，朝寨子外面走去。今年的立春在春节之前，所以按节气来算，大地已经进入了春天。她往右手边的山坳里走去，这个方向不是去狮村小学的，而是去另一个寨子的，要到达那个寨子还要翻过一座小山岗。

　　土地已经潮湿了，空气湿润起来，万物做好了重生的准备。高丽娜走在山间小径上，寻找在故乡丢失的美好岁月。走过山坳，应该有一处人家。然而，令高丽娜失望的是，四周静悄悄的，没有狗吠声，没有狗就没有人居住。果然，山坳里的那些屋子已经倒塌了，村民放弃了老祖宗选择的风水宝地，各自进城谋生去了。

　　转过山坳，只见一片雪白的梨花林像是一堆白云落下来。高丽娜停下脚步，记忆中这个位置是养活一村人的水稻田。现在人都走了，留下这片梨树。

　　高丽娜伸手折了一枝梨花，走下山坡就是水泥路了，所有的水泥路都通往圩镇。为了见到更多的人，高丽娜选择了朝镇上去的方向。

这个村寨姓温，不姓高。高丽娜还记得这个村的温丽珠，她家有"香港客"，"香港客"是二十世纪六七十年代百万富翁的代名词。在那个温饱难保的饥荒年代，人人饿得面黄肌瘦。温丽珠却吃得白白胖胖，长得牛高马大。她家米饭吃不完，糖块也吃不完。老师说温丽珠就是吃糖吃多了，把脑子给吃糊了，每次考试都得鸭蛋。

高丽娜顾自笑了。温丽珠给高丽娜的书包里塞了从香港买回来的糖块，吃了牙齿黑乎乎的。后来到北京读大学，高丽娜才知道那糖块叫巧克力。作为交换，高丽娜在考试的时候把试卷举起来，让坐在后面的温丽珠抄答案。有一次数学考试，温丽珠居然抄了个满分。老师看出破绽，把温丽珠调到最后一排去。打那以后，高丽娜再也吃不到温丽珠的巧克力了。

对了，温小红也住这个寨子，她是高丽娜在狮村小学和镇上初中的同班同学，人长得机灵，成绩也很好。高丽娜想起温小红的模样，个子不高，五官周正，性情刚烈，黑是黑，白是白，跟男生打起架来泼辣无比。班上女生若是受到男生欺负，都找温小红求助。

不幸的是，有一年开春，温小红的父亲把十五岁的温小红卖到浙江去了，说是卖了个天价。高丽娜记得那个天价是一千元人民币，当时猪肉是两元一斤。十五岁的闺女，换五百斤猪肉，这在当时就是最好的价钱了。这也应验了农村流传的一句话，养女如养猪。

温小红父亲用卖女儿的钱，依山建起了一栋小别墅。

可是，自温小红爸爸强行卖走温小红之后，温家做啥都不顺：养猪，猪死光；养鸡，鸡发瘟；那栋气派的楼房，还没住进去就因山体滑坡倒塌了。

高丽娜仍然记得外省人来接温小红的那个中午。温小红趁人不留意,从窗口爬出去,撒腿就逃,可是没跑多远,就被人抓住了。

她父亲开着手扶拖拉机,把温小红五花大绑着,运到了镇上。

可怜的温小红,哭着喊娘。这个没娘的闺女,又跪地哀求她父亲,可是,她父亲已是铁石心肠,他口里恨恨地斥责温小红:"你克死了你娘,你还喊娘!"

温小红的娘是生她时难产而死的,所以,温小红一出生就没有娘。

听人说,跟外省人走的时候,温小红倒是没有哭闹,她跪下对她父亲说:"阿爸,钱您既然收了,就当我这个女儿跳山塘做水鬼去了。您路过村尾山塘,记得给我扔个石子,扔个野果子。"

这一席话,害得铁石心肠的父亲眼泪涟涟,揣着钱,头也不回地走了。

如今的温小红还好吗?她家人可有她的消息?

"汪汪汪!"传来狗吠的声音。

高丽娜走下山坡,向左走,就是温小红原来的家。

高丽娜举手拍了几下敞开的大门。一只小黄狗拴在杨桃树下,汪汪大叫。

高丽娜站在门口,她扫视着这个庭院,干净整洁,栽种了成垄的兰花。一个丰腴的妇人,背着个娃娃走出大门,对着高丽娜久久地看着。栅栏外的高丽娜也打量着这个似曾相识的妇人。

几乎是同时,她们都认出了对方,叫着对方的名字。

"丽娜。"

"小红。"

木栅栏旁,两个久违的同学,紧紧拥抱着,她们拥抱着逝去的四十年光阴。

温小红看了又看高丽娜,高丽娜也是一遍一遍看着温小红。突然的相逢,她们喜悦着,竟不知说什么好了。

高丽娜问道:"小红,你过得还好吗?"

温小红一个劲点头:"好着,好着呢。"

高丽娜长长地舒了一口气。温小红补充了一句:"再没有更好的日子了。"

这句话让高丽娜纳闷了。

温小红请高丽娜进屋,这是个雅致的农家院子,茶几上摆满了精致的糕点。

两个人的话题,还是绕不过温小红被她父亲卖掉的那件事。

温小红说道:"丽娜,你真勇敢,我被父亲卖出去的那天,你组织同学想营救我。这事我是后来才知道的,听说你们埋伏在半路上,想把我救回来,棍棒都准备了十几根。"

高丽娜说道:"是的,可是你父亲听到风声后,提前把你带出寨了去了。"

温小红说道:"丽娜,那天中午,我逮着个机会,爬窗子逃出来。我往学校跑,知道老师和同学们可以救我。可是跑到龙眼树下,我被父亲逮住了。"

温小红一边描述一边笑，好像那是她出嫁的喜事一样。

高丽娜问道："小红，你不恨你父亲吗？他老人家还健在吗？"

"他半年前过世了。当时是恨，我死的心都有了。倒是你组织同学营救我，这份情义，我一辈子记在心里。"温小红说着笑起来。

高丽娜再次环视这个干净雅致的客厅，摆的都是高档红木家具，看来，温小红的日子过得是殷实自在的。

"丽娜，你在美国可好？女儿长大了吧？看，我都做奶奶了。"温小红说道。

"我就是离家远了点。女儿上大学，人老了，就爱想家。这不，出国后还是头一遭回来过年呢。早知道中国发展得这么好，我也无须削尖了脑袋往外跑。"高丽娜说道。

"回寨子吧，我们又可以做伴了。"温小红说道。

高丽娜知道回到寨子跟温小红做伴的美好愿望是遥远的。离退休还有十年八年的光景要熬完，而且丈夫、女儿都在美国，不是说回来就可以回来的。

"过几年吧。"高丽娜回答，然后她问，"小红，你不是说出了这个寨子，就不再进这家门吗？"

温小红满脸红光，双臂向后托起背上的娃娃。娃娃睡着了，她坐下，解开背带。高丽娜伸手接过脸蛋儿红扑扑的小娃娃，小心翼翼地抱在怀里欣赏，像是欣赏一件易碎的宝物。

高丽娜想，我的孙辈是黄色的还是混血的呢？这事她掌控不了，女儿找个白人或者黑人结婚，孙辈就变颜色了。

温小红的笑容还是少女般的纯净，好像她从未经历人生的风雨，是一株温室里备受呵护的芍药花。她说道："真是菩萨保佑，让我遇上了个好人家。公公似亲爹，婆婆似亲娘，他们都当我是亲生女儿。丽娜，我曾发誓不再认父亲了。可是，公婆和丈夫一定要我回家孝敬赡养他，说父亲养育我十五年也不容易。"

她接着说："公婆还供我读书，因语言不通，没有读下去。丈夫像哥哥一样疼我，耐着性子等了我七年。我二十二岁那年，自愿嫁给他。婚后接二连三生了四个男孩。虽是农村家庭，但是土地多，家人勤快，生活也还过得去。后来我在家门口做起小生意，诚实好客，不缺斤短两的，就把摊子做大了，开了几家连锁超市，赚了不少钱。丽娜，这日子还有更好的吗？我们和和美美，也用不了多少钱呢。"

高丽娜不停地点头，是啊，多好的日子啊！

温小红继续说道："父亲说我克死我娘，公婆家说我是福星，带旺了整个家族。自我进了公婆家，事事顺当，财丁兴旺。我们盖了最好的楼房，后来还开了幼儿园。父亲年纪大了，身体不好，不愿意离开寨子。我就跟丈夫回来，他比亲生儿子还孝顺，给父亲端屎倒尿，为老人送终。这房子十多年前就给父亲重建好了。"

高丽娜问道："你丈夫呢？"

"他去镇上买菜了，今儿你得在我家吃了饭才可以走。最好就住家里。丽娜，我们还是老规矩，像小时候一样，走亲戚得过夜才算事的。"

高丽娜笑了："这么近，住就不住了，在你家吃午饭。"

温小红不停地劝她吃点心，高丽娜胃不好，吃不了这些。

她接过温小红递过来的食品,放在一边。

高丽娜一会儿看笑眯眯的温小红,一会儿看睡在自己怀里的娃娃。

高丽娜心里被幸福填得满满当当。

温小红看高丽娜什么都不吃,抱过熟睡的娃娃。说道:"让娃床上睡去吧,铁砣似的沉着哩。"

"娃仔吃什么养得这么好?"

"山里空气好、水好,给娃喂些蔬菜米汤、玉米红薯羹,像养猪一样粗养,没病没痛。城里人养娃,豆腐一般,吹也吹不得,拍也拍不得,养不出粗壮娃来。"

高丽娜笑了。温小红抱着娃娃去卧室了。

这时传来一阵摩托车声。高丽娜朝窗外看去,一个中年男人正在停放摩托车,树下的狗朝他摇晃着大尾巴。应该是温小红的丈夫回来了。

男主人卸下头盔,高丽娜隔着玻璃窗打量着他。他身材魁梧,剪着平头,穿着黑色皮上衣,下身是牛仔裤,有乡村干部的派头。

只见他从后备箱拎出几个鼓鼓囊囊的袋子,朝里面大声喊道:"红妹,红妹。今儿我买到了牛屎粄。"

待温小红丈夫迈进客厅,看见站着迎他的高丽娜,吃了一惊。

高丽娜笑着说:"您好!我是小红的同学,搅扰了。"

男主人不知所措,连连点头,说道:"坐着,坐着,吃点心。"

他说完拎着大袋小袋走开了。这时温小红出来了,笑着说:"丽娜,我家男人回来了。"然后她朝里面大声喊道:"水哥,出米,米见客人。"

水哥高出红妹半个身段,这一高一矮的半百夫妻,着实羡煞旁人了。

一个道红妹,一个道水哥,恩爱的夫妻总是会找到恩爱的称呼。

水哥端着盘子,盘子上一坨黄褐色的东西冒着热气,远看果然像乡村路边老牛刚屙的牛粪。

温小红忙去接过盘子放在茶几上。"丽娜,我家男人是个老实庄稼人,没文化。"她又朝向水哥道:"水哥,我的老同学,美国博士高丽娜,要不是父亲强行把我卖给你,我今天也是美国博士。丽娜,你说是不是?"

水哥说道:"对头,你被俺浪费了。"

逗得温小红和高丽娜大笑。

温小红继续打趣道:"水哥,当年丽娜组织了十几个男同学,人手一根棍棒,准备在半路拦截阿爸的拖拉机。"

"阿爸讲过的,阿爸比博士聪明,老早把你带出了寨子。"

"那是菩萨要把我许配给你。留美博士千千万,水哥的老婆只一个。"温小红撒娇似的说。

"牛屎粑要趁热吃,凉了就发硬。"

这对夫妻只顾说话,把高丽娜晾在一旁了。

高丽娜心里却是喜悦的。佛说,凡人一生,祸福早晚均等;吃得多少苦,就享得多少福。又说,没有吃不下的苦,没有享不了的福。温小红十五岁之前吃尽了人间的苦,一出生就没了娘,口里缺粮,身上缺衣,十五岁被亲爹卖了。谁也没有

· 253 ·

想到她倒是一生福禄安康。陈鹤是在年少时期，提前透支了一生的福分，他的人生才会充满坎坷。

"来，吃牛屎粑，丽娜。"温小红对高丽娜说道。

高丽娜用筷子挑了一小块，放进嘴里，怎么也对不上童年的味道。饥肠辘辘的年代，吃什么什么香，嚼块泥巴都能当成糖。如今天天消化不良的肠胃，能吃出什么滋味来呢？

"好吃不？"温小红问。

"好着呢。好着呢。"高丽娜点头说。客家人就是客套话多，过门为客。去别人家，要晓得说主人家的东西都好吃，这不是虚伪，是教养。童年时代吃了上顿没下顿的日子，明明饿着肚子，人家问，吃了吗？你要晓得回应，吃过了。这不是撒谎，这也是教养。

站在一旁的水哥说道："红妹，你陪同学说话，我烧菜去了，多向她讨教。"

高丽娜跟温小红一边吃着牛屎粑，一边说起学校的同学和儿时趣事。

高丽娜问到的几个同学竟都过世了，岁月不仅催人老，也催人亡。

一会儿工夫，水哥摆好了一大桌子的酒肉佳肴，无奈高丽娜闹肚子，她每一道菜都只是夹来放在碗里，酒也不能喝。只吃了几口白米饭。水哥不停地说："菜里没虫子的，来我家别饿着肚子了。"

下午四点多，觉得乏累了，高丽娜起身告辞："小红，话是说不完的，以后有时间再叙。"

十

从温小红家出来，高丽娜绕了一大段山路才回到自己的家。到家已经是下午五点多了，腿肚又胀又酸。过度的兴奋让人头昏脑涨，加上消化不良，高丽娜总觉得精力不够。母亲去屋后三下两下砍了些竹子叶和柏树叶，放到大铁锅里烧滚煮水，给高丽娜洗澡泡脚，说一个人去了山背上，怕是惹着野魂儿了，这样的树叶水辟邪、防风又解困。高丽娜提起水桶，里面黑乎乎的热水气味冲鼻子。从头淋到脚，顿觉神清气爽。回到卧室，沾到枕被，安然入梦。

久违的故乡，治愈了高丽娜多年的失眠顽症。故乡再陌生，仍是故乡，总会找到某个人、某座山、某个建筑，或者是一棵树、一块石头，又或是一句土话，治愈心灵的伤疤。母亲总会用土方子，无须任何科学理论，采摘一把田间地头的野生植物，熬一桶热水，念几句土地伯公保佑，就把游子的焦虑和失眠治愈得服服帖帖。

初三和初四两天，高丽娇都去县城参加各商会的拜年活动了。高兴明也是活动频繁，一会儿是单车协会的短途骑车竞赛，一会儿是镇上的篮球友谊赛。母亲平时住在省城，趁过年回乡村的空当，去三大姑六大婆家串门。

高丽娜跟大黄狗留在宅子里看门，对一个长期失眠的人来说，能够入睡就是天大的幸福。这几天，高丽娜安然入睡了，她一旦掌控了睡眠，就掌控了人生，掌控了世界似的。

只是拉肚子一直治不好，原因是隆冬季节，山泉水太寒凉了,加上过年饮食过于油腻,高丽娜一连几天吃不了东西,喝白粥还是不得消停。过个年,倒是消瘦了许多。母亲一再唠叨:"你是土生土长的寨子人,咋会水土不服?"高丽娜担心再拉下去,怕是坐不了长途飞机了。

她只好改签机票,提前一周返回美国。大年初五的早上,高丽娜就准备回美国了。客家的过年风俗里,正月初五就出年界了,也就是说年过完了,又该各忙各的活。这次回到故乡,想去的地方去了,想见的人见了。这个年过得了无遗憾,好像这辈子从没过过这么毫无遗憾的年似的。

母亲搬过来一大堆食品,说道:"你吃不下就带走。这都是你的。"

丈夫不爱吃油炸食品,女儿吃汉堡长大,对这些年货提不起兴趣。于是,高丽娜把炸油果、年糕、煎堆等食品留在桌子上,对母亲说,过不了安检。

母亲又数落了美国一通:"劳什子安检?中国人都能吃,美国人就不能吃了?你小时候不吃油渣能考上大学?去了美国回过头来就不认祖宗了?还把国籍也改成美国籍了,回到家乡还水土不服,我真是养了一个白眼狼啊……"

母亲越说越大声,越说越气愤,最后还哭了,不是因为女儿要回美国了,而是觉得养了高丽娜是个白眼狼。

"妈,小时候的东西确实是环保多了,还没有使用化肥农药。我改成美国国籍也是为了讨生活,以前征求过您的意见,当时您是同意了,还说改成美国国籍好。"

高丽娜把一直憋在肚子里的火气撒出来,她大声说道:"想当初我可是正儿八经靠真本事考出国的,也没花家里什么钱。我给高家争取过至高无上的荣誉，我咋就是个白眼狼了？"

做母亲的也不示弱，趁势也把话倒尽了："三姐弟，你最花钱，谁供你读了这么多书，不用钱吗？你不上大学能去劳什子美国？你爸生病过世，你连影儿都不见，我以后也是这个下场的，我还能依靠你这个美国博士吗？想起来就心寒……"说着说着便大哭起来了。

高丽娇一看这架势，连忙说道："胡市长等下就要来接我了，妈，你去厨房温壶老酒。"

一听到胡市长要来，做母亲的就撂下高丽娜了，一边搓手，一边还不忘丢下一句难听的话："回你的美帝国去。"

气得高丽娜又想笑又想哭。她心里明白，母亲就这德行，谁有钱有势就往谁那边倒。

高丽娇一边拍着姐姐，一边安慰道："姐，你又何苦呢？母亲不好惹，你又不是不知道，想想小时候，她是怎么对我的，你心里就能好过些。"

高兴明也在一边插话："姐，我带您去西藏，去西藏找个信仰。"

高丽娇斥责弟弟道："滚一边去，找劳什子信仰，你该找个媳妇下崽是正理。"

高丽娜还以为胡市长真的要来了，于是说："小胡要来了？你忙去吧。"

"骗母亲的，否则我说什么她也不会离开这个房间。我们走吧，早点去县城，他在县城等我们吃午饯，说要为你送行。"

·257·

高丽娜生气归生气，仍去厨房跟母亲说了一声："妈，我走了。您多保重！"

待车子过了小河，做母亲的心里还是过意不去，毕竟是漂洋过海，不是三天两天头能回来的。"常回来过年，就不会闹肚子！"母亲大声喊道。

高丽娜摇下车窗，看见母亲远远站在屋檐下，呆望着徐徐远去的车子。她又大声喊道："妈，我走了。您多保重！"

高丽娜的气早就消了。早上跟丈夫通电话，他也是不理解自己为什么要提前一周回去，问了几次："好不容易回去过个年，假期都没过完，回来做什么？"好像巴不得高丽娜留在中国不要回去才好。女儿忙着学业，根本没心思关注高丽娜的行程和心情。这人生啊，好像活得两头不到岸似的。

高丽娜望着车窗外向后退去的竹林，苍翠的远山，满心竟是别恨离愁，像是第一次出远门似的。

高丽娇看姐姐提不起精神来，又找话题了。她说："姐，今天中午我们请你那同学一起用餐，好吗？就是那个踩三轮车的。"

一听到"踩三轮车的"，高丽娜心里咯噔了一下，立刻变了心情，她扭头看着永远精神抖擞的高丽娇问道："方便吗？"

"没什么不方便，同学一起吃顿饭有什么不方便？我们定好餐厅，派人去车站把他找来，就你们俩吃，有我们在你们说话不方便。"

"好的，那就谢谢妹妹了。"

高丽娜盘算着，这回定要对陈鹤温柔些，好好说话，跟他说说高中的老师和同学，并且一定要叫他"班长"。

悠长的山路，转了一弯又一弯。胡市长在开会，高丽娇有意放慢了车速，高丽娜总觉得精疲力竭，她在车上又睡着了。

等她醒来的时候，已经到了餐厅大门外。

"姐，下车了。你一路睡得真好。"

"说来也怪了，这次回国，最意外的是失眠治愈了，还总是嗜睡。"高丽娜说道。

"那就好。姐，到了，请下车吧。"

高丽娜问道："陈鹤到了吗？"

"要进去看看才知道。"

姐妹俩进入餐厅，只见到西装革履、满面春风的胡市长站着迎接她们。

"姐姐好！"胡市长上前一步，跟高丽娜握手。

高丽娜四处张望，不见陈鹤。

胡市长连忙解释道："接到丽娇的电话，我就派人去火车站找了，一直到现在也没找到。他到处拉客，还真不好找。姐，要不我们吃吧。待会儿找到了您同学再说。"

"好的，让市长费心了。"高丽娜回答道。

"高总的命令我哪能不执行？"胡市长笑着看着高丽娇说道。

面对美酒佳肴，高丽娜仍然只有看的份儿，她不想吃，心里想着陈鹤踩三轮车拉客的情景。

看着这一对才子佳人卿卿我我，高丽娜也是由衷高兴的。

饭后，高丽娇说道："姐，我们现在送你到火车站，就不陪你上车了，我们有点事去处理。"

"我自己去火车站就好了。"高丽娜说道。

"走吧，我们送您，十分钟就到了。"胡市长说道。

到了火车站门口，高丽娜下了车，高丽娇说"拜拜"，好像她姐姐晚上就回来吃晚饭一样。

高丽娜心里生气了，高丽娇只用两秒时间说了两个字，算是一场东西半球的送别，把做姐姐的打发到地球另一边去了。

火车站门前，人潮拥挤，嘈杂喧嚣。高丽娜拖着行李箱一步一步挤过人群，朝站台走去。

她这时候想起弟弟的那句话："姐，我带您去西藏，去找个信仰。"

是的，该找个信仰了。高兴明参加同学聚会去了，也是说了无情无义的"拜拜"两个音节就一溜烟跑了。姐姐远涉重洋的送别是不重要的，同学聚会更重要。"唉，看来我是多余。"高丽娜心里有两垄番薯藤交织着，她拖着行李箱，往候车厅走去。

眼前虽是故乡，但是杂乱无章的场面让她难受。高丽娜举目四望，没发现可以依靠的人，她淹没在陌生人当中，淹没在小贩们声嘶力竭的吆喝声里。

突然，一个曾经熟悉的声音传来："丽娜！丽娜！"高丽娜转头，是蹬着三轮车的陈鹤。

陈鹤戴着防风头盔，他把塑料单板往上移，卸下头盔，他的头发斑白而凌乱，面容消瘦，眼角布满了沟壑纵横的皱纹。

从看到高丽娜的那一刻起，他的脸上洋溢起一丝一丝掩盖不住的喜悦，他突然像变了个人似的，立刻有了精气神。他似乎不再是风雨里讨生活的孤苦老汉。

高丽娜留意到他只穿了一件长袖汗衫。

陈鹤把三轮车往旁边卖茶叶蛋的摊档推去,口里说道:"不要走。"

至此,高丽娜一句话都说不出口。她只是盯着陈鹤看,脑海里浮现出一个身穿白色衬衣黑色裤子的少年的身影。

她站在原地不动,心里倒是有些许的踏实。高丽娜问自己:"陈鹤恨过我吗?"

高丽娜的目光一直跟随陈鹤,看着他把三轮车停好,上锁。

他被一群人挡住了,等那一群人走开之后,陈鹤不知去哪了。只见那辆破旧的三轮车歪着车头,像个老人歪着头在煮茶叶蛋的火炉旁取暖。车如其人,这车子很有沧桑感。某些地方有明显的修补痕迹,跟整个车身的破旧不协调。后面的客座车棚外面,贴满了壮阳药、春药的广告。

就在高丽娜想迈开步子离开时,陈鹤急匆匆赶回来了。他手里捧着热气腾腾的玉米和烤红薯。

他递给高丽娜:"丽娜,吃。"

高丽娜接过这些没有油水的粗粮,正对她胃口,她想找个地方坐下来吃。

陈鹤说道:"丽娜,我们去候车室。"

高丽娜接过陈鹤买的玉米和烤红薯,陈鹤接过高丽娜的行李箱,两人很熟稔似的,一前一后挤过人群。

陈鹤用专业的语气说道:"让路,嗨!让路咯!"

高丽娜跟在陈鹤的后面,从后面看,陈鹤的背更驼了,他的脊柱因长年出苦力而弯曲成近似"S"形了。她紧跟陈鹤,绕过一拨又一拨的人,终于来到二楼的候车室。陈鹤带领高丽娜走到最里面的拐角处,那里稀稀落落坐了几个等车的人。逃离了密集的人群,来到稍微安静的空间,给人的感觉就好像这里只有他们两个人了。

"丽娜,你坐。"陈鹤说。

高丽娜坐下,她也跟陈鹤说:"你也坐吧。陈鹤。"

这样的局面,高丽娜叫不出"班长"两个字。

"丽娜,你叫我了吗?"

"丽娜。"陈鹤又唤了一声。他一直都这么叫着她。读书的时候这么叫,高丽娜不在身边也是这么叫。他叫了她一辈子。今天多好啊,她就在身边。这是多么幸福的一天!

自上次去高寨村见过高丽娜以后,陈鹤已经心满意足了。高丽娜什么态度对待自己都是对的。陈鹤再回到他的人生,在万家团圆的春节期间,他还是风雨无阻,在火车站踩三轮车,接客营生。脚下的劲大了,车子就轻了许多。他见了高丽娜之后快乐了很多,一边蹬车,一边吹口哨。别人看他孤苦伶仃,大过年的,迎风淋雨,踩三轮车,替他惋惜。陈鹤却觉得自己的人生没啥子遗憾的,自由自在,来去无牵挂。别人不知道,他心里住着一个此生不会离他而去的伙伴,他从不孤单。

高丽娜坐下吃玉米,吃着吃着,禁不住泪流满面。

陈鹤喜悦地站着,像在伺候一个高贵的女王。他盯着高丽娜,她的每一个动作他都铭刻在心里。

列车从远方呼啸而来,减速进站。这条铁做的长龙,很快就要把他的女王带走了。

陈鹤却咧着嘴,心满意足似的。

高丽娜抬起满是泪的脸,说道:"谢谢,班长!"

他恭敬地站着，佝偻着，这个被喜悦燃烧着的男人，这一辈子，他已经知足了。那个夏夜的亲吻，还有此时此刻，看着心上人，吃自己掏钱买回来的玉米、烤红薯，看，她吃得多香。她一定是饿了。

高丽娜的眼泪，让他惶恐不安。

"丽娜，丽娜！"陈鹤突然想去抱高丽娜，伸出的双臂，却停在空中，他止住了。

高丽娜哽咽得吞不下嘴里的烤红薯，她呛着了，不停地咳嗽。陈鹤不敢伸手去拍高丽娜的背，他知道他要克制。

没有什么话语是合适的，没有什么动作是合适的。

此时，广播在高声播放"往广州方向去的旅客请到3号门检票上车。"

听到这广播，陈鹤突然像孩子一样哭了。他很久不曾流泪了，高音喇叭，像一个久违的开关，打开了陈鹤干涸多年的泪腺。泪水顺着陈鹤脸上的皱纹，缓缓流下。

高丽娜抬起泪眼，她眼前这位苍老的车夫，在青春岁月里的某个初夏之夜，吻过自己，拥抱过自己。

这个已经快被遗忘的吻，本来就像一朵春天里凋零的鲜花，埋葬在时光里。对高丽娜的人生没有什么伤害，当然也像没有什么价值似的。然而，对陈鹤而言，却是另一回事了。

这个庄重的初吻，是陈鹤的财富，是他一生中唯一的一个吻，所以，这个吻与他的生命同在。他珍藏着这个吻，珍藏着这个他生命中的女孩。就是因为他的生命里有过这个神圣的吻，他才没有在命运的漩涡里彻底疯掉。因为这个吻，他不枉来人世一遭，因此而忍得住一切沧桑。

高丽娜站了起来，望着陈鹤。陈鹤拿下搭在自己脖子上的汗巾，轻轻擦拭高丽娜眼角的眼泪。

高丽娜伸出双臂，拥抱了陈鹤。他在颤抖。

"我走了。你多保重。"她轻轻说道。

"丽娜！"陈鹤再次深情地呼唤着这两个字，他说不出别的言辞，这两个字是人间最温暖的两个字。

广播不断重复着检票上车的提示。

高丽娜迈开脚步。陈鹤推着行李箱，一直送高丽娜到检票口。

高丽娜在排队的时候，从手提袋的钱包里拿出一厚沓绿色的美元，递给陈鹤。

"收下吧。"

"丽娜，我有的是钱呢。"陈鹤骄傲地说，说得自己像个富翁似的。

高丽娜把钱塞进陈鹤粗糙的手掌里，她满腹辛酸。

陈鹤多么希望人生就此结束。此刻，火车站该来一场地震，或者来一颗炸弹。

可是检票时间到了。

高丽娜把票递给检票员。陈鹤在她迈进铁闸的时候，把钱悄悄塞进高丽娜的随身提包里。

他只保留了一张。这不是钱，这是丽娜给自己的礼物，是自己的护身符。

高丽娜走到转弯处，回头看陈鹤站的地方，他却不在原地了。

高丽娜抹了抹眼角，提着行李箱迈上了列车。

她找到自己的座位，座位靠窗口，她的身子仿佛有一千斤重。她靠着靠背，看着车窗外空空的站台。

现在的人，都忙着营生，连送别也省了。什么时候开始，送别的人不让进站台，到检票口就止步了。电影中的画面试是动人，绿皮火车开动了，车窗上伸出徐徐远去的手臂，站台上挥动着长短不一的手臂。

陈鹤突然出现在站台上。

高速列车，一旦启动就呼啸而去。

高丽娜看见陈鹤在追赶列车，还在呼喊自己的名字。

车窗是封住的，不给人打开的希望。

高丽娜止不住地流泪，他虽然看不到自己了，但她仍在窗口朝他挥手。

窗外闪过群山、河流和村庄，也闪过弹指一挥半世光阴。斗转星移，故乡虽然陌生，但它终究是此生难以割舍的一方水土，所有让自己倾泪的人和事都还在这片土地上，有情有义地繁衍生息。

下一个春节，我在故乡还是他乡？下一个春节，妹妹是否跟心上人终成眷属？弟弟是否在通往西藏的路上遇到等他的人？

"经年长事，没有一个年是白过的。"母亲如是说。

后　记

《围龙屋的女人》是我历时五年创作的小说集结而成。写得呕心沥血、废寝忘食而乐在其中。每一个文字都经过我精挑细选，每一个人物都是我真诚地邀请而来，构建了我的小说。经过不下十次的删减和修改，人物和文字结合成现在这个样子，呈现在读者面前。小说中的诸多情节，常把我自己感动得热泪盈眶。文字背后，是一条弯弯曲曲的布满荆棘和鲜花的人生之路。

本书由六篇短篇小说构成，讲述了女人们的爱情和婚姻。女人们背井离乡，为了梦想来到陌生的地方，到了改革开放的前沿阵地。她们在青春岁月里爱得起，放得下；伤得起，也输得起。她们坚韧不拔，永不退却，以女人的柔弱和智慧独自扛起艰难的人生，完成了女性的自我救赎和成长。

在这六篇小说里，女人是故事的主角，男人似乎被边缘化了。但是，不争的事实是，女人都在为男人而哭泣。

女人终其一生都在爱着男人，恨着男人，被男人所伤，甚至被男人杀害。《月光下的故乡》里，小梅死在男人的菜刀之下。女人也在等待男人，寻找男人，由此，耗费了女人大半生的力气。

　　写完之后，我在反思，女人是否应该多花点时间、精力和心思来爱自己，成就自己呢？当一个女人手中握着足够多的资源，才能在这个男权社会里听到自己的声音，女人才能安排自己想要的人生。这资源包括了知识、智慧、金钱、权利，不可否认，也包括了家庭背景和社会阶层。

　　我笔下的都是小人物、小女人。最大的人物就是《围龙屋的女人》里的外婆，一个来自印度尼西亚的矿山主的千金小姐。这个人物是真实的，她是辛苦把我带大的外婆。外婆影响了我的人生观，她说话的语气、用词习惯，甚至影响了我的写作风格。外婆乐观，坚忍，自强不息，甘守孤独，从不埋怨。在外婆看来，到手的都是最好的，失去的那是自己不配拥有的，是应该失去的。外婆抽着旱烟，在低矮的客家围龙屋里，面带笑容，一个人安静地打发了绵长的岁月。外婆从来不说娘家的阔绰，不说美丽的千岛之国；她也从来不说男人如何坏，如何骗她来到穷乡僻壤。外婆的坚强在于她有力量面对眼前的地狱，有力量忘记昨日的天堂，有力量一个人尽可能地安顿好自己的人生。外婆的这种力量滋养了我一生。

婚姻之于女人，是一把梯子吗，沿着这把梯子让自己攀登上更高的位置？是一张床吗，仅是让自己悠闲长肉、生育后代的一张温床吗？又或者是一个面具吗，戴着这个面具，掩饰自己孤独的灵魂？那么，爱情之于女人又是什么？是夸父追日的执着和痴迷，最终渴死在追寻之路上吗？女人能不为婚姻所累吗，能不为爱情哭泣吗？这些问题，都是我在写作时思考的。

《似水芳华》里，春霞与文健爱得如此惨痛。很多人都是因为没有处理好爱情，没有爱对人而磨难了一生。通过我的小说，我希望能提醒读者，正确处理爱情，理性去爱一个人，对待婚姻和爱情不能任性和草率。

女人该耍手段吗？《南腔北调》里的赵丽琼，为了得到一个七十平方米的水泥围起来的空间——我们称之为房子的东西，耍了手段。房子有了，可是家没了。所以，房子不等于家。房子是水泥和钢筋搭建的，而家是爱和欢乐筑成的。家和房子，女人应该首先选择家。有爱的温暖家园可以在破旧的集体宿舍里，或者在租来的房子里生生不息，但是没有爱和欢乐的房子，仅是冰冷的水泥盒子，它终将失去存在的意义。所以，小说的最后，丽琼失去了房子，也失去了对生命的全部热情。

爱情是生命中绚烂的烟花，它照亮了漫长的人生。情窦初开的秀仙，前半生都活在初恋的烟花里。人到中年，她以为将平淡如一碗清水地过完以后的日子了。可是，爱情又来了，它乘着一股台风而来。这就是《海岛之恋》。所以，女人在任何年龄都不必哀伤，哪怕你做奶奶了，没关系，爱情仍将随时光临你的生命。做一个充满期待的温柔女人吧！

我们何其幸运，出生在一个国运昌盛的国家；又是何其幸运，成长在一个和平的时代，任何人都有极大的可能在这样的时间和空间里逆袭人生。《经年长事》讲述的是高丽娜和高丽娇两姐妹的故事。姐姐高丽娜是留学美国的博士，妹妹高丽娇是高中辍学的农村姑娘。高丽娇自强不息，奋斗在改革开放的中国，登上了时代列车，成功逆袭人生。

文学给予我力量！我敬畏文字，敬畏因果，敬畏看不见的不成文的规则。写作成就了我不一样的人生。我花了十年光阴去做一名教师，花了二十年光阴去做一位商人，现在，我将用余生去做一名作家，这是我最为骄傲而又惶恐不安的职业。我直面人生，笑看风云；我热爱柴米油盐，也敢于搏击惊涛骇浪。我用赤诚的文字，记录人生之路的春暖花开，也记录商场如战场的刀光剑影。

很荣幸，这本小说集获得了2019年佛山文艺精品创作扶持项目的支持。感谢文学之路上所有给予我帮助和指导的老师和朋友们！

对此书的序言作者，著名诗人杨克老师和旅居美国的著名作家刘荒田老师，我谨致以诚挚的谢意！

在此，我深深感谢读者们用心的阅读，感谢你们在我的文字里所花费的宝贵光阴，希望我的小说给你们力量和美的享受。若是我的故事能给读者一些人生的启示，这是我最快乐的事！

我是围龙屋走出来的客家女人，借由此书的出版，祝愿我的下半场人生骄傲地徜徉在文字海洋里，乘风破浪，奋勇航行！

陈映霞

2019年12月